[解读]二十世纪前半叶日本文坛三巨匠之一

罗生门

◉[日] 芥川龙之介　著　◉陶红亮　注解

中国出版集团　现代出版社

图书在版编目（CIP）数据

罗生门解读 /（日）芥川龙之介著 ；陶红亮注解
. -- 北京 ：现代出版社，（2024.5重印）
ISBN 978-7-5143-8282-2

Ⅰ. ①罗… Ⅱ. ①芥… ②陶… Ⅲ. ①芥川龙之介(
1892-1927)—短篇小说—小说研究 Ⅳ. ①I313.074

中国版本图书馆CIP数据核字(2019)第251704号

作　　者　（日）芥川龙之介　著；陶红亮　注解
责任编辑　光丽姣

出 版 人　乔先彪
出版发行　现代出版社
地　　址　北京市安定门外安华里504号
邮政编码　100011
电　　话　(010) 64267325
传　　真　(010) 64245264
网　　址　www.1980xd.com
电子邮箱　xiandai@vip.sina.com
制　　版　冰河文化
印　　刷　三河市富华印刷包装有限公司
开　　本　880mm×1230mm　1/32
印　　张　8
字　　数　190千字
版　　次　2020年9月第1版　2024年5月第3次印刷
书　　号　ISBN 978-7-5143-8282-2
定　　价　59.80元

政治家

比起我们这些门外汉，政治家所拥有的引以为傲的政治知识，其实不过是琐碎的事实性知识。归根结底，就和“某党首脑挥舞什么样的帽子”差不多。

又

所谓“马路政治家”，指的是不具备上述知识储备的民间政治家。就见识而言，他们不一定比政治家差。但是在富有超越利害的热情这一点上，他们往往比政治家高尚。

事实

然而，民众所热衷的往往是那些琐碎的事实性知识。他们最想知道的不是情为何物，而是基督究竟是不是私生子。

武士游方学艺

我一直以为，武士游方学艺是四处寻找著名剑客与之切磋，磨炼自己的武艺，使之精益求精。但实际上，他们的目的是要证明自己是天下无人能敌的强者。——《宫本武藏[①]传》读后感。

雨果[②]

就像覆盖了整个法国的一片面包。无论如何都无法充分涂抹上黄油。

---

①日本战国末期至江户时代初期的剑术家、兵法家、艺术家，因与佐佐木小次郎决战而一举成名。

②维克多·雨果，法国浪漫主义作家，在小说、诗歌和戏剧等方面都有成就，主要作品有《巴黎圣母院》《悲惨世界》《九三年》等。

陀思妥耶夫斯基

陀思妥耶夫斯基的小说涵盖了一切种类的滑稽。毋庸置疑，这些滑稽的画面大部分连恶魔看了也会感到忧郁。

福楼拜

福楼拜教给我们：美丽的寂寞也是存在的。

莫泊桑

莫泊桑就像一块冰，但有时候也像一块冰糖。

爱伦·坡[①]

在制作狮身人面像之前，爱伦·坡研究了解剖学，使其后代震惊的秘密就藏在这项研究之中。

点评：

《侏儒的话》是作者的随笔评论集。虽是随笔，但全篇以侏儒的口吻写成，因此又带有一些小说的特点，可谓独树一帜。《侏儒的话》每一篇的篇幅均十分短小，但内涵丰富，既有作者对艺术和人生的思考，也有对社会时事的议论，是一部非常成功的格言代表作。

---

①埃德加·爱伦·坡，19世纪美国诗人、小说家和文学评论家，代表作有小说《黑猫》《厄舍府的倒塌》，诗集《乌鸦》《安娜贝尔·丽》等。

前言

在世界近现代文学史上，日本因产生了川端康成、大江健三郎那样优秀的诺贝尔文学奖获得者而引起世人的瞩目。而在他们之前，还有三位享誉海外的日本近代文坛巨匠，其中就包括本书的作者——芥川龙之介。

芥川龙之介，这位日本近代文学史中的短命“鬼才”，是一位才华横溢、学力丰厚的作家，在日本大正时期的作家中占有十分重要的地位。他创作的作品非常丰富，在当时就已经广受读者喜爱和文坛前辈的青睐，至今仍然广为流传。

芥川龙之介是一位高产作家，他的创作生涯只有短短12年，但是在这12年中，他写下了148篇小说、55篇小品文、66篇随笔，以及大量的评论、游记、札记、诗歌等，为日本文学留下一笔非常可贵的财富。他的小说除少数中篇以外，其他都是短篇。在创作的初期和中期，芥川龙之介写过许多历史短篇，其题材之新奇、构思之精深、技巧之纯熟、文笔之雅丽、意趣之盎然，无不在日本文学中独树一帜。他的每一篇小说，题材和构思都各有特点，这是他在创作过程中苦心孤诣、不断进行艺术探索的结果。

说起芥川龙之介，就不得不说日本的一个重要文学流派——新思潮派。这个流派的作家们认为文学作品是可以虚构的，十分重视题材的多样性和写作技巧，追求完美的艺术形式。他们通过笔锋审视人生、反映现实，在思想上表现了当时日本小资产阶级不满于现实而又没有出路的苦闷心情，在艺术上突破了长期占据日本文坛主流的自然主义文学，正视社会现实，既有浪漫主义色彩，又有现实主义倾向。而芥川龙之介正是该流派的代表作家之一。

1914年，芥川龙之介与友人共同创办《新思潮》文艺刊物，发表处女作《老年》，第二年在《帝国文学》上发表了《鬼脸儿》和《罗生门》两篇小说，其中最令他感到满意的是《罗生门》。第三年，芥川龙之介在《新思潮》上发表了短篇小说《鼻子》，他的老师夏目漱石对他说："你再写十篇这样的作品，则不但在日本，即使在世界文坛上，也将成为一位有特色的作家了。"此后数年，芥川龙之介笔耕不辍，笔力日益精进，连续出版了三本短篇集——《罗生门》《烟草和恶魔》《傀儡师》，一跃成为一方大家。

但是，芥川龙之介的作品过分执着于讽刺和揭示现实社会的冷酷无情、阴凉晦暗，而当时日本正处于变革期，社会斗争在历史车轮的前进中日益加剧，再加上家庭的重担和文学创作上的阻碍，令他思想上原有的怀疑、彷徨和神经质的阴暗面日益浓厚，而这些所导致的结果，就是芥川龙之介最终选择在35岁这样的壮年服安眠药自杀，日本文坛的一颗巨星就这样陨落了。1935年，芥川龙之介去世8年后，由其好友菊池宽提议设立了以他的名字命名的文学新人奖“芥川赏”。该奖项发掘了许多文学新人，激励出了许多有名的文学作品。

芥川龙之介的早期创作（1916—1920）多以历史题材小说为主，他自幼博览汉、日古典书籍，包括中国古代文学作品《聊斋志异》《水浒传》《三国志》《琵琶行》，日本古典文学作品《今昔物语》《宇治拾遗物语》《十训抄》等，其《罗生门》《秋山图》等很多小说就取材自这些古典作品。需要指出的是，芥川龙之介的历史题材小说不是单纯地演绎历史典故、翻拍历史人物，而是用冷峻的笔锋直指人性的丑恶与矛盾，因此其重点在于借古喻今、针砭时弊，犀利而深刻。

芥川龙之介的中期创作（1920—1924）从历史小说过渡到了自传式小说。这个时期的作品多取材于现实，如《橘子》《猴子》等。以本书收录的短篇小说《橘子》为例，该篇小说着力刻画了主人公“我”的厌世与百无聊赖的情绪，与衣着邋遢却拥有美好心灵的小姑娘形成鲜明对比，突出了当时日本底层百姓质朴、积极、纯真的思想品格，透露出希望。

芥川龙之介奉行艺术至上主义，能够轻松驾驭不同体裁的文学作品，手法娴熟，在艺术上十分成功。对艺术近乎苛刻的追求也成为芥川龙之介文学作品的主要题材之一，《戏作三昧》就是这样一篇作品。《戏作三昧》的主人公马琴也是一个艺术至上主义者，面对他人的质疑时曾心生动摇，但从他“每当伏案，利害爱憎皆烟消云散，转而便能进入戏作三昧的境界”中，可以知道他最终还是站在了自己的信仰这一边。而这篇小说，也可以看成芥川龙之介艺术至上主义的宣言。

芥川龙之介文学作品的另一个重要题材，便是对人性之恶的揭露与鞭笞，其成名作《罗生门》便是其中的代表和极致。在《罗生门》中，芥川龙之介将主人公家将逼到生死抉择的极限境地，以此作为背景来考问人性，让人性之恶在如此极端的环境中无处遁形。在芥川龙之介的笔下，善与恶、地狱与天堂往往只取决于人的一念之差，是对人性的极限考问。

本书收录了芥川龙之介的中短篇小说 19 篇和随笔集 1 篇，涵盖了其创作的早期和中期两个阶段的代表作品，以及记录他晚期思想的 1 篇随笔集《侏儒的话》。本书尊重作品原意，语言流利雅致，在文中穿插脚注，并在每一篇作品后面附上名家点评，以帮助读者更好地理解这位“鬼才”作家字里行间的真意与深意，至于对作品的解读，则留待各位读者朋友在阅读中见仁见智。

目录

罗生门解读

罗生门

某日傍晚，一名家将躲在罗生门下避雨。

宽阔的大门下，除了家将以外，再无他人——除了一只蹲在斑驳的朱漆大圆柱上的蟋蟀。罗生门位于繁华的朱雀大路，往日下雨时，总有不少戴着女笠和乌软帽的男女行人前来避雨，现在却只有家将一个人。

这是因为数年来，京城接连遭到地震、台风、大火、饥馑等几次灾难的打击，已经变得格外荒凉。根据当时的记载，甚至有人把庙里带着朱漆和飞金的木头佛像、供具打碎，堆在路边当柴卖。连京城里都破败如此，像修理罗生门那样的事，自然也就无人问津了。荒凉废弃之下，逐渐便被狐狸和强盗当成巢穴，最后甚至变成了丢弃无主尸体的地方。每日夕阳西下，这里的气象就越发阴森，因此谁也不敢到这里来了。

自那以后，也不知从哪里逐渐飞来了许多乌鸦。白天，成群的乌鸦围绕在高耸的门楼上空飞翔啼叫，尤其是当晚霞映红半边天时，远远望去黑魆魆一片，好似在血一般的天空中撒上了无数黑芝麻，看得格外清楚。平时，它们就在门楼上啄死人肉——今天因为时间已晚，又下着雨，所以一只也见不到，但是可以在倒塌了的砖石缝里和钻出长草的台阶上看见点点堆堆的白色鸟粪。这家将此时就一屁股坐在七级台阶的最高一层上，身上的宝蓝袄已经洗褪了色。他的右脸颊上长了一个大肿包，正用手捂着，茫然地等着雨停。

虽然家将躲在这里等待雨停，可是他也想不出雨停之后能够投奔哪里。按理说，他应当回到主人家里，可是他在四五天前就被主人辞退了。此时的京城里面，各处都是一片萧条，这家将被侍奉多年的老主人辞退，也不过是这萧条惨相之中的一个小小涟漪。所以说正在避雨的家将，确实是“被雨淋湿的家将，正无路可走”。今天的天气也加深了这位平安朝[①]家将原本忧郁的心情。从申末下起的雨，到酉时还没有停下来的迹象。家将一边不断思忖着明天怎样过——也只能是从没有办法中寻求办法，一边耳朵里似听非听地接收着雨水落在朱雀大路上的声音。

大雨从远处飒飒地打过来，围住了罗生门。家将抬头看了看，飞檐从门楼顶上斜出，挑起了一朵厚重的暗云，夜色渐渐压到了头顶。

要从没有办法中寻求办法，就只能不择手段了。如果放不开手脚，放不下尊严，结局便只能是在街头的垃圾堆里作安安饿殍，然后像死狗一样，被人拖着扔到这罗生门上喂乌鸦。如果不择手段的话——家将反复想了很多次，最后就跑到了这里。可是这个“如果”，思来想去最后也只是一个“如果”。家将已然下定决心“不择手段”，却又加上了一个“如果”，可见其对于日后要从事的“走当强盗的路”，是提不起丝毫积极肯定的勇气的。

雨夜的京城格外寒冷，冰冷潮湿的夜风正毫不客气地从门柱间涌进来。有条件的人家已经开始烤火取暖了。家将打了一个大喷嚏，然后大模大样地站起身子。朱漆圆柱上蹲着的蟋蟀已经不见了。

家将缩着脖子，耸起肩头，转身向门内四处张望，心想如果

---

①日本历史上的“平安时代”。

能发现一个既可以遮风避雨，又能藏住身形不被人看到的角落，就打算在这里过夜，安安静静地睡上一觉。就在这时，他看到了门里那条通着上面的门楼的漆着朱漆的宽大楼梯。楼上看来是个不错的场所，即使有人，也不过是些死人罢了。于是他一只手按住刀柄，留意着不让腰间的刀脱出鞘来，抬脚轻轻踏上了楼梯最下面的那一级。

罗生门门楼里那宽广的楼梯上，很快便有一个人形黑影，缩着身体，像猫似的屏息凝神窥探着楼上的情况。楼上漏下来一些火光，隐约照出了这个人的右脸，短短的胡子中长着一个红肿化脓的大疱。他原本以为这上头只有一些安安静静的死人，可是上了几级楼梯后，却看见有火光从缝隙中透下来。又登上几级楼梯，可以清楚地看到，在挂满蛛网的天花板下，模糊的黄色火光不时摇晃，似乎是在不住地移动。他心里明白，敢在这里点火的，绝不是一个普通人。

家将轻轻挪动着穿着草鞋的脚，壁虎一般隐去脚步声，慢慢爬到了这险陡的楼梯的最高一级，他尽量伏着身体，伸长脖子，小心翼翼地往楼板上望去。

楼上果然如传闻里所说，地板上胡乱扔着几具尸体。火光能照到的地方不大，看不出黑暗中到底躺着多少具。目光所及之处，有光着身子的，也有穿着衣服的，当然，有男也有女。这些泥塑一般的尸体完全不像曾经作为人而活过的样子，一个个张着嘴，摊开胳臂，横七竖八地横列在楼板上。在朦胧微弱的火光里，只能看清肩膀和胸口这类略高的部分；相对低一些的部分则阴沉如墨，辨别不清，如哑巴一般沉默着。

一股腐烂的尸臭钻进了家将的鼻孔，他连忙掩住鼻子。可是突然间，仿佛忘了臭味一般，他的手又在鼻子前面凝住了。有一种强烈的感情，夺去了他的嗅觉。

火光映衬下，他发现尸体堆里蹲着一个人，又瘦又矮，像只猴子一样。家将看出那是个穿着棕色衣服的老婆子。此时此刻，她的右手正擎着一片点燃的松明①，俯身窥探着一具尸体的脸。那尸体的头发很长，应该是一个女人。

家将毛骨悚然之下，心里既感到不可名状的恐怖，又有一阵按捺不住的好奇，一时激动，只剩下瞪眼观瞧，连呼吸也忘了。老婆子把松明插在楼板上，两手跟母猴替小猴捉虱子似的，在那尸体的脑袋上一根一根地拔着头发，头发似乎也应手而落。

看着头发被一根一根地拔下来，家将的恐怖一点一点地消失了，同时对这老婆子的怒气却一点一点地升了上来——不，他不只是对这老婆子感到愤怒，应该说是对一切罪恶行为的反感之情愈来愈强烈了。如果此时有人向他提起刚才在楼下所纠结的那个是饿死还是当强盗的问题，他可能会毫不犹豫地破口大骂着说自己宁可饿死。他的恶劣之心，正如老婆子插在楼板上的松明，烘烘地冒出火来。

他并不明白老婆子为什么要在这里拔死人的头发，搞不清这是好事还是坏事。不过此时此刻，他只觉得这是一宗不可饶恕的罪恶，在这样的雨夜里，在这样的罗生门上拔掉死人的头发。他自己却似乎已忘记刚才还打算当强盗的事了。

---

①将含有大量油脂的松木劈成条制成的照明工具。

于是家将两腿用力一蹬，一个箭步跳上楼板，右手紧紧攥住刀柄，大步闯到老婆子身前。老婆子大吃一惊，弹弓似的跳了起来。

“呔，哪里走！”

家将挡住了想要逃走，却因慌乱而只是在尸体间跌跌撞撞地乱跑着的老婆子，大声断喝。老婆子伸手想把他推开，夺路而逃，却被家将一把拉了回来。两人便在尸堆里厮打起来。当然，胜败早就注定了，家将终于揪住了老婆子的胳臂，把她按倒在地。那皮包骨头的胳臂瘦嶙嶙的，同鸡脚骨一样。

“你在干什么？老实说，不说就宰了你！”

家将摔开老婆子，拔刀出鞘，举起来威胁着晃了晃。老婆子双目圆睁，瞪得眼珠几乎要从眼眶里蹦出来，却像哑巴似的顽固地沉默着。家将低头看着两手发抖、气喘吁吁地耸动着双肩的老婆子，刚才烈火般的怒气和激动的情绪便渐渐冷却下来。老婆子的死活已然掌握在自己手里，他现在只想搞明白这一切究竟是怎么回事，便放缓了口气说：

“我是个过路的，不是衙门里的差人，不会拿绳子捆你的。我只想知道，你为什么这个时候在门楼上，到底在干什么？”

于是老婆子的眼睛睁得更大了。两道食肉鸟一般矍铄[①]的目光，自她红烂的眼眶里，直直地盯在家将的脸上。她那同鼻子挤在一起发皱的嘴，像吃食似的嚅动着，被牵动着的细脖子里发出乌鸦似的嗓音，随着喘气声，通过喉头一并传到了家将的耳朵里。

“拔了这头发，拔了这头发，是做假发用的。”

老婆子的回答竟如此平凡，家将意外之余，一阵失望，刚才

---

①形容老年人身体好、精神旺盛的样子。

那股怒气又同冷酷的轻蔑一起涌上了心头。老婆子看出了他的神气，一手捏着一把刚拔下的死人头发，又像蛤蟆似的动着嘴唇，辩解着说：

“拔死人头发，发死人财，是不对。不过这里这些死人，活着时也都是干这类下贱营生的。被我拔了头发的女人，活着时就是把蛇肉切成段，晒干了冒充干鱼，卖到兵营里去挣钱的。要不是得瘟病死了，如今还在卖呢。兵营里的人还说她卖的干鱼味道很鲜，买不到之后做菜都不是味了。她干的那营生其实也不坏啊，不干就得饿死呗。反正都是没法子嘛。你觉得我干的这是坏事，可我不干就得饿死，也是没法子呀！我跟她一样，都是没法子的人，大概她也会原谅我的。”

家将把刀收进刀鞘，左手按着刀柄，右手摸着脸上的肿包，冷冷地听着。随着老婆子的一番话语，渐渐地，他的心里泛起了一股勇气。这并不是他追着火光，上楼抓老婆子时的那种勇气，而是他在楼下避雨，纠结明天时所缺乏的那种勇气。他已经不再烦恼究竟应该是守身饿死，还是不择手段地去当强盗了。在家将的意识里，甚至已经完全不再有“饿死”这个念想了。

“确实是这样吗？”

下定决心之后，等老婆子刚把话说完，他就讥笑了一句。紧接着跨前一步，右手离开脸上的肿包，一把抓住老婆子的前襟[①]，恶狠狠地说：

“那么，我剥你的衣服，你也不要怪我。没法子，不这样，我也得饿死嘛。”

---

①上衣、袍子等前面的部分。

家将不顾老婆子的挣扎，几下剥光了她的衣服。看她还抱着自己的大腿不松开，就抬脚把她踹了出去。老婆子径直跌倒在尸体上。家将腋下挟着剥下的棕色衣服，五步走到楼梯口，头也不回地一溜烟走下楼梯，消失在了暗夜中。

过了一会儿，光着身子，死了一般的老婆子，从尸堆里爬了出来，借着还在燃烧的松明的火光，哼哼唧唧地爬到楼梯口，披散着短短的白发，向楼下张望，罗生门外边是一片沉沉的黑夜。

谁也不知道这家将去哪里了。

一九一五年九月作

点评：

本篇小说是作者根据11世纪的日本古籍《今昔物语》中的故事改编而成的。作者以破败的京城为背景，在罗生门这样一个城内与城外的分界点，深刻地描写了人类为了生存而行恶的利己主义。通过家将的逐步堕落，揭露了利己者在自己做坏事的同时，把责任都推到外部环境和别人身上的虚伪和卑怯嘴脸。

地狱变

一

所谓“前无古人，后无来者”，说的就是堀川大公那种独一无二的人物吧。据说他母亲在怀胎十月期间，就曾梦见大威德的神灵现身在她的床头。由此可见，他出生之后必定不是一位常人。后来果不其然，终其一生，他的为人行事，没有一件不出人意料的。光是堀川府那种宏伟、豪华的气派呀，如果不是眼见为实的话，实在是咱们这样的人无法想象出来的。外面好多风评，喜欢用秦始皇、隋炀帝的行事风格来类比大公，但在知情人看来，也不过是“盲人摸象”罢了。依照大公本人的性情，才不把区区荣华富贵放在心上呢。他反而还有一种所谓的“与民同乐”的度量，喜欢关心一些鸡毛蒜皮的事情。

即使遇到二条[①]大宫的百鬼夜行，他也全不害怕。甚至有传言说，那位因画作陆奥盐灶风景而赫赫有名的融左大臣，死后化作幽灵，夜夜都在东三条河原院作祟，但只要大公一声大喝，就立刻消隐。正是这种让鬼神敬而远之的威光，使那时京师里的男女老幼，一提到这位大公，便好像见到了大神显灵一般肃然起敬。有一次，大公参加完梅花宴坐车回府，从皇宫大内出来之后，拉车的牛忽然耍性子，撞倒了一位过路的老人。那老人居然爬起来双手合十，喃喃地说：竟然有幸被大公的牛撞伤，真是天大的福分啊。

大公的一生，给后代留下了非常多的遗闻逸事。例如在宫廷

---

①京都的一处地名。

大宴上一时兴起，开口就赏人三十匹白马；命令宠爱的童子，站立在长良桥桥柱的顶端；让一位懂得华佗术的震旦[①]僧，给他的腿疮开刀治疗——像这样的逸事，实在是难以胜数，不再一一道来。但在这诸多事情之中，却有一件最吓人的事情不得不提，那就是至今还一直保存在他府里当传家物的《地狱变》屏风的故事。我已经在府里侍奉大公二十来年了，却从来也未曾见过如那般凄厉恐怖的场面，以致身边人一个个吓得魂飞魄散。甚至连平日里面对任何事情都满不在乎的大公，只在那一回，也吃惊不已。

不过在讲这故事之前，先得讲一讲那位画《地狱变》屏风的画师——良秀。

二

提起这位良秀，直到今天大概也还有人记得。那时候大家都说，从拿画笔的人里面，再也找不出一个比良秀更高超的了。他就是那样一位大名鼎鼎的画师。发生那事的时候，他已年过五十大关，不再年轻了。看模样只是一个身材矮小、皮包骨头一般的脾气很坏的老头儿。他每次来大公府，总是穿着一件丁香色的猎衣，戴一顶软乌帽，看起来形容卑篓不堪。尤其是他那张不协调的血红的嘴，在一个老年人脸上，显得特别的难看，简直怪异得像某种野兽一般。有人说那是因为他总是舔画笔，但也没人知道究竟是不是这么个原因。至于那些嘴贫的人，更是戏谑地说良秀简直就像一只猴子，于是私下里给他起了个诨名叫猿秀。

起这个诨名也有个故事。大公府里在那时有个小侍女，是良秀十五岁的独生女。她是一位很娇美的姑娘，一点都不像她老子。

①旧指中国。

可能因为早年丧母，年纪虽小，却特别乖巧伶俐，为人办事也通晓事理。大公夫人和所有侍女都喜欢她。

有一次，丹波国[1]献上了一只调教好的猴子。顽皮的小公子看猴子模样滑稽可笑，就给它起了个名字叫良秀。府里上上下下，谁见了都忍俊不禁。大家也是觉得好玩，每每见猴子趴在大院里的松树上，或躺在宫殿里的席地上，便口口声声地叫着良秀良秀，故意捉弄着，逗它玩。

有一天，良秀的女儿给主人送一封系在梅枝上的书信[2]。正走过长廊，却见小猴子良秀从廊门外逃了进来，爬不上廊柱，只能一瘸一拐地跑着，看起来腿受了伤。紧接着，小公子挥舞着一条棍子追了进来，嘴里嚷着："偷橘子的小贼，看你往哪里逃。"良秀的女儿见了，略一踌躇，停了下来。于是逃过来的小猴一把抓住她的裙边，呜呜地向她哀叫——她心里不忍，一手提着梅枝，一手将紫香色的大袖轻轻一甩，把小猴抱了起来，转身向小公子弯腰施礼，柔和地说："请饶了它吧，它是只畜生嘛！"

小公子正追得起劲，顿时把脸一板，跺起脚来："不行，它偷了我的橘子！"

"畜生呀，不懂事嘛……"良秀的女儿求着情，忽然轻轻地一笑，"它叫良秀，是我父亲的名字。父亲遭难，做女儿的怎能不管呢？"

听到对方都已经这样说了，小公子再顽皮，也只好就此罢手了。

---

①日本古地名，在京都附近。

②日本古代贵族之间传递信件时，要系上一枝花枝。

“呵呵，既然是闺女给老子求情，那就饶了它吧。”小公子悻悻然地勉强说了一句，扔掉棍子，转身从廊门走出去了。

三

从此以后，良秀的女儿便和小猴亲热起来，连公主送给自己的金铃，都被她用红绸绦系在了小猴的脖子上。小猴也依恋着她，不管发生什么事情，总是围在她的身边不肯离开。有一次，女儿感冒卧床不起，小猴就一刻不离地蹲守在她枕边，愁容满面地咬着自己爪子。

有趣的是，从此再也没人以捉弄小猴为乐了。最后连小公子也不再欺负它了，不但常常喂它栗子吃，甚至如果哪个武士踢了小猴一脚的话，小公子还会大发脾气。到后来，大公还特地叫良秀的女儿抱着猴子来面见自己，可能是听人说了小公子追猴的经过，从而对良秀的女儿和猴子萌生了兴趣。

“看不出还是一个孝女啊，值得夸奖！”大公当场赏赐了一方红帕。那猴子见良秀的女儿捧着红帕施礼谢恩，也有样学样地对大公恭恭敬敬地鞠了一躬，把大公都给逗笑了。从此大公分外宠爱良秀的女儿。这是源于欣赏她因父之名而保护猴子的一片孝心，并不是世上所说的出于什么好色之情。对于一些因此而起的流言蜚语，等下面我再慢慢道来。这里先说明的是，大公对画师的女儿绝非心怀不轨。

良秀的女儿因为大公的特地召见和恩赏，身为下人算是挣足了面子，也算是受到了主人的额外认可。自此以后，更是跟小猴一起，时刻陪伴在公主的身边，就连每次公主乘车出外游览，也少不了她的陪从。因为本来是一位灵巧的姑娘，也没引起其他侍女的嫉妒。

话分两头，女儿的事情先放在一边，再来看看她的父亲良秀。猴子良秀虽然讨得了大家的欢喜，可是画师良秀仍然被大家毫不掩饰地憎厌[①]，还是“猿秀”“猿秀”地叫来叫去的。而且不但在府里，就连身在横川的那位方丈，一谈起良秀，也瞬间勃然变色，好像见着鬼了一样。（也有传言说，良秀曾经用漫画丑化过方丈。不过并不确实，也许只是无稽的谣言。）总之，不管在哪里，只要是他的名声传得到的地方，对这人的风评都是不怎么样的。不说他坏话的，或者说还没开始说他坏话的，只是在少数由衷钦佩他技艺的画师之间；或者是只见过他的画，没和他本人接触过的那些人。

事实上来说，良秀这个人其貌不扬甚至面貌丑陋还在其次，最不招人喜欢甚至惹人厌恶的，主要是他的坏脾气。所以他那些所谓的坏名声全是咎由自取，怨不得别人。

四

他吝啬、贪心、不顾面子、懒散成性、唯利是图——其中特别厉害的一点，就是事事都把本朝第一大画师的招牌挂在嘴上，而且言谈举止之间始终充满了霸道和傲慢。如果单是在画道技法上，他的桀骜倒还情有可原，可他就是狂妄得对世上的一切规矩习惯全然不屑入眼。有一个他门下多年的弟子曾经提起，一次府里请一位当时大名鼎鼎的桧垣女巫来作法。人家正在降神，口里

①厌恶，讨厌。

已经开始宣示着神意，可他这个时候不但充耳不闻，竟然还随手抓起笔墨，放肆地盯着人家女巫的脸，照着样子在纸上画出个吓人的鬼脸。大概在他这种不知敬畏的人眼里，什么神道附体，什么天意占卜，不过是装神弄鬼的骗小孩子的玩意儿。

他就是这样一种人，总是故意做出种种异于常规的怪僻行径。比如画吉祥天神时，非要画成一张卑鄙的小丑脸；画不动明王时，又非得画成一副流氓无赖相。倘若遭人当面指责，他就借机大声嚷嚷："我良秀画出来的神佛，要是会给我降灾，那才真是见鬼了呢！"长久以往，就连他的弟子们都渐渐感到不安，害怕有朝一日会受到牵连，有不少人还在学习中途就跟他分道扬镳[①]了——反正他就是自以为老子天下第一，恃才傲物，放荡不羁。

这样一来，无论良秀在绘画方面再怎么技艺高明，也只是到此为止了。而且他的绘画，甚至在用笔、着色方面，也跟别人全不一样。许多对他不以为然的画师，就因此攻讦他和他的画都是邪门歪道。据他们说，一直以来，对川成和金冈等古代名画师的画，都会有种种奇异的评品和传闻，这在业内本不足为奇。比如画在板门上的梅花，每到月夜便会放出一阵阵花香；画有宫女的屏风，会发出吹笛子的声音。可是对良秀的画，坊间流传的却都是一些阴森恐怖的怪评。比如他画在龙盖寺大门上的《五趣生死图》，有人说打深夜走过门前，能听到从门上传出天神叹气和哭泣的声音。甚至还有人说，能闻到图中尸体散发出的腐烂臭气。又有人说，大公让他画过一些侍女的肖像，然而只要是被他画过

①也说分路扬镳。原指分路而行，后多比喻因目标不同而各走各的路。

的人，不到三年，就都得疯病死掉了。对良秀和他的画作满怀恶评的人们说，这些都是良秀已经堕入邪道的证据。

可是他这个人，对这些恶评非但蛮不讲理地不以为意，反而还因此更加得意起来。有一次，大公在闲谈时对他说："你这个人就是喜欢丑恶的东西。"他便张开脸上那张怪异的红嘴，傲然回答："正是这样，现在这班画师，完全不懂得丑中所蕴含的美嘛！"尽管是本朝第一的大画师吧，居然敢当着大公的面大放厥词，做一些放肆无礼的奇谈怪论和歪理邪说。难怪他的那些弟子们也在背地里给他起了一个"智罗永寿"的诨名，来讽刺他的狂妄和傲慢。所谓"智罗永寿"，众所周知，是古代的时候，从震旦传过来的天狗的名字。

可是，就是这个良秀——这样目空一切、乖张桀骜的良秀，唯独对一个人怀着极为深厚的情爱。

五

原来这个良秀，发疯似的深爱着自己的独生女。前面说过，他那身为小侍女的女儿，是一位性情温和的孝女。可是他对女儿的爱，一点也不低于女儿对他的爱。他从来不主动向寺庙布施，面对跟他化缘[①]的僧人也向来一毛不拔。可是对女儿，却一改吝啬和贪心的本性，毫不吝惜金钱，无论是身上的衣衫，还是头上的首饰，样样都置办得周周到到，慷慨得叫人无法相信。

良秀对女儿的爱，并不包含给女儿找个好女婿、寻个好家庭这样的想法。他可能也算计不到这一点。但是如果有人讲了他女

①佛教和道教认为布施的人可与仙佛结缘，故称僧、尼、道士向人求布施为化缘。

儿哪怕一句坏话，他就能做出像雇几个街头流氓把人暗地里揍一顿这样的事情来。因此，得知大公把他女儿收为侍女时，老头子要起性子，颇为不服，当场向大公诉苦。所以外边传着的那些什么，说大公看中了他女儿的美貌，不管她老子乐不乐意，硬要收房纳妾之类的流言，大半是从这件事情上衍生出来的。

这流言并不准确，不过良秀倒是确实一直在利用各种机会求大公放还他的女儿。有一回，大公命良秀以他宠爱的一个男童做模特，画了一张幼年容貌的文殊菩萨像。大公看着逼真的画作，非常满意，便愉快地向良秀表示好意："你想要什么赏赐，尽管说吧！"

"请放还我的女儿吧！"良秀老实不客气地直接提出了这样的请求。别家府邸的规矩暂且不论，侍奉在堀川大公身边的人，你当老子的即使再怎么疼爱，也没有跟主人提要求放还的道理，这是放在哪一国都闻所未闻的事情。所以一听到这个请求，一向宽宏大量的大公，原本愉快的脸色瞬间变得阴沉，低头瞧着良秀的脸，沉默了一会儿，忽然一声断喝："这个不行！"起身来进入后堂了。类似这样一次都要命的事情，竟然先后发生过四五次。现在回想起来，每次这样的事情过后，大公对良秀的眼光与态度就愈加冷淡和不屑了。与此同时，良秀女儿的状况也发生了变化，每次看到她从殿上下来，常偷偷咬着衣袖低声哭泣。现在想来，这可能是孝女因为担心父亲的境遇而为之操心吧。不过自此，世俗间关于大公爱上良秀女儿却终不可得的流言也日渐多了起来。也有人说，后来大公让良秀画《地狱变》屏风的事，也是因为他女儿不肯顺从大公，当然这种事完全是捕风捉影的无稽之谈。

在我们这帮贴身下人看来，大公不让良秀的女儿回家，恰恰是为了爱护她。就她那个怪异蛮横的老子，倘若一时心软放她回去，接下来的日子肯定不如在府里过得舒服。这本来就是大公对这女子的一番好意嘛，就像大公一贯热心的那样，至于什么好色的说法，不过是凡夫俗子那些牵强附会的低级谣言。

总之，围绕着画师女儿的事，大公对良秀逐渐感到不满了。可巧的是，也正在这个时候，大公突然命令良秀画一幅《地狱变》的屏风。

六

一想起那个《地狱变》屏风，我的眼前就立刻浮现出画面上那些骇人的景象。

都是《地狱变》，良秀画出来的跟别的画师所画的，看起来完全不是一样的感觉。十殿阎王和他们的下属只在屏风上占了一个小角的篇幅，剩下的全都是大红莲和小红莲一样的熊熊火海。整个屏风都仿佛是一个连刀山剑树都能烧成铁水的大熔炉。在烈焰熊熊的色彩中，只有阴司行捕的衣服从中点缀出几点黄色和蓝色。火焰之上，飞散着“卍”形的墨色黑烟和金色的火花。

这还不算完，画中那些正在烈火中焚烧着的、苦苦挣扎着的罪人们的灵魂，更是通过他的画笔，呈现出惊人的恐怖感。那些形象可是在寻常的地狱图里所看不见的。良秀画出来的鬼魂，既有峨冠博带的宫里人，也有浓妆艳抹的仕女，挂着佛珠的和尚，曳高齿屐的文官、武士，穿着细长宫袍的女童，端着供品的阴阳师——真是按照世间众生，上自公卿大夫，下至乞丐贱人，无不囊括。所有的这些人物，都在牛头马面之类的鬼卒的追逐和暴虐之下，或者还在徒劳地四散奔逃，或者已经被烟尘烈焰所裹卷。其中有个女巫装束的女人，头发正挂在一柄钢叉上，手脚也缩成一团，看着就像一只吊梁蜘蛛似的。还有个男子，被一支长矛刺穿了胸膛之后，挑起来倒挂着身体，就像洞穴里的蝙蝠似的，有人说那看着很像新上任的国司[①]。至于那些正被钢鞭痛打的，被千斤石压扁的，让怪鸟大头朝下叼着的，在毒龙的嘴里正被尖牙利齿咀嚼着的——就不再一一描述了，总之都是按照大家所理解的因果，根据生前所犯的罪行，受着各种相应的折磨。

屏风里最让人心惊胆战的画面，却是一辆自空中落下，已有一半跌进刀山之上的牛车（密密麻麻的刀山上，插满了累累的尸体，刀尖穿过身体如尖利的牙齿）。牛车的车帘卷起，露出一位穿着绫罗绸缎，仿佛嫔妃一般的宫中女子。她披散着乌黑的长发，歪扭着雪白的脖颈，在舔舐着她身体的烈焰中，露出痛苦难耐的神情。这个人物画得如此出神入化，每个看到此情此景的人，都疑心自己听到了凄厉的惨叫，正从画里迸发而出。可以说这个场面，这个人物，浓缩了整幅画的恐怖气氛。燃烧着的牛车和车里痛苦煎熬着的人物，把看画人切身拖进了火焰地狱。

哎呀哎呀，说的就是这个。就是因为画这个场景，才发生了骇人的惨剧啊。可假如没有这场惨剧，良秀又怎么画得出这摄人心魄的地狱苦难图呢？为了这个屏风，他算是遭受了最悲惨的命运，最后连命也送掉了。画中的地狱，也可以说是本朝第一大画师良秀自己最终落进去的地狱吧。

---

①地方上的行政长官。

光顾着讲这个《地狱变》屏风的样子了，我都把故事的次序颠倒了。接下来继续讲良秀奉命画屏风的事吧。

七

良秀受命画屏风之后，就闭门一心扑在绘画上，连着五六个月都没到府里去，硬是没有见过女儿一面。其实别说他最疼爱的女儿了，简直是一拿起画笔，他就把世间的一切都抛诸脑后了。他的弟子说，师父每次只要一动手作画，就好像被狐仙迷了心窍一般。其实不光是他的弟子这么说，当时坊间就已有传言，说良秀之所以能在绘画上成名，就是通过向福德大神许愿才能实现的。不信的话，说明没亲眼见过他画画。只要在他画画时偷着去窥探，都能看到好几只阴沉沉的狐狸若隐若现地围绕在他前后左右。所以他画画的时候，无论白天黑夜都是躲在见不到阳光的黑屋子里，真好像是一握住笔，就被什么东西控制住一样，整个世界除了画画，就再无其他——这次画《地狱变》屏风，那股劲头尤其更甚。

听说这次，他把屋里的四面都挂上了蒲席①，又毫不吝啬地点满了灯台，一边调制着秘传的各色颜料，一边挑一些弟子进屋，分别让他们穿上礼服、猎装等各式衣服，摆出各种姿态，对着写生②——听弟子们说，不光是这次画《地狱变》，以前画别的作品也常常如此。而且那次给龙盖寺画《五趣生死图》，他甚至不屑于画活人了，反而直接静坐在散落街头的无主死尸前，就地取材。人们就那么看着他一边仔细观察尸体腐烂着的手脸，一边一

---

①用蒲叶编织的席子。

②指在绘画中直接以实物为对象进行描绘的一种方式。

丝不苟地照着原样写生下来。这次就更离奇了，他又搞了好些一般人想都不可想的新的怪名堂。但是这会儿可没工夫细说了，就单说说里面最有代表性的几点，也能大概了解他究竟都干了些什么了。

良秀的一个弟子（这人之前已经提到过），有一天调颜料的时候，师父忽然走过来说："我想睡会儿午觉，可是最近总做噩梦，睡不踏实。"这话说出来本也没什么奇怪之处，所以弟子仍旧调着颜料，轻声应了一句："是吗？"

可是良秀却从未有过的，竟然面露悄然的神色，郑重地托付弟子："一会儿我睡午觉时，请你坐在我旁边。"弟子没想到师父竟然会忽然害怕起噩梦来，但也不便进一步追问，便随口答道："好吧。"

师父却并不很放心地说："那你马上到里屋来。我睡着之后如果看见了别的弟子，你不要让他们进入我的卧室。"他略带犹疑地反复叮嘱着。其实里屋也是间画室，只是无论白天还是黑夜都关着门。那需要绘画的屏风就竖在里屋里面，就着朦胧的灯火立着，上面仅用木炭勾好了底图草稿。进了屋，良秀便困倦得马上躺下，侧身枕着手臂，一下便睡着了。可是还不到半刻的时间，坐在他枕边还在调着颜料的弟子，就忽然听见师父发出了难听的叫唤，声音模糊不可辨认，一点也不像在说话。

八

一开始还只是发出模糊的声音，渐渐地变成了可以听懂的言语，只是断断续续的，又在喉咙里咕噜咕噜的，仿佛呛着水："什么，叫我来……哪里……到哪里来？地狱？到火焰地狱来……谁？你……你是谁啊……我当是谁呢？”

弟子不觉间停下了调着颜料的手，扭头望了望师父的脸。良秀那张本就难看的脸，此时变得十分骇人。大滴大滴的汗珠在苍白的脸上不断涌出，眼瞅着顺着满脸的皱纹横流；红红的嘴巴张成了血盆大口，龇着缺了牙齿的牙床，撑开了干巴巴的嘴唇。嘴里有个肉色的东西，像被绳子牵着似的不住地摇动着。弟子看出那原来是舌头，而且正发出那些断断续续的非人的声音。“我以为谁……哼，是你吗？我猜，就是你。什么？你来接我？来啊，来地狱啊。地狱里……我女儿在地狱里等着我哪。”

听着说话声，弟子忽然仿佛看见一个怪影，朦朦胧胧地从屏风的画面上，飘飘然走了下来。弟子感到身上的血都冷了，再顾不得什么体统礼数，他马上伸手使劲去摇良秀的身体。师父还在说梦话，完全没有要醒的样子。

“她在等，坐车来啊……坐上这个车子到地狱里来啊……”说这些的时候，声音已经变成嗓子被人掐住而喘不上气的僵硬的闷声。弟子赶紧一把拿起笔洗，把里面的水泼到他脸上。良秀猛地一激灵，好像被刺了一针似的猛地跳起身来，作势要呼喊一般张着大嘴，双眼圆睁，目光恐怖地瞪着空中，好像被人直接从梦里一把拽了回来的样子，还保持着梦里的姿态，过了好一会儿才清醒过来。

“行了！你出去吧！”良秀凝神定气之后，仿佛没事一般，把弟子撵了出去。弟子了解他的脾气秉性，不敢多嘴，更不敢违抗，行礼之后赶紧走出师父的屋子。出来望见外边的阳光，不禁长出了一口气，恍若隔世一般，弟子自己也仿佛刚从噩梦里走出来。

这次之后，过了一个月左右，他又把另一个弟子叫进屋里。一动不动地坐在幽暗的油灯下，咬着画笔，忽然回过头来命令弟子：“请你把衣服全脱下来。”听到师父的命令，弟子不敢怠慢，急忙动手解开身上的衣服，一直脱成了赤条条的裸体。良秀皱皱眉头，一副烦躁和不耐烦的神气，冷冷地说：“我想看看被铁索缠住的人。麻烦你，根据我的吩咐，装出那样子来。”这位弟子原本是更适合耍弄大刀，而不是摆弄画笔的壮实汉子，结果听见师父如此另类的吩咐，也不禁吃惊犹疑。良秀见弟子还在迟疑犹豫，已然火冒三丈，猛地转身站立起来，手里不知何时已经抄起了一副摇摇晃晃的铁索。他径直扑到弟子的身后，不由分说地拿铁索扭着他的胳臂捆绑起来，并且毫不留情地使劲拉紧，把铁索深深地勒进弟子的肌肉里。完事之后直接“咣当”一下，把弟子推倒在地板上。很久之后再谈及此事，弟子还总是说：“那时候吓得我还以为师父发了精神病，打算杀死我哩。”

九

那弟子除了脑袋还能活动之外，手脚全都被捆成一团，像只酒桶似的被放倒在地下。紧紧缠绕的铁索勒住了身体里血液的循环，弟子从上到下，全身的皮肤都涨得通红，原本胖胖的头脸显得更加肥大了。良秀却神情自若地来回打量着这酒桶似的身体，围着转了好几圈，接连画了好几张不同角度的速写[①]。全然没有留意到，或者说完全不在意弟子的痛苦神情。

后来弟子遭的罪，终于被意料之外的变故给打断了。幸亏（也

①绘画的一种方法，一边观察对象一边用简单线条将其主要特点迅速地画出来。

可以说是不幸）过了一阵，有一道“黑油”从屋里角落的坛子后面，蜿蜒地流了过来。一开始只是慢慢地移动，渐渐地加速着奔向弟子而去。伴着泛出的一道闪烁光亮，一直流到了弟子的鼻尖边，这才被发现：

“蛇……蛇！”弟子不由得发出了惊恐的叫声，原本在体内膨胀着的血液瞬间凝固起来。这是因为蛇的舌头已经舐到了他的脖子。面对此情此景，就连一向倔脾气的良秀也不禁惊慌起来，连忙扔下画笔，跳起身两步奔到近前，弯腰一把抓着蛇尾巴倒提起来。蛇悬在空中，向上蜷缩着身体，却够不到他的手。

“这畜生，害我画出了一个败笔。”

良秀恨恨地嘟囔着，拎着蛇塞进了屋角的坛子里。这才转回身，心犹未甘地解开了绑在弟子身上的铁索，也没说句慰劳或致歉的话，就打发他离开了。想必当时他正悻悻然不慎画了一处败笔吧。至于弟子会不会被蛇咬伤送命，在他看来，恐怕属于无法相提并论的次要之事……后来听说，这蛇也是他特意豢养了用来画写生的。

听了这故事，就可以大致了解良秀为了作画，所做出的种种疯魔怪异之事的情况了。这还不算完，后来还有一个小弟子，只有十三四岁，竟然差点丢了性命。也是因为画这《地狱变》屏风。这弟子生得像个姑娘似的，皮肤特别白皙。他被叫到师父屋里的那天晚上，良秀正坐在灯台旁，喂一只在桌子上站着的怪鸟，手里还托着一块血红的生肉。这鸟头上长着两撮毛，竖起来看着像一对耳朵，还有两只琥珀似的大圆眼，相貌看着像一只猫似的，个头也有普通猫儿那么大。

十

良秀属于那种不喜欢别人插手自己事务的人。刚才说的那条蛇，还有他屋子里其他的任何东西，别说让人代为打理和触碰了，甚至连弟子们事先也都并不知情。所以在别人看来，他的桌子上经常会凭空冒出一些意想不到的东西，比如一个骷髅、银碗、漆器高脚杯等，诸如此类用于绘画写生的东西。由于没人知道这些东西平时具体存放在哪里，更是在或有或无中增添了一些神秘感。关于他那些有福德大神保佑的传言，想必也是由这类事情引出来的。

那弟子看见桌子上的怪鸟，也见怪不怪地猜出个大概，明白这十有八九也是用来画《地狱变》屏风的。因此他也就径直走到师父面前，恭恭敬敬地问道："师父有何吩咐？"良秀没有回答，而是伸出舌头舔了舔红色的嘴唇，下颏[①]对着怪鸟抬了抬："看看，看着很老实吧？"

"这是什么鸟，弟子从未见过呀！"弟子仔细打量着这只长得跟猫似的怪鸟，好奇地问了这么一句。

良秀还是那副嘲笑的口气："从来没有见过？这也难怪啦。毕竟是在城里长大的孩子嘛。这叫枭，也叫猫头鹰。这么老实的可不多见。是前几天鞍马的猎人送给我的。"

一边说着，一边顺着羽毛，抬手抚摸着刚吃完肉的猫头鹰的背脊。没有任何征兆地，鸟儿忽的一声尖叫，从桌上飞起来，迎着弟子的脸，张开爪子径直扑了上去。幸亏弟子反应迅速，及时抬起手臂护住了面孔，不然早已被猫头鹰那锋利的爪子撕破了脸

---

①下巴，或称下巴颏儿。

上的皮肉。弟子惊叫着，挥舞着双手试图轰走头上的猫头鹰，但那可怖的鸟儿再一次呼啸着飞扑了下来。弟子也顾不得在师父面前保持什么体统[①]了，连滚带爬地在狭窄的屋子里被逼得四处乱撞。猫头鹰却始终紧盯着他不放，围着他的脑袋忽高忽低地飞舞着，找到机会就扑上去，想要啄弟子的眼睛。弟子已经被猫头鹰的大翅膀拍打得辨不清东南西北，只觉得前后左右，到处都是大翅膀扇动时产生的可怕声音，还有狂风般的气流。自己就像一片落叶一样，在这狂风的旋涡中不停地旋转。油灯光随风摇晃，忽明忽暗。弟子更觉得自己好像落进了朦胧的月夜，师父的屋子也变成了深山里喷吐着妖雾的幽谷，着实吓得魂飞魄散。

实际上自始至终，最让他感到毛骨悚然和绝望的，是他那位师父。从猫头鹰一开始发起袭击，良秀就一边聚精会神地观察，一边慢慢地摊开纸张，拿着笔静静地对着他们开始写生。那专注的神态，仿佛要把少年被怪鸟攻击时的恐怖场景，所呈现出的每一处细节，都原原本本地画进纸里，生怕有任何疏漏。弟子挣扎之余，一看到师父脸上那丝毫不加掩饰的神气，更是恐怖得要命。后来他跟别人说，当时心里简直彻底地绝望了，认定这次一定要被师父害死了。

十一

被师傅害死的可能性，可不是完全没有的。那天晚上，他的本意就是把弟子叫进去，放出猫头鹰去袭击，再根据弟子逃命的模样，画出心里想要的画作。弟子一看师父不来救自己，反而开

---

①指体制、格局、规矩等。

始安心画画，一切就都心知肚明了，他立刻抱着脑袋，尖叫着逃到屋子角落的墙根处，使劲蹲下身子。然而这下轮到良秀发出了一声惊呼，慌张着跳了起来。弟子抱着脑袋不敢露出眼睛，只听见猫头鹰的大翅膀扇动得更加猛烈，却不再围着自己盘旋，同时地下传来“啪嚓”一声，像是有什么东西打破了，于是又一次被吓得魂飞魄散。这时却又听到师父在焦急地呼喊另一位弟子的名字，这才小心翼翼地抬起护着的脑袋，发现屋子里已经是漆黑一片，没有了灯光。

很快，被叫到的弟子一边在屋外答应着，一边提着一盏油灯匆匆跑来。在油灯的火光中，能够看到屋里的灯台被打翻在地，灯油四处横流。猫头鹰也已经落在地下，只有一只翅膀在不停地扇动。良秀在桌子的另一侧探出半个身体，表情呆呆地发着愣，嘴里咕噜咕噜地呢喃着别人听不懂的话——原来猫头鹰被一条黑蛇给缠上了，连脖子带一只翅膀都被黑蛇紧紧地用身子绞住了。大概是弟子蹲下身去的时候，把放在墙角的坛子碰倒了，坛子里的蛇又跑出来了。猫头鹰看见了就去抓蛇，结果不想反而被蛇给缠住，挣扎打闹之下，这才引起了新的乱子。两个弟子瞧着眼前这奇异的场面，面面相觑，茫然地站在一旁，然后你瞅瞅我、我瞅瞅你，分别向师父行了一个礼，跑出屋去了。至于那蛇和猫头鹰后来怎么样了，那可就没有人知道了。

类似这样的事情，后来还发生过好几次。刚才忘了说，画《地狱变》屏风是从秋初开始的，以后直到冬天结束，良秀的弟子们都一直受着师父怪僻行径的折磨。但是到了冬天结束时，良秀在绘画进展方面好像遇到了困难，不但神情越发显得阴郁，而且无论说什么话，都变得气势汹汹了。屏风上的画，看着已经完成了八成左右，就再没见良秀画上去新的东西。不光如此，看那光景，指不定哪天他一发疯，就可能会把画好的部分也全都抹掉吧。

可是没人知道良秀究竟遇到了什么困难，而且也没人想知道。弟子们在多次遭受前面提到的种种折磨之后，更是惶惶不可终日，对师父避之唯恐不及，就更没人去触霉头了。

十二

这段时间里，没有什么值得一讲的故事。如果非要说的话，就是这脾气别扭的倔老头，这段日子里忽然变得多愁善感起来，感情变得很脆弱，没事还爱流个眼泪什么的。有一天，某个弟子去院子里办事，就遇到了师父掉眼泪的事情。他说进门看见师父就站在廊檐下，抬头望着即将迎来春天的天空，满眼泪水。弟子觉得很尴尬，急忙不好意思地低下头默默退了出去。让他觉得奇怪的是，他师父上次画《五趣生死图》的时候，都能对着路边的死尸写生，这次怎么一画得不顺手了，就开始哭鼻子了呢？之前明明是那么狂傲的人，忽然变得这么孩子气，实在是让人觉得奇怪。

这边是良秀因为画屏风的事而愈见发狂，另一边却是他女儿，不知为了什么事，也变得越来越忧郁。她那郁郁寡欢[①]、忍泪含悲的委屈样子，连我们这些下人都能一眼看出来。这位白皙腼腆的姑娘原本就长得惹人怜爱，现在又总是一副睫毛低垂、眼圈青

---

①郁郁，发愁的样子。寡，少。形容心里苦闷。指闷闷不乐。

黑的忧伤模样，就更让人见之犹怜了。开始的时候，大家猜测她是想念好几个月未曾见面的父亲，或者是有了爱情的烦恼，害上了相思。恰好在这段时间，冒出来一种说法，说大公想要收她上房，她却不肯依从。从此以后，大家之间就再也没人讲她闲话了，一时间仿佛忘了还有这么个人。

我记得就是在这段时间里，遇到过一件事。某天深夜，我一个人走过廊下，忽然感到有人拽我的衣服。惊得我扭头一看，原来是那只叫良秀的猴子，不知从哪里跳了过来。这是一个暖和的月夜，梅花向夜色里吐放着清香。可我只见到猴子露出了雪白的牙齿，在月光下格外瘆人。它紧紧地皱起鼻子，发狂一般吱吱地啼叫着。看清是它之后，我已经不是很害怕了，现在更多的是生气和担心，怕它撕破了我的新裤子。本想一脚把臭猴子踢开，继续赶路，后来又想起猴子被小公子追打时的事情。于是一时按捺不住好奇心，就随它拽着，跟着它走了三四丈远的路。

我被它拉到了长廊的一个拐角，是一处能望见池水在夜色中映出柔和的水波，松树枝在长廊之上横斜的地方。从附近的一间屋子里，有一种慌乱而奇特的轻微的声响传进了我的耳朵，好像有人在挣扎撕扯似的。原本是月光皎洁、万里无云的宁静之夜，院子里除了池鱼偶尔跃出水面的声音，就再听不到任何人语。可我却真真切切地觉察到那里传出来的声响，不禁提高了警惕。我心想，如果是进来了小偷，可算是被我逮到机会大显身手了。于是屏气凝神、蹑手蹑脚地走到屋外。

十三

猴子在我脚边转来转去的，看样子好像越来越急躁，忽然张嘴大声地啼叫着，一跃而起，跳上我的肩头。我赶快一转身，想把它甩下去。但是没想到这家伙紧紧地抓住了我的袖管，就是不松开。害得我两腿摇晃几下，忽然一个踉跄，后背狠狠地撞在了门上。闹出了这么大的动静，已经没办法再遮掩了，索性大着胆子一把推开门，跳进了漆黑的屋里。然后我看到——不，我刚跨进屋里，就从里面像弹丸一样猛地冲出来一位姑娘，差点直接撞进了我的怀里。吓得我一躲身，姑娘就一下子蹿到门外去了。出来后她就直接跪在了地下，急促地喘着气，哆哆嗦嗦地抬头望着我，一副很害怕的样子。

猜得没错，这正是良秀的女儿啊。她已经完全变了一副模样。在月光之下，姑娘的两只眼睛闪闪泛光，面色绯红，衣衫凌乱。不同于平时小姑娘的样子，看起来反而分外地有一种娇滴滴的艳丽。这真是良秀那位弱不禁风、楚楚可怜的闺女吗——我靠着门边，呆呆地望着这位月光环绕之下的美丽女子，耳朵里却听到了另一个人匆忙的脚步声向远处跑去。我想不出那究竟是谁。

那姑娘低着头，默然地咬紧着嘴唇，看起来十分懊丧。

我弯腰把嘴靠在她耳边，小声地问："这人是谁？"姑娘摇了摇头，什么话也不说。我看到她的长睫毛已经积满了泪水，憋着哭声，把嘴闭得更紧了。

我一直都是个天生愚钝的笨蛋，除了那些一目了然的事情以外，稍微复杂一些的事情，我就都不能了解了。面对这种事情，我也不知道再对她说些什么才好，只能陪着她呆呆地站着。

院子里很安静，能听到她心头急跳的声音。我觉得这件事不好再过问了。

也不知道站了多长时间，我回身关上后面的门，看到姑娘已经恢复了苍白的面色，就尽可能低声地对她说："回到自己房里去吧。"打发走他女儿，我的心里感到十分不安，觉得自己见到了不该见到的事，心情有点沮丧地按着原路往回走。刚走了不到十来步，又有人从后面拉我的裤脚。我心里又是一惊，回头一看，你猜，拉我的是谁？

原来还是那只猴子。这次它跟人似的，跪在我的脚边，对着我连连叩首，脖子上的金铃"叮当叮当"地响着。

十四

那天晚上的事情过了半个月左右，良秀有一天突然到府里来，请求拜见大公。还是穿着那件丁香色猎衣[①]，戴着那顶皱瘪的乌软帽，只是脸色看起来比平时更加阴气了。虽然他只是个画师，地位卑微，但是一向受到大公特别的知遇，因此不是谁都能轻易拜见的大公，当天很快就召见了他。良秀恭恭敬敬地跪伏在大公座前，哑着嗓子说："自奉大公严命绘制《地狱变》屏风以来，一直不舍昼夜地专心执笔，现在已经有了一点成绩，大体上可以告成了。"

"很好，我很高兴。"

---

①在日本历史上，最先是野外狩猎时所穿的运动装，为武家独创，由披肩和铠甲发展而来，运动袖与衣体未完全缝合，从肩部可以看见里面所穿的单衣。在平安时代为一般官家的便服，镰仓时代为祭奠中神官穿着的服装。

不知为什么，大公威严的声音里，有一种随声应和提不起精神的语气。

“不过，现在还不行。”良秀不快地低下了眼睑，“大体上虽然已经完成，但是还有一处画不出来。”

“有地方画不出来？”

“是的，我绘画的内容，要想取得满意的效果，必须都是我亲眼见过的事物才行，否则即使硬生生画了出来，也画得不好，还不如不画。”

大公语气讽刺地说：“那你画这个《地狱变》，也得先去地狱里瞧瞧才行吗？”

“是，前年那次遭遇大火灾，我便亲眼瞧见了猛火中火花飞溅的火焰地狱之景，后来才得以画出令人满意的不动天尊的火焰。这画您是知道的。”

“那么画中地狱里的鬼魂、鬼卒，难道你也见过吗？”大公不接良秀的话，又继续问道。

“我特意看了被铁索捆住的人，也写生过被怪鸟追袭的人，也算是见过地狱里受罪的鬼魂该有的样子了，至于那些鬼卒……”良秀脸上露出难看的苦笑，又说道，“那些鬼卒嘛，我倒是在梦里常常见到。什么牛头马面、什么三头六臂的鬼王，拍着手的、张着嘴的，但是都发不出声音，几乎每天都在梦里折磨我——我想画却画不出的，倒不是这些东西。”

大公听了这话，露出了惊异的神色，狠狠地盯着良秀注视了好一会儿，然后才皱紧眉头叱问道：“那你到底要画什么啊？”

十五

“我准备在屏风正当中，画一辆正从空中掉下来的槟榔毛车[①]。”

良秀说着，抬头注视着大公。平常一说起画画，就跟发了疯似的，现在他的眼光更显得吓人。

“车里面坐着一位华贵的嫔妃，披散着乱发，脸的周围熏着滚滚的黑烟，在烈火中呈现出万分痛苦的神情，眉头紧蹙，眼睛向上望着车篷，一只手抓着车帘，好像要拿车帘挡住暴雨一般落下来的火星。车周围有一二十只猛禽，张着尖喙，绕着飞舞——可是，我想象不出，更画不出这车子里的嫔妃。”

“那……你准备怎么着？”

听到这里，大公好像又提起了兴趣，忙不迭地催问了一句。良秀哆嗦着红嘴唇，跟上了火似的，又像说梦话一般重复了一遍。

“我就是画不出这个场面。”然后咬一咬牙，接着说，“我请求您赐予一辆槟榔毛车，烧了给我看看，如果可以的话……”

大公脸色一沉，又突然哈哈大笑起来，然后一边忍住笑，一边说：“啊，没有什么可以不可以的事情，就照你说的办。”

那时我恰巧伺候在大公身边，觉得大公的话里带出来一股杀气。偷眼一瞧，发现大公说话时嘴角泛着白沫，太阳穴也突突地跳动着，好像被良秀传染了似的，疯狂得不像平时的样子。说完，他马上又像爆炸似的“咯咯咯”地笑了起来。

“一辆被火烧着的槟榔毛车，车里一个女人，穿着嫔妃的华贵服装，被火焰和黑烟团团围着……正在烧死这车中的女子……

①一种贵族专用牛车，以蒲席作篷。

哈哈哈……你竟然能想象出这样一个场面，真不愧是本朝第一大画师啊。了不起啊！真了不起！”

听着大公的话，良秀忽然变得脸色苍白，哆嗦着嘴唇，身体向下一俯，双手撑在地下，深深地行了个礼。

“感谢大人的鸿恩。”他用仅能听见的低声，喘息似的说着。可能经由大公一说，自己仿佛已经亲眼看到了那场面一般，所以才会如此激动吧。一旁侍立的我，一辈子第一次觉得良秀是一个可怜的人。

十六

几天后的一个晚上，一切准备妥当，大公如约把良秀召来，让他观看火烧槟榔毛车的场面。但并不是在堀川府里面，而是在一个叫化雪庄的地方。那里从前是大公妹妹的居所，是一座在京师郊外的山庄。火烧的场面，就布置在这山庄里。

这山庄早已废弃闲置，广大的庭园因为无人居住而显得一片荒凉。为了做这事，特意选在这种没人的场所吧。关于大公那已经去世的妹妹，坊间也有一些流言蜚语。说是在没有月亮的黑夜里，庭院里就会有穿着红裙子的鬼魂现身，在廊上飘浮着移动。其实，这里就是在白天也是寂然无声，就连流水声都带有阴冷之气。偶尔会有几只鹭鸶，流星一般飞掠而过，仿佛地狱里的怪鸟一般，令人毛骨悚然。因此有那样的流言，也不足为奇。

巧合的是，那天晚间也没有月亮，天空深渊一般漆黑一片。在大殿里点燃的油灯光中，大公身穿淡黄色绣紫花镶白缎边的大袍，高高地坐在檐下台阶的围椅上。前后左右都簇拥着五六个侍从，恭恭敬敬地侍候着。据说这些侍从中，有一个在几年前的陆奥[1]战事中，还吃过人肉呢，而且还是个双手能扳下鹿角的大力士。这人腰上围着肚兜，佩带着一把大刀，威风凛凛地站在檐下——灯火随着夜风摇晃，忽明忽暗，四下里的黑影也变幻着各种形状，犹如梦境一般，充满了恐怖的气氛。

院子里放着那辆槟榔毛车，高高的车篷顶上压着深深的黑暗。车子没有驾牛，车辕倒向一边，铜铰链闪着星星似的光。虽然已经是春天了，但夜里的空气还冷得彻骨。车上有流苏边的蓝色帘子蒙得严严实实的，看不见里面装着什么。车子的周围是一群下人。他们每个人手里都举着松明，小心地高擎着，尽量避免呛人的松烟被吹到檐下去。

良秀面对台阶，跪在稍远一点的地下，依然穿着那件丁香色猎衣，戴那顶皱瘪的乌软帽，在夜空的压迫之下显得特别瘦小。在他身后，还跪着一个乌帽猎衣的人，可能是他的一个弟子。两个人俯身跪在光线不可及的暗处，从我所站的檐下远远望去，连他们衣服的颜色也分辨不清了。

十七

时间已近午夜，四围一片黑暗，万籁无声。大家憋住气息注视着这场面，只听见一阵阵夜风吹来，送来了松烟的气味。大公无言地坐了一会儿，眼望着这奇异的景象，然后膝头向前移动了一下：

“良秀！”一声厉声的叫唤。

---

①日本古代地名。

良秀不知说了什么，在我耳里只听到喃喃的声响。

“良秀，现在依照你的请求，给你观看放火烧车的场面。”

大公说着，向四周扫了一眼。那时大公身边每个人互相会心地一笑。不过，也许这只是我的感觉。良秀战战兢兢地抬起头来，望着台阶，似乎要说话，却又克制住了。

“好好看吧，这是我日常乘用的车子，你认识吧……现在我准备将车烧毁，使你亲眼观看火焰地狱的景象。”

大公说到这里，向旁边的人递过一个眼色，然后换成阴郁的口气说：“车子里捆着一个犯罪的女子，车子一烧，她就得皮焦肉烂，化成灰烬，受最后的苦难，一命归阴。这对你画屏风，是最好的样板啊。你可得仔细观看，看她的雪肤花容如何在火中焦烂，满头青丝化成一蓬火炬，在空中飞扬。”

大公第三次停下嘴来，不知想着什么，只是摇晃着肩头，无声地笑着：“这种场面几辈子也难得见到的。好吧，把帘子打开，叫良秀看看车中的女子。”

这时便有一个下人，高举着松明火炬走到车旁，伸手撩开了车帘。爆着火星的松明一时间显得更加红亮了，一下子就照亮了车内的情形。在窄狭的车厢里，有一个被铁索残酷地锁着的女子……啊哟，谁都不相信自己的眼睛了。那绣着樱花的灿烂夺目的宫袍，那垂着的长长的光亮的黑发，那斜插着的黄金簪子[①]正发出美丽的金光。再看那娇小的身材、白净的颈项、沉静娴雅的脸容。这不是良秀的女儿吗？我差一点叫出声来。

随着车帘掀起，站在我对面的武士连忙跳起身子，一手按住

①别住发髻的条状物，用金属、骨头、玉石等制成。

刀把，紧盯着良秀的动静。上面说过，因为相离得比较远，所以我还看不清良秀的表情，想必面对此情此景，可能已经昏迷了吧。一刹那间，似乎有一种冥冥之力使他突然跳起身来。只见他伸出两臂，向车子跑去，陡然失色的脸，在深深的暗色中出现在我的眼前。这时候，人们听到了大公一声号令："点火！"

那辆锁着他女儿的槟榔毛车，顿时在下人们纷纷抛去的火炬中熊熊燃烧起来了。

十八

火焰逐渐包围了车篷。篷门上紫色的流苏被火焰腾起的热风吹起，篷下冒起了浓浓的白烟，在黑夜中分外显眼。烈烈升腾的火焰，像落在地下的太阳，又像突然迸爆的天火，而沿着车子的靠手，则仿佛喷吐出了万道红舌，十分骇人。车帘子、靠手，还有顶篷上的铜铰链，纷纷炸裂开来，火星像雨点似的飞腾……景象异常凄厉。刚才我还差一点叫出声来，现在却只能木然地张开大口，呆若木鸡地注视着这恐怖的场面。可是身为父亲的良秀呢……

我至今也忘不了，火光映衬之下，良秀的脸色。他正僵硬茫然地向车子奔去，却忽然望见火焰腾起，双脚一下就定住了，两臂却还保持着向前伸出的样子，眼睛死死地瞪着被火焰包裹着的车子，好像要把看到的景象全部吞进去似的。红红的火光，清晰地照亮了良秀整个身体，连胡子茬儿也可以很清楚地看到。那双夺眶欲出的圆眼，扭曲变形的嘴，还有不停抽动着的脸部肌肉，仿佛写生一般投射出他心里的恐怖、悲哀、惊慌。恐怕即将在刑场上被砍头的强盗，或者是在阎王殿里等待着惩罚和折磨的罪恶的鬼魂，也不会露出这样绝望和吓人的神色吧。就连那位警惕着按住刀把的勇武有力的武士，这时候也不禁骇然失色，不安地来回望着大公。

大公却紧咬着嘴唇，不时还会恶狠狠地笑一笑，目不转睛地盯着这个场景，甚至连眼皮都不眨一下。在车子里——啊，这时候我又看到了车中姑娘的情形，即便时至今日，也实在没有勇气回想和讲述。她苍白的脸被浓烟闷住了，向上仰起，披着的长发被燃烧着的火焰席卷着，一下子变成了一支火炬，那绣着樱花的美丽宫袍——真是惨厉的景象啊！特别是当有夜风吹散笼住车子的浓烟时，红莲烈焰中就会现出口咬黑发，在铁索中使劲挣扎的身影，真是一幅活生生的在地狱中饱受业火[①]之苦的苦难景象啊。从我到那位大力武士，在场的人无不感到全身的寒毛一根根地竖立起来了。

当又一阵风吹过庭园树梢的时候——谁也没想到，漆黑的夜空中，忽然有一个黑魆魆的东西，像一个大皮球似的，发出一声怪响，从房顶径直跳进了燃烧着的车子里。在车身迸裂的噼啪声中，从后面一把抱住了姑娘的肩头。烟雾里，爆出一声裂帛一般的惨叫，接着又是第二声、第三声——我们这些观众，也迸发出了异口同声的惊呼。跳进火里，在烈焰中抱住姑娘肩头的，正是府里那只诨名叫良秀的猴子。谁也不知道它是怎么偷偷地找到这里来的。看来它是为了能跟这位平时最亲密的姑娘在一起，才不惜跳进烈焰之中去的吧。

---

①佛教谓恶业害身如火，亦指地狱焚烧罪人之火。

十九

猴子的身影只在火焰中闪现了一刹那的工夫。当细碎的火星再次升腾起来的时候，猴子和姑娘的身影彻底被黑烟所掩埋，看不到了。只能看到一辆笼罩着烈焰的车子，在庭院里伴随着轰轰的声响，剧烈燃烧着。不，这已经不是一辆燃烧的车了，而是变成了一根火柱，直冲霄汉。我这么说，你应该能明白那是一种何等骇人的场景了吧。

然而最让人震惊的，还是那位良秀。那位木然地站立在火柱前的良秀，刚才整个人看起来还是一副如同落入地狱般的受罪相，可现在同样的那张又皱又瘪的脸上，却好像正在散发出一种光辉，好像是一种神情恍惚的法悦[①]的光。他的双臂紧紧地抱在胸前，昂然地站立着，完全沉浸在自己的世界里，仿佛已经忘记了身在大公座前，更好像前面在燃烧着的，不是他那已经悲惨送命的女儿，自己只对眼前美丽的火焰和葬身火海的美女，感到无限的兴趣和灵感似的——就这么端详记录着眼前的事情。

他这个人竟然好像对能够亲眼看到自己女儿惨死，而感到十分高兴似的。只是他现在的样子，看起来确实极其威猛，不再像一个凡人，而像是一头好斗又愤怒的狮子。就连那些被火焰的光亮和声音惊醒的无数嘈杂的飞鸟，也不敢飞近他的附近。那些无知的鸟，是不是看见他头上有一圈圆光，像一尊庄严的神呢？

鸟尚且如此，又何况我们这些下人啊。大家屏气凝神、心怀不安、目不转睛地望着良秀，好像正在瞻仰开眼大佛。天空中，回荡着这场销魂落魄的大火的怒吼，被火焰映衬着的良秀的身影，

---

①佛教用语，意为在信仰中得到的内心喜悦。

竟然有一种庄严而欢悦的气派。这时候，依旧坐在檐下的大公，和刚才相比却又仿佛换了一个人似的，脸色一阵青一阵白，嘴角泛着泡沫，两手紧抓着盖着紫花绣袍的膝盖，嗓子里呼呼地喘着粗气，像一匹口渴的野兽……

二十

这天晚上大公在化雪庄烧车子和姑娘的事，不知被谁泄露到了外面，引出世人不少议论。围绕着大公为什么要烧死良秀的女儿这个问题，流传最多的一种说法，是说大公对这女子求欢而不可得，终于恼羞成怒地趁机报复。可是我作为身边人，通过大公话里话外所透露出来的信息，感觉大公之所以会烧车杀人，是作为对画师良秀那怪脾气的一种惩罚。

此外，那死心眼儿的良秀，为了画这屏风，竟然铁石心肠地不惜眼睁睁地看着女儿在自己面前被活活烧死，也引起了世间颇多的议论。有人骂他为了满足绘画的欲念，竟然连一点点父女亲情都没有，根本就不是个人，简直禽兽不如。那位横川的方丈就持有这种观点，他常说："不管技艺多么高明，但是作为一个人，违反人伦五常，丢掉了做人的根本，就该落入阿鼻地狱。"

后来又过了一个月，《地狱变》屏风终于画成了。当天良秀就马上送到府上，请大公鉴赏。这时候，恰巧那位方丈僧也在府上做客，看到屏风上那扑面而来的一派狂风烈火的地狱光景，不觉也是大吃一惊。斜睨着身边的良秀，不禁露出一副苦脸，突然把膝盖一拍："闹出大事来了！"大公听到这话，脸上也现出一副苦相，我到现在还清楚地记得。

从那以后，至少在堀川府里，再没有人说良秀的坏话了。无论是谁，即使是平时最厌恶良秀的人，只要是见过了这座屏风，在深深的震撼之下，也会为良秀的强烈情感所左右，切身感受到火焰地狱的大苦难。

不过那时候，良秀已经不在世间了。画好屏风又呈献给大公之后的第二天晚上，他就在自己的屋子里悬梁自尽了。画完了画作，又失掉了独生女，他可能已经无法安心地再在世间活下去了。人们把他的尸体埋在他那所屋子的遗址上，立了块小小的墓碑。现在经过数十年的风吹雨淋，又无人打理，已经长满苔藓，终于成了无人知晓的荒坟野冢。

一九一八年四月作

点评：

本篇小说取材于日本古籍《宁治拾遗物语》卷三中的《绘佛师良秀喜欢火烧自家记》和《古今著闻集》卷十一中的《弘高的地狱屏风图》的故事。作者通过极端化的人间悲剧描写了权力与艺术的对垒，被称作芥川“艺术至上主义”的一个宣言。作品中还蕴含着作者一以贯之的探究——艺术家为了创作非凡的作品，在一定的时候或一定的场合下有可能把灵魂出卖给恶魔。本篇被日本文学评论家正宗白鸟认为是“芥川龙之介的最佳杰作”。

老年的素盏鸣尊[①]

一

素盏鸣斩除了为害一方的高志大蛇，娶了足名椎的女儿栉名田姬为妻，以女婿的身份继承了其部落的族长之位。

足名椎为他们夫妇两人，在出云国须贺地方，盖了一座八广殿。那宫殿规模宏大，如一座隐在云雾里的丛林。

他和新夫人在这里开始安享起宁静和平的生活，每日里听着风声浪花，望着夜空繁星，他再也不想到浩渺的太古天地去流浪了。而且，他也快要当父亲了。在宫殿的梁柱之下，在涂着红白狩猎图的四壁之中，他满心幸福地找到了安适的炉边生活，这可是在高天原[②]的时候所无法想象的事情。

在餐桌上，他们一边用膳，一边商量着今后的生活计划；在宫外的柏树林里，他们一边散步，一边聆听着小鸟梦境般的啼鸣，开心地踩踏着满地的落英。他爱他的妻子，连自己的性格都改变了。从那以后，在他的谈吐语气、行为坐卧和目光神色里面，再也找不到从前那种粗暴的气质了。

当然有时候在睡梦中，还是会偶尔梦见黝黑的怪物和挥舞着的刀光剑影，让他回想起过去那充满危险的杀伐生活。可是一旦从梦里醒来，他所思所言的，仍是妻子和部落，梦境早就忘了。

很快，他们果然当了父母。第一个孩子是个男孩，他给起名

---

①日本神话中的英雄。他不服从父神伊奘诺尊命令，和姐姐天照大神争闹，被逐出高天原，流浪各地，后在出云国肥河高志地方斩蛇除害，娶当地足名椎的女儿为妻，安居须贺。

②日本神话中由天照大神统治的天津神所居住的地点，被描写为漂浮在海上、云中的岛屿。

为八岛士奴美。八岛士奴美的相貌与他的母亲相似的地方居多，是一个很漂亮的婴儿。

岁月如梭。之后他又娶了几个妻子，又生了几个孩子。等到孩子们都长大成人，他就分别命令儿子们率领兵士，出发到各个部落去。

随着儿孙的兴盛，他的声名也渐渐流传到远方。很多部落，现在都拜服在他的统领之下，向他朝贡。无数满载着丝绸、毛革和珠玉的船只，还有各部落的使者，络绎不绝地到须贺宫廷里去进贡和朝见。

有一天，他在来朝见的人们中，竟然见到了三个从高天原来的青年。一个个都是相貌魁伟的大汉，简直同当年的他一样。他就把他们请进宫来，又亲自给他们斟酒。这可是从未有人享受过的尊贵待遇。面对这位英雄族长的盛情，青年们开始时感到很惶惑，心里也带着些许敬畏。可是待到酒酣耳热，也就放松了身心，乃至有点放肆起来，听从他的要求，开始敲着瓮底，唱起高天原的歌曲来了。

当宴会结束，他们起身告辞时，他拿出了一口宝剑，说："这是我当年斩杀高志大蛇时，从大蛇的尾巴上得来的一口宝剑。现在交给你们，请你们献给祖国的女王。"

青年们接过宝剑，又跪在他面前，发誓决不违背他的命令，一定送到。

在他们登船之后，他又独自走到海边，目送着船帆在奔腾的波涛中逐渐远去。直到那船帆映照着自云雾中透下来的阳光，像飘在空中一般，在天边一闪而逝。

二

但是素盏鸣夫妇，也无法逃脱死亡的宿命。

在八岛士奴美长成一个美貌的青年时，栉名田姬却突然得了场病，大约一个月光景，就黯然逝世了。虽然他拥有好几个妻子，但是万般宠爱的只有她一人。因此在宫中布置灵堂的时候，他默默地流着眼泪，守在美丽妻子的遗体前，整整七昼夜。

整个宫中都充满了哀伤，一片痛哭声之中，幼女须世理姬[①]的悲啼格外响亮，就连宫外路过的行人也不禁闻之而潸然泪下。她是八岛士奴美唯一的胞妹。哥哥像母亲，她却更多地继承了感情热烈的父亲，是一位颇有男子气概的姑娘。

栉名田姬的遗体，最终被埋葬在离须贺宫不远的小山腰上，连同她生前使用的珠玉、宝镜、衣服。为了慰灵的习俗，素盏鸣决定把日常服侍妻子的十一个女奴杀死殉葬。看见那些盛装等死的女奴，部落里的老人们却都不以为然，私下里为难起素盏鸣的专擅来。

“十一个人，尊人竟然完全无视部落的旧俗。元妃死了，却只用十一个人来殉葬。难道有这种规矩吗？只有十一个人！”

办完丧事，素盏鸣当即宣布将王位传给八岛士奴美，自己则带着须世理姬隐居到海外那遥远的根坚洲国去了。

那是一个四面环海的无人岛，当他还在四处流浪的时候，就认定这里的风景是天下最优美的。为了安度晚年，他在这个最喜欢的小岛的南部小山上盖了一座茅草顶盖的宫殿。

---

①日本神话中的女神之一。

他虽然已经白发苍苍，但是两眼依然炯炯有光，浑身上下也还充满着充沛的精力。只是有时，与在须贺宫时不同，在不自觉之间，他的脸色不免增添出一种粗野的气概。这个荒岛，逐渐唤醒了潜伏在他身上的野性。

他同女儿须世理姬豢养了蜜蜂和毒蛇。养蜜蜂是为了取蜂蜜吃，养毒蛇则是用来提取毒液，好给箭头淬毒。渔猎之暇，他把一身武艺和法术都传授给了须世理姬。在这样的生活环境中，须世理姬也就成长为一位巾帼不让须眉的女丈夫了。但是她的容貌还保留着栉名田姬的面容，依然是一位秀丽的美女。

宫外的朴树林一年年长出新绿，又洒下遍地金黄。每换一次新绿，他那长满胡子的脸上，就会增添一些皱纹。须世理姬始终含笑的眼神中，也添上了一层冷峻的光焰。

三

那天，陌生的青年跟着原本去海里洗浴的须世理姬回来时，素盏鸣正在宫前的朴树下剥大雄鹿的皮。

“爸爸，这一位是刚才遇见的，我把他带来了。”

须世理姬向站起来的素盏鸣介绍了这位远来的青年。

这青年身材魁梧，面目如画，脖子上挂着红蓝的项链，腰间佩带着一把粗大的高丽剑。素盏鸣不禁想起了自己的青年时代。

接受了青年恭敬的谒见，素盏鸣冷淡地问：“你叫什么名字？”

“我的名字叫苇原丑男。”

“到岛上来有什么事？”

“我乘船而来，寻找水和食物。”

青年的回答干净利落，毫不迟疑。

“是吗，那请到里边去，尽量吃吧。须世理姬，你带他去。”

看到两人走进宫去，素盏鸣重新拿起刀，在朴树下继续剥鹿皮，心里却有了一丝奇异的波动。一直以来，有如平静海面一般安宁的隐居生活，仿佛升起了一朵预告着暴风雨的阴云。

剥完鹿皮回到宫中，已经是黄昏时分了。他走上宽阔的台阶，像往常那样刚一掀开宫门上的白帘帷，立刻就看到须世理姬和苇原丑男，像一对躲在窝里的亲密小鸟，慌慌张张从席地上站了起来。他皱皱眉头，慢慢向内室走去，然后面露不悦地向苇原丑男瞥了一眼，半命令式地说：“今晚你可以住在这里，消除一下船上的疲劳！”

苇原丑男很乐意地接受了邀请，却掩饰不住脸上的尴尬之色。

“那就请他上那边的屋子去随意休息吧，须世理姬……”

素盏鸣一边说着，一边看一眼女儿，忽然发出讥讽的语气：“快带他到蜂房去！”

须世理姬一愣。

“还不快去！”

父亲看她踌躇犹疑，便发出了野熊嘶吼一般的斥责。

“是，请上这边来吧！”

苇原丑男又向素盏鸣施了一礼，便急忙跟着须世理姬走出大厅。

四

一走出大厅，须世理姬便从肩上取下披肩，递到苇原丑男手上，低声说："进了蜂房，你马上把这披肩挥舞三次，蜜蜂们就不会叮咬你了。"

苇原丑男没听明白，但也没时间再细问，因为须世理姬已经打开了小门，请他进去。

屋里很黑，苇原丑男进到里面，转身想伸手去拉她。可是手指头只碰到了她的发辫，就听到了匆匆的关门声。

他一边摩挲[①]着那条披肩，一边茫然地站在原地，等眼睛渐渐习惯了黑暗，这才能看出一些模糊的阴影。

淡淡的光线之中，能看到屋顶上挂着几个大木桶似的蜂窝，一大群一大群比他腰间的高丽剑还要粗大的蜂群，正在蜂窝的周围蠕蠕爬动。

他一惊，连忙退到门口，发现门已经关得严严实实，不管怎么拼命推门，也是一动不动。这时，一只大蜜蜂已经飞落下来，张着翅膀，在地下渐渐爬到他身边来了。

他不等蜜蜂爬到脚边，就慌张得连忙抬脚去踩。蜜蜂却已经扇动翅膀，飞到他头上去了。就像收到了什么信号似的，有很多蜜蜂仿佛一见到生人就忽然发起怒来，一个个腾空而起，如风中烈火一般，纷纷落在他的身上。

须世理姬回到大厅，点燃墙上的松明，火光照出了躺在席地上的素盏鸣。

"带他进蜂房了吗？"

---

①用手轻轻按着并一下一下地移动。

素盏鸣眼睛里闪着光，望着女儿，不高兴地问道。

“我从不违背爸爸的吩咐。”

须世理姬扭脸避开父亲的目光，在大厅的角落里躺下。

“是吗，那以后也不许违背爸爸的吩咐呀！”

素盏鸣的语气中又带上了讥讽。须世理姬并不搭声，躺着顾自摆弄自己的项链。

“你干吗不说话？是打算违背了吗？”

“不，爸爸为什么说这种话？”

“你既然不打算违背我，就得明确地作出回答呀。我明确地说，我不同意你做那个青年的妻子。素盏鸣的女儿，得找一个素盏鸣看得上的女婿，对不对？你可别忘了。”

夜深了，须世理姬悄然地爬起身来，凭倚着厅屋的窗口，在素盏鸣的鼾声中，静静地望着红通通的月儿无声地沉入大海。

五

第二天一早，素盏鸣按照每天的习惯，到满是礁石的海边去游泳。苇原丑男从宫殿那边跑了过来，追上了他，一副精神饱满的样子。

他高高兴兴地跟素盏鸣打招呼：“早！”

“怎样，晚上睡得好吗？”

素盏鸣在岩石边站下，满腹狐疑地望着他。打量来打量去，这小伙子不光毫发无伤，而且精神抖擞。怎么没有叫蜜蜂蜇死呢？这是出乎他意料的。

“好，托福托福，睡得很香！”

苇原丑男回答着，弯腰从地下随手捡起一片石头，玩闹一般使劲向海中抛去。石片在空中划出一道长长的弧线，飞跃早晨红波荡漾的海面，落在很远的海水中。须发苍白的素盏鸣，已经抛不了那么远了。

咬了咬嘴唇，素盏鸣默然地望着落进海里的石片。

从海边回来吃早饭的时候，素盏鸣板着苦脸，一边啃咬着一条鹿腿，一边对坐在对面的苇原丑男说："既然你喜欢我们这个地方，就请多住几天吧。"

坐在身边的须世理姬马上向苇原丑男使了一个眼色，想要他谢绝这个不怀好意的邀请。可是他正在用筷子夹起碟子上的鱼肉，根本没有觉察到她的暗示，反而高高兴兴地接受了："谢谢，那我便再打扰几天吧！"

幸亏素盏鸣有睡午觉的习惯。下午的时候，两个恋人趁机溜出了宫殿，躲在海边系着独木舟的那处幽静的岩穴中，度过了一段幸福的时间。须世理姬仰面躺在芳香的海草上，一双美丽的眼睛梦似的仰视着苇原丑男的脸，然后轻轻推开他的手臂，担心地说："今晚你要是再住在这里，性命就危险了，不用惦记我，你快逃走吧！"

可是苇原丑男笑了笑，像小孩似的摇摇头："有你在这里，我死也不离开。"

"可你要是真有什么好歹……"

"那咱们一起从这个岛上逃走吧！"

须世理姬犹豫了。

"你要是不跟我一起走，我就永远待在这里。"

说着这话，苇原丑男重新抱住了她。她却一把把他推开，突然从海草上爬起身来，焦急地说："爸爸在叫我了。"说完就像一只小鹿似的蹿出岩穴，向宫殿跑去。

留在后边的苇原丑男，笑嘻嘻地望着她远去的背影。在她躺过的地方，落下一条披肩，同昨夜给他的那条一样的披肩。

六

到了晚上，素盏鸣亲自送苇原丑男去休息，只不过这次换了一间屋子，就在蜂房的对面。

屋子里跟昨天那间一样，也是一片漆黑。不同的是，地面上好像到处都堆着宝石，在黑暗中发出闪闪的光亮。

苇原丑男觉得这闪光看着有些不自然，让人很不舒服。他的鼻子还闻到了一股难闻的腥气。等到眼睛逐渐习惯了黑暗，他才看出周围这些闪烁着的亮光竟然是一些身体大得连马都能吞下去的大蛇的眼睛。这些蛇有的绕在屋梁上，有的盘在屋角里，有的盘在屋子中间，满屋子都是。

他大吃一惊，赶忙伸手抓住腰间的剑柄。可蛇实在是太多了，即使他拔出剑斩死一条，马上也会有另一条缠上来把他勒死。而这时候，有一条大蛇就正从地下抬着眼睛望着他的脸；还有一条更大的把身子缠在屋梁上，嘴里吐着舌头，从上往下探着脑袋，直冲着他的肩头。

屋子的门又被锁死了，根本别想打开。白发苍苍的素盏鸣也正守在门外，带着一脸的狞笑，听着门内的动静。苇原丑男紧紧抓着剑柄，惊恐地瞪着眼，僵直地站着，不敢有丝毫动作。那条在他脚边盘成一座小山似的大蛇，身子已经渐渐地舒展开来，高高地抬起了头，脖子向后微微一缩，好像马上就要扑上来了。

情急之下，他忽然想起昨夜在蜂房里，蜂拥而至的蜜蜂几乎已经爬满了他的全身，但是当他挥了挥须世理姬给他的那条披肩，蜜蜂们马上又都离开了他的身体。今天须世理姬在海边的时候又给他留下了一条披肩，会不会也有同样的效果？他立刻掏出那条披肩，忙不迭地向空中挥舞了三次。

第二天早晨，素盏鸣又在满是礁石的海边，遇见了英气勃勃的苇原丑男。

“怎样，昨晚睡得好吗？”

“好，托您老的福，睡得很好！”

素盏鸣脸一沉，瞪了他一眼，顿了顿思绪，换成一副事不关己的姿态，用平静的声调说：“是吗，这可真太好了呢。现在跟我一起游泳去吧。”

脱了衣服，两人迎着波涛汹涌的海水，远远地游了出去。素盏鸣原本就是位游泳高手，在高天原的时候就远近闻名；可是这位苇原丑男比他还要厉害，在水里的时候简直就像一只海豚，在波浪中随性地自由翻腾。从海边的礁石上望去，两个浮在水面上的脑袋就像一黑一白的两只海鸥，渐渐拉开了距离。

七

海潮一浪接着一浪，不断地涨上来，两人身边漂满了雪白的浪花。素盏鸣时不时地扭头看看苇原丑男，目光里满满的恶意。

对方却越过一个又一个浪头，悠然自得地迎着翻滚的波涛，径直向前游去。

渐渐地，苇原丑男已经超过素盏鸣，游到前头去了。素盏鸣怎能受此羞辱，狠狠地咬紧牙关，死命地挣着向前追去。但是在两三次大浪迎面打过之后，素盏鸣再把头钻出水面，却失去了目标，眼前只有汹涌而来的层层波浪，再也找不到对方的身影了。

“这回我一定要收拾掉这讨厌的家伙，让他葬身海底。”

素盏鸣心里发着狠，不杀死对方，绝不善罢甘休。

“去他的吧！让鲨鱼吞了这坏家伙才好！”

可是不一会儿，苇原丑男就像鲨鱼似的游回来了。

“再游一会儿吧！”

他在远处一边拍打着海水游动着，一边照旧笑嘻嘻地招呼着素盏鸣。可是现在即使素盏鸣想逞强，却泄气一般再也没有游泳的兴趣了……

下午的时候，素盏鸣又要求苇原丑男跟着他，去小岛西部的荒野里猎狐兔。

两人在荒野尽头，不顾在耳边呼呼响着的大风，登上了一块高大的岩石。站在上面放眼望去，大风吹动着荒野里那一片离离的荒草，像涌动着的海浪一般。素盏鸣沉默了片刻，把箭扣在弦上，转身对苇原丑男说：“真不凑巧，刮起了这么大的风，没法打猎了。咱们来比一比射箭吧，看谁射得远。”

“好，那就比吧。”

苇原丑男也自信满满地提起弓箭。

“好，同时射出去！”

两人并肩站定，一齐拉满了弓，同时松弦放箭。两支箭的箭羽在阳光下闪烁着光芒，在大风的助力之下，像流星一般刺穿空气，不分先后地齐头并进着，飞过起着波浪的草原，倏地一下隐没下去看不见了。

“分出胜负了吗？”

“不，再来一次！”

素盏鸣皱着眉，不痛快地摇了摇头。

“再来一次也是一样。劳烦你跑过去，把我的箭找回来。我那支箭是从高天原带回来的，涂着朱漆，是很名贵的箭呀。”

苇原丑男依照吩咐，跑进了狂风席卷的草原。素盏鸣望着他的背影，趁他还没隐没在草丛中，从行囊里掏出打火石[①]，点着了岩石下面的荒草。

八

炽热的火焰，急速地吞噬着地下的杂草和灌木，伴随着噼噼啪啪的声音，草原上顿时升起了浓浓黑烟。

“这一回，肯定能把这家伙给收拾了。”

素盏鸣扶着长弓，站在岩顶上，露出了狰狞的笑容。

火势不可阻挡地向着四面蔓延，猝不及防的鸟儿哀鸣着，想从草丛里蹿上红黑的天空，却被半空中的浓烟卷住，像是被大风从远处刮来的果实一般，又纷纷落入火中。

“这一回，真把这家伙收拾掉了。”

---

①燧石的俗称。

素盏鸣抑制不住从内心流露出来的得意神气，同时也萌生出一种难言的寂寞感。

这天傍晚，他站在宫门口，双臂抱着肩膀，得意扬扬地望着荒野上空还在翻腾着的黑烟。须世理姬跑了过来，轻声细语地告诉他，晚饭已经备好了。她穿着一身白衣，好像在给亲人服孝似的，低头站在黄昏的暗影下。

素盏鸣打量着女儿的神情，故意戏弄地说："你看看这天空，这回，苇原丑男……"

"我知道。"

须世理姬双目低垂，望着地面，打断了父亲的话。

"那你很伤心吧？"

"当然伤心喽，如果死了爸爸，我还没这样伤心呢。"

素盏鸣眉毛一竖，憋着气瞪着须世理姬的脸，可是也不好惩罚她。

"伤心，那你就痛痛快快地哭吧。"

他转身背对着女儿，大踏步走进门去，气冲冲地说了一句："要是平时，我也不必说话，直接揍你一顿……"

父亲走后，须世理姬在门口又站了一会儿，抬起泪眼，望着被火光照亮的黑沉沉的天空，然后低下头，默默地走回宫里。

这天夜里，素盏鸣却睡不着觉了。白天谋杀了苇原丑男这件事，让他心里一直疙疙瘩瘩地感到别扭。

"我几次三番想谋杀他，可从没像今晚这样在心里惦念不忘……"

他脑子里不停地想着这件事，躺在散发着阵阵清香的草席上，翻来覆去地折腾着，久久不能入睡。

渐渐地，晨光自黑暗的天际线上寂然地浮现出来，给海面染上了一层淡淡的寒色。

九

第二天早晨，在阳光的照耀下，海面上已经波光粼粼，失了眠的素盏鸣倦眼惺忪地慢慢走到宫门口，出乎意料地看见苇原丑男和须世理姬两个人正坐在宫门的台阶上，兴高采烈地说着话。

看到素盏鸣，二人吃了一惊，苇原丑男还是那副快活的样子，立刻站起身，拿着一支朱漆的箭说："好不容易，把箭找回来了。"

素盏鸣一时还在惊疑未定，但看出青年确实平安无事，心里也感到欣慰了。

"受伤了吗？"

"还好，终于逃出了一条命。火烧过来时，我正捡到这支箭。抬头一看周围被火围住了，就拼命向还没烧着的地方逃。不管跑得多快，也快不过狂风烈火呀……"

苇原丑男停了一下，对着父女俩笑了笑，继续说："我还以为这回要被烧死啦。正跑着，忽然脚底下一空，地上塌出来一个大窟窿，我直接掉了下去。里边漆黑一片，什么也看不见，等到洞口的草也烧着了，透过火光，才看到洞里面密密麻麻地藏着几百只野鼠①，连泥土都盖住了……"

---

①生活在田野中的鼠类，种类很多，如黄鼠、田鼠、鼢鼠等，一般对农作物有害，有的能传播鼠疫。

“哎哟，幸亏是野鼠，若是毒蛇……”

须世理姬在接连的大悲和大喜之下，眼睛里满是欢喜的眼泪。

“哪有，野鼠也够厉害的。你看，把箭尾的羽毛都咬光了。幸亏火是从洞口上烧过去了，没有烧进洞。”

素盏鸣听着听着，心里不禁又勾起了仇恨，一方面是嫉恨青年的幸运，一方面是想要杀死他的目的还没有达成，依然心有不甘。

“是吗，运气真好。不过运气这东西，有时候也是要轮转的嘛……既然事情已经过去，总算捡回了一条命。好吧，你们两个进来，给我捉捉头发上的虱子吧。”

苇原丑男和须世理姬没办法，只好走到他身后，撩开宫门上的白帘帷，让阳光照射进来。

素盏鸣坐在大厅正中，晒着阳光，很不高兴地打了个哈欠。这才动手解开头上盘着的发结，干枯得像麻绳一样的长发披散开来。

“我的虱子可厉害着呢！”

苇原丑男听他这么说，以为是他被虱子叮咬得难受，便马上动手分开眼前的白发，一心想着见到一只就捻住放在嘴里咬碎一只。可是定睛一看，在头皮上爬动着的，根本不是芝麻大小的虱子，而是一条条大红蜈蚣。

十

苇原丑男吓慌了，实在无从下手。旁边的须世理姬偷偷地递过来一把朴树果和黄土，塞进他的手里。他把包着硬壳的果实在嘴里咬碎，混上黄土，吐到地下，当成捉下来的蜈蚣。

素盏鸣因为昨晚没有睡好，又晒着暖暖的阳光，不知不觉就困倦得睡着了。

……

素盏鸣趴在山坡上，忍着被拔掉趾甲的疼痛，登上崎岖的山道。山坡上长满了羊齿草。耳朵里听到的是乌鸦的叫声，抬头看到的是青铜锈色的天空……从高天原被驱逐出来以后，一路上他见到的都是一片荒凉的景色。

“我到底犯了什么罪？就因为我比他们强吗？犯罪的是他们，他们才是满心嫉妒的阴险人物。”

眼前的道路十分难走，但他也只能满怀愤恨地向前走着。路的尽头，在龟背似的山顶上，放着一面铜镜，还挂着六个铃铛。他在山前站住脚，无意识地瞧了那面铜镜一眼。发光的镜面上，清晰地映出了一张年轻的脸。但这不是他的脸，而是他几次想杀死的苇原丑男的脸……一惊之下，他从梦中醒了过来。

睁开眼睛环视了一圈，大厅里满是早晨那淡淡的阳光。苇原丑男和须世理姬并不在大厅里。举头一看，却看到自己的长头发已经被分成三股，高高地系在屋顶的三根椽子上。

“混蛋！”

一切都明白了。愤怒让他立刻发起威来，脑袋用力一甩，伴随着雷鸣般的巨响，宫殿顶上系着头发的那三根椽子全被拉了下来。素盏鸣右手抄起粗大的天鹿弓，左手抓起装着天羽箭的箭袋，两脚一蹬站起身来，拖着那三条椽木，山崩一般地冲出宫去。

宫外的朴树林里，回荡着他那巨大的脚步声，就连树上的松鼠都吓得纷纷跳下地来，四处躲藏。他像一阵暴风雨似的穿过了树林。

林外是一道海堤，堤下便是大海。他站上堤坝，手搭在眉骨处，遮蔽着阳光，举目向辽阔的海面望去。海中白浪滔天，连天上的太阳也跟着变成了暗淡的铜锈色。滚滚的波涛中，有一只小独木舟，正向外海匆匆而去。

素盏鸣像扶着手杖一样把着长长的弓，注视着远去的小舟。仿佛故意戏弄他似的，独木舟那小小的席帆在阳光中欢快地闪烁着，乘风破浪地顺利远去。船上有两个人，可以清楚地辨认出，在船头的是苇原丑男，在船尾的是须世理姬。

素盏鸣举起天鹿弓，搭上天羽箭，拉紧了弓弦，瞄准了小舟，可是始终没有松开弓弦，久久地没有射出去。终于，他的眼中显出了似笑非笑的笑影，同时也流出了似泪非泪的眼泪，垂下双臂，将弓箭扔在一边，然后爆发出了一阵憋了很久的，瀑布一般的大笑。

“我向你们祝福！”

他在堤坝上向已经远去的二人挥手。

“祝你们比我更强，祝你们比我更智慧……”

素盏鸣又停了一下，做了更大的祝福：“祝你们比我更幸福！”

海风带着他的祝贺声响彻大海。此时此刻的素盏鸣，拥有比他同大日灵贵[①]相争吵时，比从高天原被驱逐时，比在高志斩杀大蛇时，更近似于天神一般的威严气概。

一九二〇年五月作

①天照大神的别名。

点评：

作者芥川龙之介根据日本神话中的英雄——素盏鸣尊的故事，创作了老年时代的素盏鸣的一系列故事。通过对老年素盏鸣在嫉妒心的驱使之下，不断试图谋害青年苇原丑男的过程描写，深入地刻画了人性的丑恶和自私，但最终笔锋一转，人性中充满温情和善良的那一面赢得了胜利。作者在叙述中通过各种小细节和伏笔，反复探讨了人的内心情感的矛盾和复杂。

秋山图

“……黄大痴[①]。哎，您见过大痴老人所画的《秋山图》吗？”

一个秋夜，王石谷到瓯香阁做客，与主人恽南田一边喝着茶，一边聊着天。

“呵，没有见过，您见过吗？”

大痴老人黄公望，与梅道人[②]、黄鹤山樵[③]，三位都是元代的绘画神手。恽南田一边说，一边想起曾经见过的《沙碛图》和《富春卷》，画里的情景依然历历在目。

“是啊。说见过也对，说没见过也不错。这还真是一件怪事呢……”

“那您到底是见过还是没见过呢？”

恽南田惊异地看着王石谷的脸，问道：“见到的是摹本[④]吗？”

“不，也不是摹本，算是见过了真迹……不过，除了我之外，烟客先生（王时敏）和廉州先生（王鉴）也跟这《秋山图》有过一段因缘。”

“您要是有兴趣听，我就简单谈一谈！”

“那就有劳您了！请讲！”

恽南田一边请客人谈谈这件事，一边拨了拨灯檠的火头，让灯光更明亮一些。

---

①即黄公望，字子久，号一峰，中国元代著名画家，曾经做官，后皈依全真教，别号大痴道人。后文的“大痴老人”也指此人。

②即吴镇，中国元代著名画家，字仲圭，号梅花道人，尝署梅道人。

③即王蒙，中国元代著名画家，字叔明，号黄鹤山樵、香光居士。

④临摹或翻刻的书画本。

那还是元宰先生（董其昌）在世的时候。一年秋天，与烟客翁谈论画作，忽然问他是否见过黄一峰的《秋山图》。您知道翁在画道上就是师法大痴的，所以只要是大痴的画，世上能见到的他几乎全都细细地观摩过，可是唯独对这《秋山图》毫不知晓。

“不，不但没有见过，连听也没听说过。”

烟客翁回答之后，觉得挺不好意思的。

“那么，有机会的话，务必看一看吧。我觉得那幅画是要比《夏山图》和《浮岚图》更出色呢。在大痴老人的画作里，应该算是极品了。”

“既然有这样好的作品，我是一定得看一看的。只是不知现在这画在谁的手里呢？”

“此画现在润州张氏家中。等您去金山寺的时候，可以去他家里登门拜访一下。我给您写封介绍信。”

烟客翁一拿到元宰先生的介绍信，就马上按捺不住地出发到润州去了。他预计这位张氏，既然能收藏到如此的稀世好画，家中一定还有很多别的珍贵妙品……一想到这一点，他在自家西园的书房里就坐不住了。

到了润州登门一见，发现这张氏家的屋院虽然不小，可是墙上爬满了藤蔓，院子里还长着长长的杂草，显得十分荒凉。成群的鸡鸭在院子里散养着，见有生人到来，都表现出好奇的样子。烟客翁不禁怀疑元宰先生是否记错了人家：如此有品位的人家，能收藏大痴的名画吗？但是来都来了，试着进去探一探又有何妨？于是对走出门口来询问的小厮递上了元宰先生的介绍信，说明自己远道而来，是专程来观摩黄一峰的《秋山图》的。

不一会儿，烟客翁就被请进了厅堂。虽然陈设着紫檀木的椅子，但是上面蒙着一层淡淡的尘土，大厅里的其他家具也并不多，显得很空旷……青砖铺成的地面上，能闻到一股荒落的气味。不过那位出来接待的主人，举止还算风雅。虽然脸上略带病容，但那苍白的肤色、纤巧的手势，无不流露出贵族的品格。烟客翁和主人相互施了礼，自我介绍之后，又寒暄了几句，就马上提出想观摩黄一峰名画的愿望。烟客翁此时急切得有些迷信似的，以为现在不马上见到画，以后就再也见不到了。

主人当即就答应了。原来这厅堂的正墙上，就挂着一幅画。

“这就是您要看的《秋山图》。”

烟客翁抬头一看，不觉发出一声惊叹。

上面画的是青山绿水，蜿蜒的溪流，点缀着小桥茅舍……在后面的主峰中腰，流动着一片悠然的秋云，蛤粉[①]调出的颜色染出浓浓淡淡的层次；用点墨描出的高低丛山，显出了青山新雨后的翠黛；其间又着上了点点朱笔，恰到好处地点缀出树丛间那错落的红叶，美得简直无法用言语来描述。真是好一幅绚烂的丛山秋景图啊！而且画面的布局极为宏大，笔致十分浑厚……在灿烂的色彩中，自然地洋溢着空灵淡荡[②]的古趣。

烟客翁完全被迷住了，目不交睫地盯着，眼睛里流淌出恋恋不舍的神情。

“怎么样，喜欢吗？”

主人笑眯眯地望着烟客翁的侧脸。

---

①即蛤蜊粉，用来画中国画的专用颜料。

②水迂回缓流貌。引申为和舒。

“神品啊，神品！元宰先生所言非虚啊。真是耳闻不如目见。以前我也确实见过许多佳作，但在这幅画面前，恐怕都要甘拜下风了啊。”

烟客翁嘴里赞不绝口地说着，眼睛却像被吸住了一般，离不开画幅。

“您真的这么认为？真是这样的杰作吗？”

烟客翁听了这话，终于把吃惊的眼光转向了主人。

“什么，您觉得我看得不对吗？”

“不，没有什么不对，实际是……”

主人一时间像少女似的羞红了脸，又淡淡一笑，怯生生地望着墙上的画，继续说道：“实际上，我每次看这幅画的时候，总有一种如坠梦里的感觉。毫无疑问，《秋山图》确实是美的。但是它的美，美得令我失去了自信，怀疑这是否只是一种自我陶醉。在别人看来，也许这只是一张平平常常的画。不知为什么，我总是纠结于此。这也许是我自身的问题，也或许是这幅画的问题，因为和世上所有的画相比，它确实是美得过分了，其中必有一个原因。反正我就一直那么感觉。今天听到您的赞赏，我才安了心。”

烟客翁对主人这通自白一般的话语，着实不以为意。不仅是因为自己看画正看得入迷，同时也觉得这主人对画的评论完全不着边际，在鉴赏方面是个十足的门外汉，简直是有点胡言乱语了。

欣赏完画作，烟客翁告别了这个荒院一般的张氏家。

可是他的心思，却跟着那幅《秋山图》一并留在了张氏家。烟客翁不光在画道方面师法于大痴，还是一位收藏家。为了收藏书画的爱好，他曾经以二十镒黄金的价格，将李营丘的《山阴泛雪图》纳入手中。然而这次见过《秋山图》，回头再看任何东西，都觉得相形见绌。他现在一心只想着这幅《秋山图》，为了它什么都可以放弃不要，哪怕赌上收藏家的名声，也无论如何都想得到黄一峰的这幅稀世之画。

于是，在润州逗留期间，他几次三番派人去张氏家交涉，开出各种条件，希望对方能把《秋山图》转让给他。可是张氏家无论如何都不肯接受烟客翁的请求。派去的人回来禀告，那位脸色苍白的主人坚持答复说："既然王先生如此厚爱这幅画，我可以借给他仔细看个够。但是转让的事，是绝不能答应的。"高傲的烟客翁觉得折了面子，有点生气了。他心想，不转让给我的话，退而求其次地借来看看，又有什么意义？反正总有一天会有办法搞到手的。最终没有再派人去借画，就负气离开了润州。

过了一年以后，烟客翁再次到润州访问张氏家。放眼看去，还是满墙的藤蔓和院中的荒草，可是出来答话的小厮，却说主人不在家。烟客翁说不见主人也行，只求再让他进去看一看那幅《秋山图》。反复交涉了几次，小厮还是以主人不在为由，不放他进去，最后甚至把大门关上不再理睬他了。烟客翁无可奈何，只好想象着收藏在这荒院中的名画，怅然而归。

后来又拜见元宰先生的时候，先生对烟客翁说，张氏家收藏的名画，不仅有大痴的《秋山图》，还有沈南田的《雨夜止宿图》和《自寿图》。

"上次忘了告诉你，这两幅跟《秋山图》一样，亦为画苑奇观。我再给您写封介绍信，务必去鉴赏一下。"

烟客翁派使者拿着元宰先生的介绍信，以及很多用来收购名画的现金，马上赶赴张氏家。可人家仍同上次一样，别的画都可以，只有黄一峰那幅画是绝不会转让的，于是烟客翁也只好从此断了念想。

王石谷讲到此处，停了一下，又说："这是我从烟客先生那里听说的。"

"这么说，只有烟客先生见过《秋山图》了。"

恽南田捋捋长髯，点点头，望着王石谷。

"先生自己说是见到了。可到底是不是真见过，那就谁也说不准了。"

"您刚才还说……"

"您先听我讲，等我讲完，您就明白我说的是什么意思了。"

王石谷没有喝茶，接着刚才继续讲下去了。

烟客翁跟我讲这故事，距离他第一次见到《秋山图》，已经过了近五十年时光了。那时候元宰先生早已故去，张氏家也已经历了三代人。没人知道这《秋山图》最终落于谁家，甚至是不是已经被毁坏了。烟客翁如数家珍似的给我描述完《秋山图》的妙处，又遗憾地说："黄一峰的这幅《秋山图》，正如公孙大娘[①]的剑器，有笔墨而不见笔墨，只是一股难以言说的神韵直逼观者的心头……正是神龙驾雾，既不见剑，也不见人。"

大约过了一个月，正是春色盎然的时节，我准备独自去南方游历。烟客翁对我说："请您借此次良机，探访一下《秋山图》的下落。倘若真是有幸能再度出世，那可是画苑的大喜事了。"

我当然也是作此愿望的，当下就请烟客翁写了一些介绍信。

---

①唐开元间教坊的著名舞伎，善舞剑器，其《剑器舞》惊动天下，风靡一时。

旅程沿途预定要到很多地方，并不方便直接去润州拜访张氏，我就先妥善收藏好介绍信，一直游览到布谷啼叫的时节，还没有合适的时间去找《秋山图》。

其间偶然听到传言，说那幅《秋山图》现在已经落入贵戚王氏之手。出发前，烟客翁给我的那些介绍信中，也有认识王氏的人。王氏既然身为贵戚，大概事先就知道《秋山图》在张氏家。据书画界传言，张氏子孙面对王氏的使者，当场就把传家的彝鼎、法书，以及大痴的《秋山图》全都献给了王氏。王氏大喜，立即举行了盛大的宴会，邀请张氏子孙坐上首席，并献出家中歌姬，之后又以千金为礼。听到这个消息，我十分高兴，没想到五十年沧桑之后，这《秋山图》竟然平安无恙地落在了相识的王氏家手里。这么多年来，烟客翁煞费苦心，只求有朝一日能够重见此画，但鬼使神差，总是归于失败。现在王氏家不劳我们辛苦，如此坦然地将此画展现在我们眼前，正是天缘巧合。我也不带行李，急急忙忙地赶到金阊王氏府，拜求《秋山图》一观。

直到现在我还记得很清楚，这是一个初夏的午后，王氏庭院里的牡丹花正在玉栏边盛放。在谒见[①]时的寒暄中，不觉就笑了起来："近日喜闻《秋山图》已经为贵府上所有，一想到烟客先生为此画曾大费苦心，如今得知其归宿，想必他也可以安心了。真是令人十分快慰啊。"

王氏满脸得意地说："正巧今天烟客先生、廉州先生也都约好了要来看画。那么，就请先到的先看吧！"

王氏马上叫人在厅堂侧墙上挂起了《秋山图》。立刻，在我

---

①进见（地位或辈分高的人）。

的眼前，出现了大痴老人手创的比天地更灵巧的一座小天地。临水的红叶村舍、笼罩山谷的白云、像侧立着的屏风似的青翠的远近群峰……我怀着激动的心情，目不交睫地注视着墙上的画。

看这云烟丘壑的气势，无疑是黄一峰的真品。用了如此多的皴点，而墨色又这样灵活……不显露一点笔迹的重叠色彩，这都是痴翁画作的鲜明特征，别人是做不到这一点的。可是——可是这《秋山图》，和烟客翁曾在张氏家所见那幅，应该不是同一幅画作吧。如果按着烟客翁的描述，这幅和那幅相比，恐怕是比较下品的了。

我尽量控制着自己不露出失望之色，因为王氏和所有的食客，都在窥探着我的脸色。尽管我已经十分注意了，但还是在一瞬间露出了一点不服气的表情。可能是被看出来了，王氏就带着担心的神气问我："您看如何？"

我连忙回答："神品，神品，难怪烟客先生大为惊奇。"

王氏的脸色这才又变得缓和起来，可是那眼角眉梢里，好像对我的赞赏还有点不太信服。

恰在此时，看过之后，就一直对《秋山图》赞不绝口的烟客先生也来了。烟客翁带着非常高兴的笑容，同王氏寒暄着。

"上次在张家荒园看《秋山图》，已经是五十年前的事情了。现在又能在华贵的尊府再度相逢，真是意外的因缘啊。"

烟客翁一边说着，一边迫不及待地举头观看墙上的大痴画作。这幅画究竟是不是烟客翁见过的那幅《秋山图》，烟客翁当然是最明白的。因此我也同王氏一样，用心观察着烟客翁的表情变化。果然，烟客翁的脸上渐渐笼上了一道阴云。

在一段时间的沉默之中，王氏更加感到不安了。他有点怯生生地问烟客翁："您觉得怎么样？刚才石谷先生也大大赞赏了……"

我心里忽然感到一阵阵的寒意，生怕耿直的烟客翁会如实作出令人尴尬的回答。可是，大概烟客翁也不忍心当众令王氏感到失望吧，于是他又看了看画，便郑重地对王氏说："您能得到这幅画，真是莫大的幸运啊。从此以后，在府上的诸多珍藏里，又增加了一重光彩。"

王氏听完这样的回答，脸上的愁云却更重了。

正在烟客翁迟疑支吾着不知再如何赞赏时，廉州先生终于姗姗来迟。他的到来，终于缓解了一下已然尴尬的气氛，给座中又增添了一丝生气。

"这就是那幅《秋山图》吗？"

先生随意跟座中诸位打了一下招呼，就去看黄一峰的画了。看着看着，却只是默默地咬嚼嘴边的胡子。

"烟客先生，听说您五十年前见过这幅画呀？"

面对这种局面，王氏愈加尴尬起来，又添上了这句话。廉州先生还没听烟客翁说过《秋山图》的妙处。

"您品鉴得如何呢？"

先生呼出一口气，继续看画。

"请不客气地说吧……"

王氏勉强一笑，又向先生催问道。

"这个吗？这个……"

廉州先生又把嘴闭住了。

“这个？”

“这是痴翁的第一名作……请看，这云烟浓淡相宜，透着泼辣的气概；与这林木的色彩相映衬，正可说是天造地设。那里还有一座远峰，给整个布局增添出多么生动的气韵呀。”

沉默许久的廉州先生，终于向王氏指着画里的各个佳处，大大赞赏一番。王氏听着这样的溢美之词，脸色渐渐开朗起来。

这期间，我向烟客翁递了一个眼色，小声地说：“这就是您见过的那幅《秋山图》吗？”

烟客翁摇摇头，回了我一个微妙的眼神：“这真跟做梦一样，也许那张氏家的主人是一位狐仙吧？”

“《秋山图》的故事就是如此。”

王石谷做了结语之后，徐徐地喝了一杯茶。

“这可真是一个怪谈啊。”

恽南田两眼盯视着铜檠的火焰。

“王氏后来又热心地提了不少问题。不管怎么说，所谓痴翁的《秋山图》，除了这一幅以外，连张氏家的子孙也不知道了。烟客先生以前见过的那幅，如果不是已经损毁而消失不见了，那就是先生记错了。我反正想不透这究竟是怎么一回事，总不至于一切的一切，全都是一场幻梦吧……”

“不过，那幅奇怪的《秋山图》已经深深印在烟客先生的心里，而且连你心里也……”

“青绿的山岩，深朱的红叶……即使现在，也好像历历在目呢。”

“那么，没有《秋山图》，也大可不必遗憾了吧？”

恽、王两位大家言及此处，不禁拊掌[①]一笑。

一九二〇年十二月作

点评：

本篇是作者以中国清初画家恽寿平（号南田）所作的《瓯香馆记》中一篇名为《记秋山图始末》的文章为基础所进行的再创作，反映了作者对艺术和品鉴方面的思考与主张。故事中对烟客翁第一次所见之《秋山图》的描写生动饱满而又如梦似幻，令读者如同身临其境，展现了作者极为不凡的笔力。

---

①指拍手。也作抚掌。

报恩记

阿妈港甚内的话

我叫甚内。姓吗……啊啊，从很早以前，大家就都叫我阿妈港甚内。阿妈港甚内——您听说过这个名字吗？不，请不要惊慌。我就是您说的那个有名的大盗。不过，今天晚上到您这里，不是来打劫的，请放心。

我知道您。像您这样德高望重的人，身为一名神父，现在竟然跟一个强盗在一起，恐怕是只有片刻也会觉得不愉快吧。不过，我也不是专门就当强盗的。有个时期曾受聚乐公[①]召唤的吕宋助左卫门部下的一个小官，也确实叫甚内。那位给利休居士送来一支叫作“红头”的珍贵水勺的连歌师[②]，本名也叫甚内。还有几年前，写过一本叫《阿妈港日记》的书，在大村那边当露天通事[③]的，不是也叫甚内吗？此外，在三条河原闹事那回，救了船长玛尔特奈特的那个和尚，在堺地方妙国寺门前卖南蛮草药的那个商人……他们的名字，也都叫甚内。不，最重要的，是去年在圣法朗士教堂捐献装有圣玛利亚指甲的黄金舍利塔的，也是名叫甚内的教徒。

不过很遗憾，我今晚没工夫细说他的经历。只是请您相信，阿妈港甚内，比起世上的普通人，并没有什么特别的地方。是吗，那么我就尽量简短地说说我的来意，我是来请您替一位亡灵做弥撒的。不，不是我的亲族，也不是死在我刀下的人。名字嘛，名

---

①统一了日本的丰臣秀吉。

②连歌是日本和歌的一种，由二人互相连作，连歌师是专作连歌的作者。

③替外国人作口头翻译的人。

字……唉，我不知道说出来好不好。为了那人的灵魂——那就说是为一位叫保罗的日本人，祈求冥福吧。不行吗——当然，受阿妈港甚内的嘱托，办这样的事是必须慎重的。不过，请您千万别告诉别人，不管是活人还是死人。您胸前可是挂着十字架呢，我还是要请您遵守这一条。不——请原谅（笑）。我是一个强盗，竟然怀疑一位神父，实在太狂妄了。可是，您要是不遵守这一条约定（突然认真地），即使死后不会被地狱的火焚烧，也会得到现世的惩罚。

那件事是在两年前发生的了。有一天半夜里刮大风，我化装成一个行脚和尚，在京城的大街上溜达。我不是从那天晚上才开始这么溜达的，前后持续了五天。每天晚上初更以后，我就打扮成那样，掩人耳目地窥探着人家的门户。目的当然不用说了。而且那会儿我正想着要出洋到摩利迦去，手里得有一笔钱花。

街上当然早就没人了。抬头只能看到星星，风在耳朵边一刻不停地呼呼狂叫。我穿过街上那些阴暗的屋檐，走到小川町，在十字路拐弯的地方，见到了一所很大的宅子。那就是京城里有名的北条屋弥三右卫门的本宅。北条屋虽然跟角仓一样，都是做海上买卖的，但还是比不上角仓有钱，不过毕竟也有一两条跑暹罗[①]、吕宋[②]的沙船，算得上一家富商。我不是专门来找他们家的，但既然走到这儿了，就干脆直接干一趟买卖。刚才说了，这晚正刮大风——正适合干我们这行买卖。我把箬笠和行杖藏在了路边的蓄水缸里，使劲一跳就蹿上了墙头。

---

①今日的泰国。

②今日的菲律宾。

世上都传说阿妈港甚内会隐身术——您当然不会跟那帮俗人一样相信这种鬼话。我不会隐身术，也没让魔鬼附身。我只是在阿妈港，向一位葡萄牙船医拜师学艺来着，学过一些高明的本领。实际应用的时候，无论是扭断大铁锁，还是拨开重门闩，都没什么困难（笑笑）。这种窃盗本领——在日本这个未开化的国家过去可没有过，跟洋枪、十字架一样，也是西洋传进来的。

没用多少时间，我就潜入了北条屋的内院，走在一条黑暗的走廊里。想不到深更半夜的，屋子里还透着灯光，还有说话声，看样子那里是茶室。“大风夜的茶话”，我不觉苦笑了一下，蹑手蹑脚地走了过去。我倒不是怕人声打搅我的活动，而是想听听这家主人和客人，在这风雅的小屋子里，大半夜的都说些什么呢。

走到隔扇外面，果然听到里面有烧水煮茶的声音，而且还听到了带着哭声的说话声。谁在哭呢——听着是女人的声音。在这种富人家的茶室里，半夜里有女人哭可不是一件寻常事。我屏气凝神，通过隔扇缝里透出的亮光，悄悄张望着里面。

灯光中，可以看到供着菊花的盆景，在古色古香的板间中挂着书画——果然是一间幽静风雅的房间。板间前面——正对着我的视线，坐着一位老人，大概就是主人弥三右卫门吧。穿着细花纹羽绸外套，两手交叉抱在胸前。他的下首坐着一位梳高发髻的老太太，只能看见一个侧脸，但是看起来很端庄的样子，只是正在不断地擦拭着眼泪。眼前所见的一切，都和茶壶里的煮水声一样清晰。

“虽然生活富裕，但是看来也遇到什么难题了吧。”想到这一点，我的脸上自然地露出了微笑。微笑——倒不是对这对夫妇心存什么恶意。像我这种背了四十年恶名声的人，对别人——特别是别人的不幸，是会习惯性地幸灾乐祸的（表情残酷）。我就跟看歌舞伎表演似的，很高兴地望着这对老夫妇在悲叹（讽刺地一笑）。不过，这也不是我一个人的爱好啊，谁看小说都是喜欢看悲惨情节的嘛。

过了一会儿，弥三右卫门叹了一口气说："已经碰上了这种倒霉事，哭也于事无补了。我决定从明天起，把店里的伙计全部遣散。"

那时正好刮来一阵狂风，摇动了茶室，也搅乱了我的听力，我就没听清弥三右卫门太太说的什么。总之，就看到主人点点头，两手按在膝盖上，抬眼望着竹编的天花板。这时我注意到，那粗黑的眉毛、尖尖的颊骨，特别是那长长的眼梢——越看越觉面善，应该是在哪里见过的。

"主，耶稣基督呀，请把您的力量赐给我们吧……"

弥三右卫门闭上眼睛喃喃地祷告起来。老太婆也跟着祈求起上帝的保佑来。我还是目不转睛地注视着弥三右卫门的脸。屋外又吹过一阵风，我心里一紧，想起了二十年前的往事，脑海里清清楚楚地浮现出弥三右卫门的面影。

二十年前的往事——这不用多说，就简单说一说事情吧。那时我正出洋到阿妈港，发生了点意外，有位日本船长救了我的性命。当时互相也没留个姓名，就分别了。现在我认出了这个弥三右卫门，就是当年的那位船长。真是意想不到的巧遇。我又仔细端详着老人的脸，仿佛他宽实的肩身、骨节粗大的手指，还都带着当年珊瑚礁的海水气和白檀山的味道。

弥三右卫门做完了长长的祷告，安静地对老婆子说：“以后的一切，只好听从上帝的安排了——你看，水烧开了，一起喝一杯茶吧！”

老婆子忍住了心头的悲痛，悄然地说：“是呀，不过心里后悔的是……”

“得啦，唠叨那么多还有什么用啊。北条丸沉没，所有资本都没了……”

“不，我不是要说这个。我是想儿子弥三郎，如果不把他赶走……”

我听了这段对话，忍不住又轻轻一笑，只不过不再是对北条屋幸灾乐祸，而是高兴自己这下总算有“报恩的机会”了。我这个被人到处缉捕的阿妈港甚内，终于也能报答自己的恩人了。这种高兴的心情——不，除了我自己以外，别人是不会了解的（讥讽地）。世上那些可怜的行善者，一件坏事也没干过，只知道行善，那样是不会感到快乐的。他们是不会懂得我这种心情的。

“你说什么呢，那种畜生，不在这世上倒还好些呢。”弥三右卫门把目光从灯上移开，说，“如果那家伙可以当钱用，闯过今天的难关，那赶走他就……”

弥三右卫门刚说完，突然一脸吃惊地见到了我。他当然会吃惊，因为我已经悄无声息地推开了纸隔扇，一身行脚和尚打扮，只是刚才脱掉了箬笠，里面现在戴的是南蛮头巾。

“你是谁？”

虽然已经变为老人，但弥三右卫门还是一下子跳起来了。

"不，请不要惊慌，我叫阿妈港甚内……哎，请放心，我是一个强盗。今晚到府上来，本来另外有事……"

我摘掉头巾，在弥三右卫门面前坐了下来。

以后的事情，我不说您也猜得到。我答应了他。为了解救他于困境之中，为了报答他的救命大恩，我要在三天之内给他筹到六千贯[1]银子，一天不误。哎哟，门外好像有人。那么请原谅，明天或后天晚上，我再偷偷来拜访您。虽然在阿妈港的夜空里能够望见那大十字架星的光，可是它不会出现在日本的天空里。我没有像星光一样离开日本，今夜特地来请您做弥撒，就是怕对不住保罗的灵魂喽。

您说我怎样逃走吗？那可甭担心，无论是这高天窗，还是那大烟囱口，我都能随意出入。现在，千万拜托，为了我恩人保罗的灵魂，这些话千万不要对外人提及。

北条屋弥三右卫门的话

神父，请听我的忏悔。您大概知道，近来社会上有一个叫作阿妈港甚内的著名大盗。据说此人曾栖身于根来寺的高塔上，偷盗过杀生关白[2]的大刀，还在海外打劫过吕宋的太守，是个什么事都干得出来的人。这个人终于被逮住了，最近在一条的回桥头被枭首示众。这消息大概您也听到了。我受过阿妈港甚内的大恩。这件事现在也没什么可说的，是因为我遭到了一次大灾难。请您听我详细说明以后，为我祷告，请求上帝饶恕我这个罪人。

---

①日本的一贯约合七斤半。

②丰臣秀吉的养子丰臣秀次。

两年前的冬天，我有一条名为北条丸的海船，在海上遇到接连的大风暴，沉没了。我的全部资产都葬送进去了——遇到这样的灾难，我北条屋一家除了破产四散，再也没有别的办法了。您知道，我们这些买卖人，平时接触的都是生意伙伴甚至是交易对手，是没有真正的朋友的。这下我的全部家业，也像那条翻进大海里的船一样，直接坠入了十八层地狱。没想到有一天晚上——我现在还记得很清楚，那天的风很大，我同我女人正在您熟悉的那间屋子里，因为沉船的事情而彻夜长谈。忽然进来一个人，穿着行脚和尚的服装，戴着南蛮头巾，就是那个阿妈港甚内。当时我大吃一惊，十分愤怒。听他说，潜入我家里原本是要偷盗的，只是见到茶室有灯光，还有人讲话，就从隔扇缝里偷窥进来，认出了我弥三右卫门，就是二十年前救过他性命的恩人。

不错，二十年前确实有过这事。那时我在跑阿妈港航线的海船“弗思泰”号上当船长。船正靠岸的时候，我搭救了一个没长胡子的日本人。这人喝醉酒跟人打架，打死了一个中国人，正被人追得无路可走。现在才知道，这人就是阿妈港甚内，已经变成了有名的强盗。我听他一说，想起来确实是有这么回事。当时一家人都睡着了，还好没被人听见，我便问他现在打算干什么。

甚内说，只要他办得到，为了报答二十年前的救命之恩，要解救北条屋于灾难，问我需要多少银子。跟强盗借银子，让我忍不住苦笑——太不像话。他虽然是大强盗，但是如果手头上有那么多钱，也不会跑进我家来偷盗了。我说了银子的数目，他却低下头想了一想，说今晚来不及了，请等我三天，一定办到。竟然满口答应下来了。我需要的可是一笔六千贯的大款，他真能办得到吗？可是无论心里再怎么不相信，在那种情况下，迫于无奈也只好接受了，知道反正不一定可靠。

这一夜，甚内在我家喝完茶，又在大风中回去了。第二天，没有送银子来；又过了一天，仍没有音讯；第三天——这天下雪了，我等到夜里还是没有消息。我对甚内的约定本来就没抱多少信心，但我还是存着万一的希望，没遣散店里的伙计们，等待着最后的结果。就在第三天夜里，我面对着灯火，听着外面下雪的声音。

约莫过了三更时分，屋外院子里忽然传来有人打架的声音。我心里一惊，首先想到甚内，难道他是被巡捕追上了吗——我马上打开朝着院子的隔扇，举起灯照过去。在积满了雪的茶室前，有两个人压倒了竹子，滚在地下正扭着打斗——其中一人忽然把另一人一把摔开，蹿到树荫下，跳起来翻过墙头逃走了。只听见雪块落地和翻墙的声音——那以后就没有响动了，大概跳出墙跑远了。那个被摔开的人并没有去追赶，而是拍拍身上的雪，径直走到我面前：“我是阿妈港甚内！”

我惊呆了，傻傻地看着他。他还是那身行脚和尚的服装，戴着南蛮头巾。

“哎，惊吵到您了，幸亏没被别人听到。”甚内进了屋子，苦笑道，“刚才我一进来，就看见有个人正爬着屋台下去。我想逮住他，看看是谁，结果还是给他逃走了。”

我原来还以为是来逮他的，就问他是不是公差。甚内说，什么公差，那是一个窃贼呀。强盗逮窃贼——真是奇闻啦。这一回，我苦笑了。当然，在没见到他承诺的银子之前，我还是不放心的。

甚内看出了我的心思似的，不等我开口，就从衣兜里摸出一包一包的银子来，放在火钵前。

“请放心，我已经筹足了六千贯——本来昨天就已经搞到了大部分，只是还差两百贯。今天我都带来了，请您把银包收起来。昨天搞到的那些，我趁你们二老不留意，已经放在这茶室的地板之下了。今天来的那个小偷儿，可能是嗅到了银子的气味吧。”

我听了这话，简直怀疑自己是在做梦。接受强盗的钱，您不说我也知道那是不对的。不过一开始连他的约定都不能确定是真是假的时候，我也想不到对不对了。现在人家把钱拿来了，我总不能再说不要。如果我不收，那我一家人也就完蛋了。请原谅我那时的心情。我当时什么话也说不出来了，只是哭着连连向甚内作揖。

之后两年，我再没听到过甚内的消息。我一家人也终于没有破产，和什么也没发生过似的，依然过着平安的日子，这都靠了甚内的出手相援。我在背地里常常向圣母玛利亚祈祷，求她保佑他平安无事。最近却在街上听说甚内被捕了，被砍了头，挂在回桥头示众。我大吃一惊，偷偷掉了眼泪。这终归是恶有恶报，当然无话可说，这么多年来没有受到过上帝的惩罚，本来已是意外。可是曾经身受大恩，我总得为他祈求冥福[①]——这样，我今天就急忙独自跑到一条的回桥头去看示众的头。

到回桥头大街上，挂着人头的地方已经围上了大批观众。宣布着罪状的告示牌，还有看守着人头的公差，都同平常一样。三根竹子搭成的架子上，挂着一颗人头——啊，多么可怕，一颗血

①迷信谓死者在阴间所享之福。

淋淋的人头，我简直不知道要怎样说才好了。在闹哄哄的人群中，我抬头望了一下那颗人头，突然发起愣来，这不是他，不是阿妈港甚内的头颅。粗黑的浓眉、突出的下巴颏儿、眉间的刀痕，一点也不像甚内呀——突然，在炫目的太阳光中，我仿佛遭到了天雷的打击一般，四周的人群、竹架上的人头，一下子都消失到遥远的世界里去了。这不是甚内的头，这相貌就是我自己的头呀，而且是二十年前的我——正是救甚内那时的我——弥三郎，那时我的舌头要是转一转，我就会这样叫出来了。可是我出不得声，我浑身发抖了。

弥三郎！我着魔似的望着儿子的头。这人头脸上的眼睛半开着，直直地瞪着我，这是怎么回事呢？为什么我的儿子会被错当成甚内呢？只要仔细想一想，是绝不能发生这种误会的。难道阿妈港甚内就是我的儿子，晚上来我家的那个假和尚是冒名顶替的吗？不，不会有这种事。能在三天时间里就搞到六千贯银子的，在偌大的日本之内，除了甚内还有谁呢？这时候，两年前的雪夜里，在院子里同甚内打架的那个人的影子，忽然浮现在我的眼前。那人是谁？难道就是我的孩子吗？当时在灯光下大致望见一眼，身形样子确实像我的儿子，难道仅仅是一时眼花吗？说不定真的是我儿子呢——我如大梦初醒一般，目不交睫地盯着这个人头，那发紫的半开着的嘴，好像还带着茫然的微笑。

示众着的人头会笑——您听了一定不信，我最初也以为那只是自己的幻觉，但是再仔细一看，果然那干枯的嘴上确实是带着微笑的。我久久地注视这奇怪的微笑，不知不觉间自己也笑了。一边笑，一边流下了眼泪。

“爸爸，请原谅我……”

在无言的微笑中，好像听见他说："爸爸，请原谅我的不孝之罪。两年前的雪夜，我偷偷回家来向您谢罪。白天怕遇见店里伙计不好意思，所以打算深夜直接去您的卧室里相见。恰巧见茶室里还有灯光，我正怯生生地走过来，忽然不知从哪里出来一个什么人，一言不发就抱住了我。"

"爸爸，之后的事情您已经看见了。我因突然见到了您，慌忙之下一把将那人摔开，跳墙逃走了。从雪光中看到那个跟我打架的人，像是个行脚和尚。后来发现没人追来，我又大着胆子回到了茶室外面，从隔扇缝里偷听了你们的谈话。

"爸爸，甚内救了北条屋，是咱们全家的恩人。从那时候起，我就许下心愿，无论如何，有朝一日我一定要豁出命来报他的恩。也只有已经被家里赶出来的我这样的一个流浪人，才能报他的恩。两年来我一直在等一个机会，一个能在危难中对他有所帮助的机会——这机会终于来了。请原谅我的不孝，我已经到了另一个世界，可我也已经报答了解救了咱们全家的大恩人，我的心里是坦然的……"

在回家的路上，我又是笑，又是哭，钦佩着我儿子的勇气。您不知道，我的儿子弥三郎同我一样，也是入了教门的，还起了一个教名叫保罗。可是——我儿子是一个不幸的人。不，不但我儿子，如果不是阿妈港甚内救我一家免于破产，今天我也不会来这儿哭诉了。我虽恋恋难舍，但也只好如此了。一家人没有流离四散，是件好事，但我儿子如果不死，岂不是更好吗——（一阵剧烈的痛苦）请救救我吧，我这样活下去，我也许会仇恨起我的大恩人甚内呢……（长时间地哭泣）

保罗弥三郎的话

啊，圣母玛利亚！等天一亮，我的头就要落地了。在那个时候，我的灵魂就会像小鸟似的飞到您的身边。不，我也许到不了天堂，干了一辈子坏事，可能会落进地狱的火里。但是即使那样我也是心甘情愿的，二十年来我的心从没有像现在这样欢乐过。

我是北条屋弥三郎，但我那被挂出来示众的头，叫阿妈港甚内。我就是那个阿妈港甚内——多么痛快呀，阿妈港甚内——怎么，这不是一个很好的名字吗？我嘴里叫着这个名字时，纵使身在黑暗的牢狱里，我的心也仿佛开满了蔷薇和百合。

两年前那个令人难忘的冬天，那个下着大雪的夜里，我偷偷溜进父亲的家里，想偷出来一些钱作为赌金。见屋内透出灯光，正想上前张望，却突然冒出来一个人，一言不发地抓住了我的后襟。我向后一摔身子，他又抓住了我——我不知道这是什么人，也不敢出声说话，我们就默默地扭打了两三个回合。忽然茶室的隔扇打开来，有人提着灯走到院子里来了，原来是我的父亲弥三右卫门。我拼命将被抓的身体摔开，翻过墙头逃跑了。

可是跑了十几丈路，我就躲在人家屋檐下的黑暗处，向街头两边望去，黑漆漆的街上安静地下着纷纷大雪，一个行人也没有，那人并没有追上来。他是谁呢？匆忙间只看出是一个行脚和尚的模样。他的臂力很大，肯定不是一个寻常和尚，但是为什么这和尚要在雪夜里跑到我家来呢？——这事太奇怪了。我想了一想，便决定冒险重新溜到茶室外刺探一下。

以后大约过了一小时，这奇怪的行脚和尚趁着大雪未停，从我家出来，向小川町方向走去了。这个人是阿妈港甚内。武士、连歌师、商人、得道的和尚——他常常变换化装，是京城里著名的大盗。我从身后紧紧盯住他的时候，那种喜悦的心情是从来没有过的。阿妈港甚内，阿妈港甚内，我连做梦也向往着他那样的人生。就是甚内，偷了杀生关白的大刀；就是甚内，骗取了暹罗店的珊瑚树。他还砍过备前宰相家的沉香木，抢过外国船长泼莱拉的怀表，曾在一个晚上破了五个地下仓库，砍死了八个三河武士——此外，还有许多将会世代传说下去的恶事，都是这个阿妈港甚内干的。这甚内现在正斜戴着一顶箬笠，在光亮的雪地上向前走着——虽然光这样看看他也是一种幸福，但我心里还想得到更大的幸福。

当走到净严寺后面时，我便追上了他。这里没有人家，只是一带长长的土墙，即使在白天，也是避人耳目最好的地方。甚内发现了我之后并不惊慌，只是平静地转身站下来，手里提着行杖，默然地等着我说话。我先是怯生生地向他作了一个揖，看着他泰然的脸色，自己却嗫嚅得发不出声来。

“啊，对不起了。我是北条屋弥三右卫门的儿子弥三郎……”

火光映着我的脸，好不容易我才能开口说话了。

“有事想请求您，我是仰慕您才跟上来的……”

甚内并不说话，只是点点头。我胆小又激动，鼓起勇气，双膝在雪上跪下。告诉他，自己因为被父亲赶出家门，早已堕落成了流浪汉，今晚溜回家本来是想偷些东西，不料碰上了您。我偷听了您和父亲的谈话——我简单地说明了情况，甚内仍不做声，闭着嘴冷冷地注视着我。我跪着把双膝往前移了移，偷窥着他的眼色。

“之前我并不知道家里的变故，现在得知北条屋受了您的大恩，我自己也是受恩的人。我一辈子也不会忘记您的大恩。我决心从此追随您，拜在您的门下。我会偷窃，我也会放火，我干起坏事来不比其他人差……”

但甚内仍不做声。我更加激动起来，继续热切地说着：“请您务必收我做徒弟，我一定尽心尽力。京城、伏见、堺、大阪——那些地方我全熟悉。我腿脚很利索，一天能跑九十里。我也很有力气，一只手可以举起一百五十斤的麻包。我也杀过几个人。您叫我干什么我就干什么，要我去偷伏见的白孔雀，我就去偷；您叫我烧圣法朗士教堂的钟楼，我就去烧；您叫我拐右大臣家的小姐，我就去拐；您要奉行官的脑袋……”

我还没说完话，他却突然当胸一脚，把我踹翻在地。

“混账！”他大喝一声，便转身要走。我发疯似的跪爬着扑了过去，抓住了他的法衣：“请收留我吧，无论怎样我也不离开您。刀山火海，我都替您去。《伊索寓言》中的狮子大王不是还搭救过一只耗子吗？我就当这只耗子吧，我……”

“住嘴！我甚内不接受你的报答。”甚内用力一推，我又倒在地下。

“你这个败家子，回家好好去孝敬你老子吧！”

第二次跌倒时，我心里充满了懊丧，再也没有勇气去拉住他。

“可是，我一定要报恩！”

甚内却头也不回，急匆匆地在雪地上走远了。此时已有月光，远远地映出箬笠的影子……以后两年，我一直没能见到甚内（忽然一笑）。“我甚内不接受你的报答！”……他是这样说的，可是一会天一亮，我便要替他被砍头了。

啊，圣母玛利亚！我为了要报恩，这两年来已吃过多少苦！为了报恩——不，也为了雪恨。可是甚内在哪里呢？甚内在干什么呢——有什么人知道吗？甚至也没人知道甚内究竟是怎样一个人。我见到的那个假和尚，是四十岁左右的矮个子形象；在柳町的花柳巷，他却是一个不满三十岁的、长着胡子的红脸流浪人；他扰乱歌舞伎[①]戏院那次，人家见到的是一个弯腰曲背的红毛鬼；打劫妙国寺财宝的时候，人家说他是一个披着前刘海的年轻武士——如果这些人真的都是甚内，那么要识破他的庐山真面目，肯定不是人力所能及的。后来，在去年年底，我得了吐血的病。

我一定要报仇雪耻——眼瞅着身体一天天坏起来，我的心里却还只想着这件事。直到有一天，突然灵机一动，我想出了一条妙计。啊，圣母玛利亚！到底是您的恩惠让我想出了这条妙计。我决心拼掉这个身子，拼掉这个害了吐血病只剩下皮包骨头的衰弱的身子——只要我下定了决心，我就能达成这个愿望。这晚上，我高兴得独自笑出声来，嘴里不停叨念着一句同样的话：“由我来代替甚内抛弃这颗脑袋吧！”“由我来代替甚内抛弃这颗脑袋吧！”……

代替甚内被砍头——天下还有比这更出色的报恩吗？那样一来，甚内在世上的一切罪恶，就都跟着我一起被消灭了。从此之

---

①日本戏剧的一种，表演时演员不歌唱，只有动作和说白，另由音乐伴奏的人配合演员的动作在后面歌唱。

后，他就可以光明正大地出现在日本的任何地方，堂堂正正地昂首阔步了。这代价（又笑了一笑）……我将在一夜之间，变身为一代大盗：当吕宋助左卫门的部下，砍备前宰相的沉香木，骗暹罗店的珊瑚树，破伏见城的金库，杀死八个三河武士——甚内所有的名气和荣誉，都变成我的了（第三次笑）。我既帮助了甚内，又终止了甚内的名气；我给我家报了恩，又给自己雪了耻——天下，天下再没有比这样更痛快、更完美的报答方式了。这一夜，我高兴得笑到合不拢嘴——即使现在被关在牢里，我也是忍不住不笑呀！

想定了这条妙计，我就摸进王宫去偷盗了。在黑夜中溜进大内，望见宫帘中的灯光，照见殿外松林中的花影——我心里做好了准备，直接从长廊顶上跳进无人的宫院。院子里马上就跳出来四五个警卫的武士，如我所愿，一下子就将我逮住了。这时，一个压在我身上的长着胡子的武士，一边拿绳子把我使劲捆住，一边喃喃地说："这一回，终于把甚内逮住了。"是的，在人们心里，除了赫赫大名的阿妈港甚内，谁还敢进王宫偷盗呢？我听了这话，一边假装拼命挣扎，一边忍不住笑起来。

"我甚内不接受你的报答！"他当时是这样说的。但是一到天亮，我便要替他被砍头了。这是多么痛快的讽刺。我的脑袋会挂在大街上，等着他来。他肯定会从我的脑袋中，听到无声的大笑："瞧，弥三郎的报恩！"——大笑中还会这样说："你已经不是甚内了。我这颗脑袋才是阿妈港甚内，那个天下有名的日本第一大盗！"（笑）啊！真痛快呀。这样的痛快事，一生只能遇到一遭。倘若我的父亲弥三右卫门见了我示众的脑袋（痛苦），请饶恕我吧，爸爸！我害了吐血病，即使不这么死，我也活不过三年了啊。请宽恕我的不孝。我虽然用这样的方式离开了这婆娑世界，毕竟是替我全家报了大恩呀……

一九二二年四月作

点评：

本篇小说结构简单、巧妙。通过三个不同的人物，从三个不同的角度来叙说同一件事，把杂乱无章、难以理清的故事情节写得条理清晰，生动且有画面感。本故事的主题是“报恩”，通过强盗和赌徒的报恩行为诠释了善有善报的朴素观念，歌颂了知恩图报的美德。但与常见的同主题作品相比，该作品因为两个报恩者的身份，更加反衬出知恩图报之美德的可贵，也更加容易引人反思。

阿富的贞操

明治元年五月十四日午后，就是官府发布下列布告的那一天午后发生的事："明日拂晓，官军进剿东睿山彰义队[①]匪徒，凡上野地区一带居民，应立即紧急迁离。"下谷町二丁目杂货店古河屋政兵卫迁离的空屋里，有一只大花猫，正在静静地卧在厨房神坛前打盹。

因为关着门窗，所以屋子里即使在午后，看着也是黑魆魆的。四周安静得完全没有人声，只有外面下着的阵阵急雨，浇打着外面的屋顶，声音时远时近的。雨声一近，那猫儿就警惕地睁大了琥珀似的圆眼，在这个连炉灶都看不见的黑厨房里，闪出绿幽幽的磷光。猫儿听了听雨声，没发现还有别的动静，便又躺好眯起了眼睛。

这样反复了几次，猫终于习惯了雨声的叨扰，不再睁开眼来，彻底睡着了。但雨声还是一阵急一阵缓。八点、八点半——时间随着雨声移到了黄昏。

在将近七点时，猫儿忽然又惊慌地睁开眼睛，耳朵也竖了起来。那时的雨声比之前小多了，从街上传来了轿杠来往的声音——除此以外并没有别的响动。可是几秒钟的沉静后，黑暗的厨房里忽然透进来一道光亮，一瞬间安在狭小板间中的炉灶，没有盖子的水缸，供神的松枝和拉天窗的绳子——都一一在黑暗中浮现出来。变化让猫儿变得不安起来，看了看门口传来亮光的下水口，撑着肥大的身子爬了起来。

---

①日本倒幕战争期间，一支效忠于德川幕府的武装组织。

下水口的门被从外边推开了——不，不但门推开了，连半腰高的围屏也被打开了，钻进来一个淋得落汤鸡似的乞丐。他先小心翼翼地探进来一颗包着烂头巾的脑袋，侧耳打量一会儿屋内的动静，确认屋里并没有任何人，这才轻轻溜进厨房，一身的水把地上的新席子都弄湿了。猫儿放下竖起的耳朵，后退了两步。乞丐并不惊慌，随手关上身后的围屏，转身慢慢摘掉头巾，露出了满脸的毛胡子，中间还贴着两三块膏药。眼睛和鼻子虽然看起来很脏，却还是一张平常脸孔。

“大花，大花！”

乞丐捋去头发上的水珠，抹了抹脸上的水，小声叫了叫猫儿的名字。猫儿可能听出是熟悉的声音，塌着的耳朵又竖了起来，只是依然站在原地，带着怀疑的神气盯着乞丐的脸。乞丐解开卷在身上的席子，露出两条被泥巴沾满了的已经看不到正常肤色的腿，对着猫儿打了一个大哈欠。

“大花，你怎么啦……人都走了，把你落下了。”

乞丐独自笑着，伸出大巴掌亲昵地摸了摸猫儿的脑袋。猫儿原本警惕地想要逃走，可是终究没逃，反而蹲了下来，渐渐地又眯缝了眼睛。乞丐摸了猫之后，又从旧布褂怀里掏出一把亮光光的手枪，对着屋里透进来的暗淡光线摆弄着。被这一带的“战争”空气笼罩着的空厨房里，进来一个带枪的乞丐……这确实有点像小说。可是冷眼旁观的猫儿，却好似洞晓了全部秘密似的，仍然弓着背，满不在乎地蹲着。

“大花啊，到了明天，这一带就变成枪林弹雨啰。要是挨上一颗流弹就没命了，你可得当心呢。不管外边怎样闹，你也要躲在屋里千万别出去呀。”

乞丐摆弄着手枪，继续同猫儿说着话：“咱俩也算是老朋友了。今天分了手，明天你可能就得受难了，也许明天我也会送命。要是没送命的话，以后也不能再来跟你一起扒拉垃圾堆了。你可以独享了，高兴吧？”

此时又降下来一阵急雨，雨云仿佛直接压在了屋顶上，屋瓦全都蒙在一团雾气里了。厨房里的光线变得更暗了。乞丐还是埋头摆弄着手枪，然后小心地装上了子弹。

“咱俩分了手以后，你还会想念我吗？不会想的吧。人家都说‘猫儿不记三年恩’，你会不会也那样……不过忘记了也没有关系，只是我一走……”

乞丐忽然闭上了嘴，因为他听到门外好像有人进来了。于是赶忙把手枪又揣进怀里，同时转过身去蹲了下来。门口的围屏[①]“嘎啦”一声被推开了。乞丐马上提高了警惕，转过脸对着进来的人。

推开围屏进来的人，见到屋里的乞丐反而吓了一跳，“哎哟”地大叫一声，冲动地退出到了门外的雨地里。这是一位光着脚拿着一把大黑伞的年轻女子。等到从开头的惊慌中恢复了过来，就通过厨房里微微的光线打量着乞丐的脸。

乞丐也愣了一下，屈起腿探着脑袋，盯着对方的脸，眼色已经不再紧张了。两人默默对峙了一会儿，便都认出了对方。

“哎呀，你不是老新吗？”

---

①屏风的一种，通常是四扇、六扇或八扇连在一起，可以折叠。

她镇定下来，便叫了乞丐一声。乞丐尴尬地笑笑，不好意思似的向她连连点头："对不起，雨太大了，进来躲躲雨……可不是趁着没人，跑来偷东西的。"

"吓我一大跳，你这家伙……不偷东西也不能乱闯到别人家里来呀！"

她用力甩掉雨伞上的水，气呼呼地说："快出来，我要进屋啦。"

"好。我走我走，你叫我走我就走。可是阿姐，你还没有撤退吗？"

"撤退了，可是……这你不用管。"

"可能落了东西吧……哎哟，你倒是进来呀。你站在那儿还淋着雨哩。"

她还在生着乞丐的气，所以并不回答，反而直接在门口板间坐下来，把两只泥脚伸进下水口，用勺子舀水洗起脚来。乞丐安然地盘腿坐着，擦了擦脸上的毛胡子，看着女子。她是一位肤色微黑，鼻梁边有几点雀斑的乡下姑娘。身上穿着这里的女佣们常穿的土布单褂，腰里系着一条小仓带。大大的眼睛，周正的鼻梁，眉目灵巧，肌肉结实，看去叫人联想起新鲜的桃梨，很漂亮。

"风声那么紧，你还往回跑。落了什么宝贝啦？落了什么了？嗨嗨，阿姐……阿富姐。"

老新又问了。

"你管这个干吗？快走吧。"

阿富生气地说，又想了一想，抬头看看老新，认真地问道："老新，你见我家的大花没有？"

“大花？刚才还在这里……哎哟，跑到哪里去了？”

乞丐向四周望着找了一圈，发现这猫儿在他们说话的时候，已经跑到橱架上的擂钵[1]和铁锅中间打盹去了。老新和阿富同时看到了大花。阿富放下水勺子，急忙从板间站起，毫不理会身边的老新，高兴地笑着，“咪呜咪呜”地唤起架上的猫来。

老新不再看架上的猫，却惊奇地把眼光移向阿富。

“猫吗？阿姐你说落下了东西，原来就是这只猫吗？”

“是猫又怎么啦……大花，大花，快下来呀！”

老新呵呵地笑了。在雨声的衬托之下，这干瘪的笑声显得特别难听。阿富顿时气得涨红了脸，大声骂道：

“你笑什么？老板娘发觉落下了大花，害怕它让人给打死了，急得直哭，差一点就发疯了。我心里过意不去，所以冒着大雨跑回来的呀！”

“好好，我不笑了。”

可是，他还在忍不住笑着，还打断了阿富的话：

“我不笑了。好，你想想。明天这里就开火了，可咱也不过是只猫……你想，这还不可笑吗？本店这位老板娘看来真是太不懂事，太不通气。即使要找猫，也不该……”

“你少胡扯！我可不愿意听别人讲老板娘的坏话！”

阿富生气地跺起脚来。可是乞丐非但不怕她，反而有点调笑似的一直看着她发作，他觉得那样子有一种粗野的美。被雨淋湿的衣服、内衣……紧紧贴住她的身体，全身都映出了里面的肌肉，显出了年轻处女的肉体。老新目不转睛地看着她，又笑着说：

---

①承受杵弄碎的深碗形木容器。

“即使要找猫，也不该叫你一个姑娘家来，对不对？现在上野一带的人家全搬走了，街上连一个人影子也没有。当然啰，狼是不会来的，可是谁也说不准会不会碰上别的什么危险……难道不是这样吗？”

“用不着你替我担心，快把猫儿给我逮下来……”

“我这可不是在开玩笑。年纪轻轻的姑娘，在这种时候一个人跑来跑去的，不危险也危险呀。比方说现在在这里，只有我跟你两个人，如果我现在起了什么邪念，阿姐，我看你怎么办呢？”

老新像开玩笑，又像认真地说出了下流话来，可是阿富亮晶晶的眼睛里仍然没有一点害怕的神情，只不过她的脸涨得更红了。

“什么？老新……你想吓唬我吗？”

阿富一步冲到他的跟前，反而好像要吓唬老新似的。

“吓唬？这可不光是吓唬呢。现在戴着肩章的坏蛋可多得很呢，更别说我是一个要饭的了。不光吓唬吓唬，如果我真的起了坏念头……”

老新的话还没说完，头上就挨了一雨伞。阿富跳到他身边，又把雨伞举了起来：“你敢胡说八道！”

阿富对着老新的脑瓜，又狠狠揍来一雨伞。老新往后一躲，伞没打着脑袋，但是打在了披着旧褂子的肩头上。猫被这一通吵闹惊动了，不再打盹，而是跳到供神的棚上去了，这期间还踢翻了一只铁锅，供神的松枝和长明灯也被碰倒了，滚到了老新头上。老新连忙避开，却又被阿富追着打了几雨伞。

“你这个畜生，你这个畜生！”

老新不再躲闪，忍着挨打，终于伸手把雨伞抓住往地下一扔，一纵身扑到了阿富身上。两个人便在狭窄的板间里撕扯着扭成了一团。这时外边的雨声更急了，随着雨声变得又密又大，屋里的光线也更暗了。老新挨了打，又被抓了脸，却还使劲想把她按倒在地上。不知怎么着刚要把她按住，却突然一脱手，像颗弹丸似的，让她逃到下水口那边去了。

“这妖婆……”

老新背对着围屏，充满警惕地盯住阿富。阿富的头发已经披散开来，在地板上坐着，手里紧紧地攥着一把剃头刀，虽然脸上露出了一股杀气，但是显得特别艳丽，像那只在神棚上弓着背的猫儿。两人运着气，大眼瞪小眼地对视了好一会儿。老新冷笑了一声，把手枪从怀里掏了出来。

“哼哼，看把你厉害的，瞧瞧这玩意儿吧！”

枪口慢慢地对准了阿富的胸口。她一时间愣住了，紧瞅着老新的脸，说不出话来。老新见她终于不闹了，自己却又不知转了一个什么念头，把枪口向上，对准了那只正睁着绿幽幽大眼睛的猫儿。

“我可开枪了，阿富，行吗？”

老新故意让她着急似的，笑着说：“这手枪砰地一响，那猫儿就会滚到地下来了。先给你做个榜样看看，好吗？”

他就作势要扣动扳机。

“老新！”阿富大叫一声，“不行不行，不许开枪！”

老新又扭头望了望阿富，枪口却仍对准猫儿。

“不行吗？我知道不行。”

“打死它太可怜了，饶大花一条命吧！”

阿富已经完全变了样子，目光里充满了焦急和忧郁，口唇微微颤动着，露出了细白的牙齿。老新略显惊异地瞧着她的脸，把枪口放下。阿富的脸色这才缓和了过来。老新捉弄似的说："我可以饶了猫儿一条命，但是你得报答报答我……"

老新强横地说道："让我用用你的身体。"

阿富扭过脸去，心里一下子涌起了憎恨、愤怒、伤心，以及种种复杂的感情。老新仔细留意着她情绪的变化，大步走到她身后，打开了通往茶间的门。茶间里面比厨房更黑，还可以清楚地看见主人搬走后留下的茶柜、长火钵。老新站在那里，目光落在了微微出汗的阿富大襟上凸出的胸部。阿富好像已经感觉到了老新的目光，扭过身子望着他，脸上已经恢复了和刚才一样灵活的表情。可是老新倒反而有点狼狈了，眨了眨眼，马上又把枪口对准了猫儿。

"不，不许开枪……"

阿富一边阻止老新，一边扔掉了手里的剃刀。

老新冷冷一笑："不让我开枪你就得从了我！"

阿富无可奈何地咕哝了一句，突然像下了决心似的站起身来，几步走进了茶间。老新有点惊讶于她的爽气了。这时雨声已经停下来了，云层的缝隙中还漏出了阳光，阴暗的厨房渐渐变得明亮起来。老新站在茶间门口，侧耳听着里面的动静：只听见阿富宽衣解带之后，身子躺倒在席子上的声音——以后便没动静了。

老新迟疑一下，迈进了微明的茶间。只见阿富仰身躺在席地上，用袖子掩着脸……老新一见这情景，连忙落荒而逃似的退到厨房里，脸上一副既像嫌恶又像害羞的奇妙表情。一直退到了板间，才背对着茶间，突然发出苦笑来：

“只是跟你开玩笑的，阿富姐，是开玩笑的。请你出来吧……”

一会儿之后，还是在厨房里，阿富就怀里抱着猫儿，手里提着雨伞，同正在摊开席子的老新，随意说着什么了。

“阿姐，我想问你……”

老新连阿富的脸也不敢看，用很不好意思的语气说道。

“问什么？”

“不问别的……一个女人，都把失身当作大事。可是你，阿富姐，为救一只猫……就随随便便答应了，这不是太那个了吗？”

老新才说完，阿富就轻轻一笑，摸了摸怀里的猫。

“你那么爱猫儿吗？”

“可是大花，大花多可爱呀……”

阿富暧昧地回答。

“在这一带，要说忠于主人，你可是出了名的了。倘若猫被打死了，你会觉得对不起主人吧——也许你这样想吧？”

阿富侧着脑袋，眼光望着远处，一副若有所思的样子：“我不知道怎样说才好……那时候，觉得不那样，总不安心嘛！”

——又过了一些时候，就只有老新一人独自留在这里了。他抱着包在旧褂子里的膝盖，茫然地坐在厨房里。稀稀拉拉的雨声中，夜色正在逐渐吞噬着屋内的一切，拉天窗的绳子，下水口边的水缸……都一一消失在黑暗中。忽然，上野的钟声一下下地响起来，在下雨的天空中向四周传开沉重的余响。老新惊醒过来，迅速向四下扫了一眼，摸索到下水口，用勺子舀起水缸里的水，喝了起来。

“村上新三郎，源氏门中的繁光[①]，今天得好好干一杯了。”

他嘴里念叨着，津津有味地喝着黄昏的凉水……

明治二十三年三月二十六日，阿富同她的丈夫和三个孩子，走过上野的广小路。

那天，在竹台举行第三届全国博览会开幕典礼。黑门一带的樱花，大半也正在绽放。广小路上挤满了行人，推也推不开。从上野开会归去的马车、人力车，也是排满了长队，拥挤不堪。前田正名、田口卯吉、涩泽荣一、辻新次、冈仓觉三、下条正雄[②]……这班乘马车、人力车的贵客，也掺杂在这些人群里。

丈夫怀里抱着五岁的小儿子，地下自己步行的二儿子扯着他的衣角，在拥挤着往来的人流中，还时不时地回头照顾一下跟在身后的阿富。阿富挽着年龄最大的女儿，对回过头来的丈夫笑一笑。经过了二十年的岁月，虽然已经显出了一点老相，但是水灵灵的眼睛还跟过去一样。她是在明治四五年间，同古河屋老板政兵卫的外甥结婚的。那时候丈夫还在横滨，现在则在银座某街经营一家小钟表店。

阿富偶然间抬起头来，恰巧面前跑过一辆双马车，在车上安稳坐着的人，正是那个老新……老新的身份早已今非昔比，帽子上衬着一簇鸵鸟毛，还镶着绣金的边，大大小小的勋章和各种荣誉标志挂满了胸膛，可是那张花白胡子的紫脸膛，还是过去在街上要饭的那一张。阿富不觉吃了一惊，放缓了脚步。原来她就有过感觉……老新可不是一个平常的乞丐。是由于他的容貌吗，是

①说明老新出身名门世家。

②这些人都是明治维新时的社会名流。

由于说话的语气吗，还是当时他手里那支手枪？总之，那时已经有所觉察了。阿富目不交睫地注视着老新的脸。不知是故意还是偶然，老新也正在看着她的脸。二十年前雨天的回忆，一下子逼得她透不过气来似的，清清楚楚地出现在眼前。那时为救一条猫的命，她是打算顺从老新了。到底是出于什么考虑和动机，自己也说不清楚。可是老新在那样的时候，对已经躺倒在面前的她的身体，却连指头也没碰一碰，那又是为什么呢……她也不知道。尽管不知道，她仍觉得这些都是自然而然的事情。马车从她身边擦过去，她的心里怦然一动。

马车过后，丈夫又从人流中回过头来望望阿富。阿富一见丈夫的脸，又微微一笑，心里也觉得安静了。

一九二二年一月作

点评：

在本篇小说中，性格刚强的女佣阿富原本并不屈从于老新的武力强威，但是愿意为了救一只小猫的性命而向老新就范。而老新也因阿富的精神而有所感悟，最终放弃了作恶的念想，重燃斗志，最终功成名就。将本篇和《罗生门》进行对比，老新和家将同样站在道德的十字路口，老新因一念之差回到正轨，家将却因一念之差堕入歧途，两相比较，令人深思。

六宫公主

一

六宫公主的父亲，是一位宫女所生之子。他本人的性格又处处显得古板和落后，所以官位最终也没有升到兵部大辅以上。公主跟父母住在六宫边上一座栽种着高大树木的庭院里，因此人们就称呼她为六宫公主。

父母非常宠爱公主，甚至到了溺爱的程度，也没张罗着替她物色一位合适的夫婿，只是待字深闺，等着人家主动上门来求婚。公主依照父母的教养，平静地过着一种既无忧虑也无欢乐的生活。她从未经历世情，对眼下按部就班的生活也感觉不到有什么不如意的，一心所想的是："只要双亲健康长寿就好了。"

古池边的樱花树，每年开放几丛寥落的花朵，就这么在花开花落的不知不觉之间，公主已经长成了一个静淑幽娴的美女。可是被视作家中靠山的父亲，竟然因为年老酗酒，突然亡故；母亲每日怀念亡人，郁郁不乐，也就是隔了半年左右，最后也追着父亲一起去了。忽然落入不幸境地的公主，在悲伤之余，更是感到前途茫茫，不知如何是好了。现在除了一位乳母，这位一向娇生惯养的千金公主就再没有别的人可以依靠了。

乳母对待公主是忠心耿耿的，不惜拼命劳碌，可是靠着一件件地变卖家里传下来的螺甸[①]嵌镶的手箱、白金的香炉来维持生计，终究不是长久之计。男女下人，也开始一个个告辞而去。公

①同"螺钿"。一种手工艺品，用螺蛳壳或贝壳镶嵌在漆器、硬木家具或雕镂器物的表面，做成各种有光泽的花纹和图形。

主终于渐渐明白了生计的艰难，可是她根本无力改变这种景况。一天天，她能做的，就是同过去一样，面对着寂寞的庭院弹弹琴、吟吟诗而已。

在一个秋天的傍晚，乳母走到公主面前，迟疑了好一会儿，终于说出这样的话："我那当和尚的外甥对我说，有一位在丹波国当过国司的官人，非常企慕公主，想同您结识。听说那人性情温和，长得一表人才。他父亲也是一位地方官，家里上代还当过三品京官，您可以同他见见吗？现在日子过得这样艰难，总得想些办法呀！"

公主低声哭了起来。为了改善艰难的生活，将身体交付给男人，不是等同于卖身吗？一想到世间这样的事很多，就更加伤心了。一阵秋风卷着落叶纷纷而下，公主在乳母面前，把玉容深深埋在衫袖里。

二

从此以后，这男子每夜都来和公主相会①。正如乳母所说，那男子是个性情温和的人，容貌也颇风雅。而且谁都能看出来，他完全倾倒在公主的美貌之下。公主也并不讨厌他，有时候还觉得自己有了终身的依靠。可是在印花帐幕里，映着刺目的灯光和那男子相亲相爱的时候，却没有一夜是感到欢乐的。

这期间，院子里开始增添了新气象，换上了新的凉棚和窗帘，增添了新的下人，乳母管理家务也放手了。只是公主对于这种变化，仍然是一副漠不关心的样子，似乎看得非常冷淡。

---

①古代日本曾有一段时间实行类似走婚的多妻制，正妻之外，往往会结识几个女人，晚来朝去，作为外室。

在一个雨夜，男子和公主对坐饮酒。他给公主讲了一个在丹波国里流传着的可怕的故事。有一个到出云去的旅客，在大江山下一家宿店里投宿。恰巧这宿店家的女人临产，当天夜里就平安地生下了一个女孩。但是旅客在这时候却忽然看见从产妇的屋子里跑出来一个大汉，嘴里反复念叨着："寿命八岁，自害而死。"一跑到外边就消失不见了。九年以后，这旅客上京路过，又住在了这家宿店，果然听说那女孩在八岁的时候发生了意外，死掉了。她从一株树上跳下来，恰巧地下有一把镰刀，径直刺进了她的喉咙——故事就是如此。公主听了很难过，感到冥冥之中，人生自有命数，尤其想到自己还有这个男人可以依靠，比起那个女孩，还算是幸运的。

"一切都是命定的嘛。"公主想着，脸上装出了笑容。

屋檐下的松树，被大雪压断了枝条。公主白天跟往常一样，弹弹琴，玩玩双六，晚上就同男子躺在一个被窝里，听着水鸟跳进池塘的声音。每天就这样过着有点悲哀又有点欢乐的生活，并且从这种懒散安逸的生活中，得到了暂时的满足。

可是这样安逸的日子，就像一开始突然降临一样，又突然到了尽头。刚进春天的一个晚上，当屋子里只有他们两人独处的时候，那男子忽然说出不祥的话来："同你相处，今天是最后一夜了。"原来他的父亲，刚刚在除夕那天被任命为陆奥守，因此他得跟父亲到冰天雪地的陆奥去赴任。他自然不愿意同公主分离，心里也深感悲哀。可是他跟公主的关系，一直是瞒着他父亲的，现在要在出发之前才声明，是没有时间来说服他父亲的。男子垂头丧气地对她慢吞吞地说明了原委——

“不过任期只有五年。五年之后，我们就可以重新团聚了，请你务必等着我吧！”

公主已经哭倒在地了。即使谈不上对男子有什么爱情，但这段时间里毕竟一直以为这会是一个依靠终身的男人。如今一夕分手，这悲哀是难以用言语来形容的了。男子轻抚着公主的背脊，再三地安慰她、鼓励她，可是眼泪却已经把嗓音哽咽住了。

这时候，还不知道噩耗的乳母和一个年轻的女佣，正端着酒壶杯盘进来，高兴地告诉他们，古池边的樱花已经长出骨朵来了……

三

第六年的春天到来了，去了陆奥的男子终于没有回京找她。这几年中，没有了经济支撑，公主的下人们已经一个不留地另寻他主去了。东房原本是公主的居室，也在某年的大风中被吹倒了。从那以后，公主和乳母二人就只能住在下人的屋子里了。那是一间又小又破的屋子，不过聊蔽风雨罢了。自从搬到了这里，乳母一见到可怜的公主，总是禁不住掉泪，但有时候却又无缘无故地发脾气。

厨房移到了凉棚底下，每天也只是吃些大米和青菜充饥。到了目前，公主的衣服，除了身上穿着的之外，再无多余。有时没有柴烧了，乳母便去倒塌的正房拆木板烧。可是公主仍然同过去一样，弹弹琴、吟吟诗，打发时光，静静地等着那男子。

于是，这年秋天的一个月夜，乳母又走到公主跟前，迟迟疑疑地说：

“官人是不会回来的了，您还是忘了他吧。近来有一位典药之助，说是很想结识公主，一直在催问呢……”

公主听了，又想起六年前的事来。六年前的那件事，以前一想起来就哭个没完；可是现在已经身心俱疲了，一心只想“安安静静地老朽下去”……再也没有别的想法。听了乳母的话，抬眼望望天上的月亮，懒懒地摇摇头：

“现在，我什么也不要了，反正活着和死了都一样……”

在同一时候，在遥远的常陆国①的庭院里，那男子和新娶的妻子正对坐饮酒。这妻子是父亲给他找来的，是位国守的女儿。

“哎哟，什么声音？”

这男子吃惊地望望透着月光的窗子，他的心中忽然出现了公主的鲜明面影。

“那是树上掉下来的栗子啊！”

常陆的妻子回答道，又把着壶，在他的杯子里斟满了酒。

四

到第九年的晚秋时节，那男子才回到京都。他同他常陆妻子的一家人——在回京途中，为了挑一个吉利日子，还在粟津停留了几天。进京那天，为了不惊动人，又特别挑了黄昏时候。当男子在郊外时，已经几次派人去打听京都妻子的消息。有的人一去不回，有的人回来了也没找到公主的庭院，更没打听到消息。因此他一进了京，心里反而愈加想念起来，把妻子平安地送到丈人家后，连旅装也来不及换，就亲自找到六宫去了。

---

①古代日本令制国之一，属东海道，俗称常州。关东最东端的东海道之国。

到了六宫，却发现院子里只留下一堆废墟，从前的四柱大门，桧皮屋顶的正院、厢房，全没有了。他茫然地站在荒草地上，呆呆地看着这片遗址。池塘里面大半都填满了土，中间长着一些水草，在新月的月光中，水草轻轻摇曳着。

他看到原来是正院的地方，有一间倒塌的板房，就跑过去往里面张望，好像有人，他便叫了一声，从月光中走出一个老尼姑来，有一点面善。

尼姑一见了男子，就默默地哭起来了，以后，才抽抽搭搭地讲了公主的情况。

"您忘了吗，我的女儿在这儿当过使女。从老爷您走后，继续在这儿服侍了五年。后来我同丈夫到但马去了，我女儿才跟着我们一起离开了。只因近来想念公主，我一个人专门上京来探望。可是您瞧，已经连房子也没有了。刚才我正在一个人发愣，不知道公主到哪里去了呢。您都不知道，您走了之后，公主过的日子实在是一言难尽呀。"

男子听了这番诉述，便脱下一件内衣送给老尼姑，低着头在荒草地上默默地走回去了。

五

第二天，男子跑遍了京城各处，但还是哪里都找不到公主。

这么找了几天，在一个傍晚，他跑到朱雀门前西曲殿廊下躲雨，身边还有一个叫花子和尚也在躲雨。雨在大红门顶上飒飒地下着。他心里烦躁，背对和尚，在石级上来来回回地踱步。忽然听见阴暗的门窗内好像有人，于是下意识地透过窗棂张望进去。

窗内有一个尼姑，在铺一张破席，安顿一个好像是病人的女子。那女子在暗淡的光线中看去，已经瘦得脱了相，可是他一眼就看出来了，那正是他朝思暮想的公主。他正想开口呼唤她，可是看了她的模样，却又叫不出口了。公主这时却自顾自地躺在破席上，发出悲苦的声音，吟起诗来：

曲肱[1]支颐眠，
寒风吹枕边，
此身今已惯，
随处得平安。

男子听到吟诗声，忍不住叫了一声公主的名字。公主从枕上抬起头来看见了男子，低叫一声，又倒伏在草席上去了。尼姑——那位忠心的乳母，马上同跑过来的男子一起，慌慌张张地抱住了公主，可是再看公主的脸色，两个人都惊慌了。

乳母疯了似的跑去找那叫花子和尚，请他为临终的公主念经。和尚跟乳母走来，坐在公主身边，却没有马上念经，反而对公主说："往生天堂，不能借助他力，还须自己虔诚念佛。"

公主躺在男子的怀里，小声地念着佛号。忽然恐怖地望着门上的图案，叫道：

"啊，那里有一辆着火的车子……"

"不要害怕，赶快念佛呀。"

和尚鼓励她继续念下去。公主又念了一会儿，做梦一般喃喃地说：

"现在，看见了金色的莲花，像华盖大的莲花……"

和尚正要说话，公主又断断续续地说：

---

①弯着胳膊作枕头，后以"曲肱"比喻清贫而闲适的生活。

“现在，又看不到莲花了，只有一片黑暗，风吹着。”

“专心念佛啊，为什么不专心念佛？”

和尚斥责着。可是，公主好像马上就要断气了，只是反复地说着同样的话：

“什么……什么也看不见了，一片黑暗，只有风在吹……只有寒风在吹。”

男子和乳母含着眼泪，嘴里也喃喃地念着佛。那和尚两手合十，也帮公主大声念佛。交织在诵经声和雨声之中，躺在破席上的公主，脸上渐渐出现了死色……

六

之后几天的一个月夜中，在最后时刻一直劝公主念佛的那个和尚，仍然待在朱雀门前的曲殿里，还是穿着那身破烂的僧衣，抱着膝盖坐在那里。这时有一个武士，在月光下大步走过来，嘴里还不停地呜呜哼着什么。他一看见和尚，便停下脚站住，随口问道：

“最近在朱雀门边，是不是经常听到女人的哭声？”

和尚蹲在石级上，说：“你听！”

武士侧耳一听，除了唧唧的虫声，没有别的声音。四周的夜暗中，飘散着松树的气息。武士正想再次开口说话，却忽然不知从哪儿传来了一声女人低低的叹息声。

武士紧张得手按刀柄，而那声音已经从曲殿空间拖着一条长长的尾音，远远地消失了。

“念佛吧！”和尚抬起头来，“这是一个不知天堂也不知地狱的没心肝的女魂呀，念佛吧。”

武士没回答，看着和尚的脸，仔细打量了一阵，立刻吃惊地拜伏在他面前：

“您，您就是内记上人吧，为什么会在这里？”

他俗名庆滋保胤，世称内记上人，是空也上人弟子中一位德高望重的沙门[①]。

一九二二年八月作

点评：

本篇小说是作者由《今昔物语集》中的小故事改编而来。主人公六宫公主的一生是一场纯粹的悲剧，在她身上，我们看不到任何“追求”着生活的动力，仿佛活着就是按部就班地等死一般。最后作者借和尚的话，说出了“这是一个不知天堂也不知地狱的没心肝的女魂呀”这样的结语，令人唏嘘。

①出家的佛教徒的总称。

戏作三昧[①]

一

天保二年九月某日午前，神田同朋町的松汤澡堂，照例从大早晨一开门，就来了许多洗澡的客人。几年前出版的式亭三马的滑稽小说《包罗神道、佛教、爱欲和无常的浮世澡堂》中所描写的情景，时至今日还没有发生变化。一个老婆髻[②]在浴池里唱着祭神歌；一个本多髷坐在池岸上绞浴巾；一个圆脑门大银杏往文身的脊梁上浇水；一个由兵卫奴从一开头就光洗脸；还有一个和尚头，坐在水槽边用水淋脑袋。还有一大群飞虻，很起劲地在竹桶和瓷金鱼上团团飞舞。一条狭窄的流水边，放眼望去的就是这世间的各色人等，赤裸着水淋淋的身体，在蒙蒙蒸汽和从窗中射入的晨光中，模模糊糊地活动着。浴池的水声、浴桶搬动声、讲话声、唱戏声，吵成一片。最后是掌柜的一次次用拍子木拍打柜台的声音。因此，石榴口[③]内外，闹得简直像一个战场。不断有人从外面掀开软帘进来，有做小买卖的、讨小钱的，当然还有新到的洗澡客人，统统加入这片混乱中来。

有一位老人，避开乱糟糟的人群，独自小心地坐到犄角上，静静地擦着身上的泥垢。这人看起来已经年过六十，虽然两鬓已见枯黄，眼睛也好像不大好使，可是瘦削的身子骨还很硬朗、结实，臂腿的皮肤已经发皱，看起来却好像还有一股力量在抵抗着

---

①日本德川幕府末期流行的一种小说体裁。本篇主人公泷泽马琴，本名泷泽琐吉，别号曲亭马琴，是当时的戏作大家之一。

②当时下层社会男子的一种发型。后文中的“本多髷”“大银杏”亦是。

③浴池边上装上挡板，保持水温，中间留着一个小口，入池时需要屈身进去。

衰老。那脸也一样，腭骨突出的面腮，阔大的嘴角，都显示着旺盛的精力，差不多和壮年人一样有精神。

老人专心擦净上身的泥垢，也不用桶浇水冲洗，就又洗起下身来。可是用发黑的绸巾擦了半天，在失了光泽的皱皮肤上，却擦不出什么污垢来。可能这使他忽然感到凄寂和乏力，不再用浴巾继续擦拭，只把左右脚轮流泡在水桶里，眼睛则看着窗外天空在混浊的水桶面上映出来的鲜明倒影，鲜红的柿子挂在屋顶边上，点缀着疏落的树枝。

老人忽然想到了“死”，但并不令人觉得可怕和讨厌，而是像映在水桶中的天空，是一种静得动人的平和的意识。倘使能脱去一切尘世的烦恼，安眠于“死”的世界——像天真烂漫的孩子进入无梦的酣睡，那该多么高兴呀。不但是生活的烦劳，而且几十年以来没完没了的写作生涯，也着实让他感到疲倦了。

老人感慨地抬起眼来，四周依然是热闹的谈笑和大群赤裸的身体在浓浓蒸汽中喧嚣着。石榴口的祭神歌中，又添上“啊啊”“嗨嗨”的声调，这里当然没有一件东西能在他心中留下长远的印象。

“啊哟，先生，竟然在意外的地方碰见您了，真是做梦也没想到哪！曲亭先生也来洗早汤了。”

老人吓了一跳，没想到会有人跟他打招呼。扭头看见身边坐着一个满身红光、身材适中、梳小银杏发的人，正在水桶边用湿浴巾擦着脊梁，精神十足地向他笑着。这人刚从浴池上来，在用干净水冲洗身体。

“你倒还是很好呀！”

马琴·泷泽琐吉笑了一笑，俏皮地回答了。

二

“哪里的话，一直都不好呀。要说好，那说的是您老才对喽。《八犬传》不断地写出来，愈出愈奇。写得真好呀！”

这小银杏把肩头上的浴巾扔进桶里，唠叨得更有劲了：“船虫扑到瞎婆身上，打算杀死小文吾，一朝被逮住审问，结果救了庄介，这一段写得实在没说的。以后又成了庄介和小文吾重逢的机会，到底不是坏人嘛。我近江屋平吉，开个小杂货铺，虽然没出息，可是对小说也算懂行。您老这《八犬传》，我看就是没说的，真正了不起。”

马琴继续默默地洗着脚。他对自己小说的热心读者一向是心怀好意的，可并不因有好意便改变对人的看法。这取决于他头脑里的清醒。更妙的是他对人的好意也完全不会受到对此人看法的影响。因此面对着同一个人，他既可轻视，又能心怀好意。这位近江屋平吉，在他眼里也正是这样的一位读者。

“总而言之，能写出这样的东西，您耗费的力量实在非同小可吧。难怪大伙都说，您老现在才是日本的罗贯中哩——不不，对不起，我说得太直率了。”

平吉说着，大声笑了起来。旁边一个正泡在浴池里的黑瘦的小银杏的独眼龙，可能被这笑声惊扰到了，他回过头扫了两人一眼，做了个怪脸，呸的一口痰吐在水沟里。

“你还在热心地做发句①吗？”

马琴巧妙地换了话题，倒不是因为在意那独眼龙的怪脸，其实依照他自己的视力，幸而也衰弱得看不清。

①日本旧式诗体。下面说的短歌也是一种诗体。

“承蒙提起，惶恐惶恐。我只是个爱好，瞎玩乐而已。今天诗会，明天诗会，到处老着脸皮胡诌几句，搞不出什么好诗。您老是不大爱作歌写发句的吧？”

“哪里，我可写不了这玩意儿啊，虽然有一个时期也搞过。”

“您太客气啦！”

“不，不合性情嘛。到现在还写不好哩。”

马琴把“不合性情”四字说得特别重。他其实并不认为自己写不好短歌和发句，自信对此道也很在行。只不过他对这艺术形式一向轻视，认为花费时间精力写这种东西，未免大材小用。他觉得这些一句一行的玩意儿，即使表现得再出色，无论抒情也罢，还是写景也罢，充其量也只能在他的小说中占到几行的篇幅，属于第二流的艺术。

三

他着重说出的“不合性情”，已含有轻视的意思。可是不幸得很，近江屋平吉却没有听出来。

“啊，那就对了。我看像您老这样的大家，写什么都行呀——大伙都盼您写些好诗出来哪。”

平吉把浴巾绞干，使劲把皮肤擦得发红，似乎有些顾虑地说了这么一句话。马琴见对方把自己的客气话当了真，已经心怀不快，而平吉那带着顾虑的口气，更是伤了他的自尊心。他把浴巾和体垢撩到水中，慢慢地站起身，苦着脸傲然地说：

“那是当然喽。像目前那种诗人宗师的水平，我是可以写的。”

可是话说出来，他就有点难为情了，觉得自己这自尊心未免有点孩子气了。刚才平吉用最高的赞语吹捧自己的《八犬传》，也没什么特别高兴的感觉，可是一被人当成不会写诗的人，就马上觉得不高兴了。真的很矛盾啊。在一刹那的反省中，好像要掩饰内心的狼狈，他慌忙用手桶把水淋在自己的肩膀上。

“那当然啰，没有那种才气，怎能写出这样的杰作？您老要是写起诗歌来，我看也是了不起的，这点眼力我倒是有的嘛。”

平吉又大声笑起来。刚才那独眼龙此时已不在旁边，他吐的那口痰，也早就跟马琴身上冲下来的洗澡水一起冲走了。平吉那句话，让马琴比刚才更惶惑了。

“哎哟，光顾着说话了，我也得进池子里泡一泡呀！”

他对自己有点生气，不好意思地随口敷衍了一句，缓缓站起身来。终于借着泡澡的机会，在这位老好人一般的热心读者面前打了退堂鼓。平吉却看他那副傲然的神气，觉得自己作为他的热心读者，也是很有面子的。

“那么，最近请您老也写些短歌发句吧，行吗？可别忘了啊。我也得就此告辞了。知道您挺忙的。闲暇之时请过来谈谈，我可是随时都恭候您老的大驾哪！”

平吉追上去说了几句，又回来把浴巾在水桶里揉了揉，眼望马琴正走进石榴口的背影，心想，今天竟然遇见了曲亭先生，回家了得和老伴儿好好吹一吹。

四

石榴口内部暗若黄昏，再加上腾腾水汽形成的浓雾，眼睛原本就不大方便的马琴，只能小心翼翼地从人缝里挤进去，才到浴池的犄角，将皮肤发皱的身体泡了进去。

浴汤有点热，他感到脚指头有些发烫，深深地呼出口长气，抬头一望，水雾中有七八个脑袋漂在水面上，说话的说话，唱戏的唱戏。漂着人体脂肪和泥垢的油光光的水面，在从石榴口射入的混浊光线的映衬下，闷沉沉地波动着，一股难闻的浴汤气味冲进鼻子管。

马琴常常自顾自地陷入浪漫的幻想里。现在笼罩在浴池的热气中，他正想象着自己要写的一个小说场景，好像身子坐在篷船里，外面的大海暮色苍茫，伴随着阵阵海风，听到油脂般浓重的海浪拍打船舷的声响。船篷吃了风，像扇动着的蝙蝠翅膀似的啪啪有声。一个船老大从船边往外望去，雾气蒙蒙的海空上，挂着一轮红沉沉的蛾眉月……

他的想象突然破碎的时候，正听到石榴口里有人在评论他的小说。声音故意说得很大，好像专门就是说给他听的。马琴原准备从池子出去的，但听了这话声便又留了下来，想听听人家说些什么。

“曲亭先生自称著作堂主人，口气是大得很，可他写的那些东西却都是拿别人的作品改头换面的。比方那个《八犬传》，就是模仿中国的《水浒传》。乍一看似乎不错，实际上骨子里还是中国货，只要仔细一读就可以看出来。他还剽窃山东京传[①]的作品，这就更没有道理了。”

---

①日本小说家、画师，马琴曾为他的门人，后来两人闹翻了。

马琴眯起眼睛远远地望着这个讲坏话的家伙，在水汽中看不大清楚，好像就是刚才那梳小银杏头的独眼龙。可能他刚才听平吉大捧《八犬传》起了反感，这回特地当着马琴的面发泄出来了。

“马琴写东西，没有什么实质内容，就是绕笔头，好像三家村老学究讲‘四书’‘五经’，同当前世界完全脱节。不信看他写的故事，全是古代时候的事情，这就是证明。比方阿染久松，他不让人家叫阿染久松，偏偏叫作松染情史秋九草。马琴大人这种调调儿，还可举出许多例子。”

马琴一向自信满满地抱着优越感，所以听到这种恶意满满的攻击，也不想生气。他一方面对这种话的内容感到触心，一方面对说话的人也并不多么憎恨。他原本只是要表露一下对这种批评的轻视，可是大概由于年龄的关系，最终还是没有开口。

“同他比起来，一九①和三马②就很了不起了。他们写出来的人物形象，看起来都是活生生的。行文风格也绝不在字里行间卖弄什么学问，玩一些小手法，究竟跟这位蓑笠轩隐者③大不相同喽！”

按着马琴的经验，听人讲自己作品的坏话，不光是心里不痛快那么简单，而且也有不少危险。这并不是说听了坏话就丧失了勇气，而是有时候情绪上为了否定别人的意见，之后在创作动机上，会带上一种反感的情调；创作动机不再纯粹之后，便有产生畸形艺术的危险。对于那些只知道一味迎合读者的通俗作家来说，倒是不会涉及这个问题，可但凡多少有点气魄的作家，就容易在

①即十返舍一九，日本小说家，本名重田贞一。

②即式亭三马，日本小说家。

③马琴的别号。

这方面出现问题。所以对于那些吹毛求疵的恶意满满的批评文章，他一向尽可能不去看它。可是另一方面，在好奇心的驱使之下，倒还是受着诱惑，想听听这类批评究竟怎么说。这回在浴池里听到这小银杏头的恶骂，大半也是出于这样的诱惑。

现在他觉得自己泡在池里实在有点太愚蠢，便一面听着小银杏头继续滔滔不绝，一面使劲站起身来，跳出了石榴口。又走到外边，继续望着窗外的晴空和阳光下的红柿子。马琴便在水槽前，平心静气地洗起来。

“总而言之，马琴不过是一个文学乞丐罢了，还说什么日本的罗贯中。”

浴池里那家伙以为马琴还在池子里，所以继续发话猛攻。可能他由于只有一只眼睛，究竟眼力受限，没瞧见马琴已经从石榴口出去了吧。

五

从澡堂出来，马琴的心情是沉闷的。那独眼龙的恶骂，至少在恶心人这一点上，已经收到了预期的效果。在秋高气爽的江户街头，一边缓缓地走着，一边细细地琢磨着在澡堂里听到的那一串批评。更加觉得无论从哪个角度来说，都可以马上反驳出那都是不足挂齿的愚论。可是一大早就被扰乱了的心情，一时却不是那么容易就能平复下来的。

他抬起眼睛，不快地望了望两边的店铺。这些店铺都正忙着自己的本职业务，为自己本月的营业额操劳着，同他现在的心情全不相干。那些“各地名烟”的柿色布帘，“道地黄杨”的黄色梳形市招，“轿灯”，“卜易算命”的旗子……乱杂杂地排了一街，在他眼里依次溜了过去。

“我干吗要操心这种无聊的攻击呢？”

马琴又想：

“最让我感到不快的，首先是那个独眼龙的恶意。不管是什么原因，知道自己被人怀恨在心，总是叫人不舒服的。”

他这么一想，又觉得自己太沉不住气了，心里有点不好意思。实际上像他这样目中无人的人是很少的，而像他这样对别人的恶意如此敏感的人，也是很少的。他也觉察到自己这两种自相矛盾的内心状态，实际上出于同一原因——都是神经作用。

“还有另外一点让我感到十分不痛快，那就是我同独眼龙处在了对立的地位。我一向不爱跟人对立，也从来不爱挣个输赢，这是我的本性使然。”

他这样一分析，心情更发生了意外的变化，紧闭着的嘴唇也忽然松了下来。

“最后一点，同自己处在对立地位的，竟然是那个独眼龙，这事实更让自己深感不快。如果对方是高一点的人物，倒还能挑起自己的反抗心，但现在对方是那个独眼龙，那可真是无话可说了。”

马琴苦笑了一下，抬眼望望天空。空中一群鸟雀正在阳光里争鸣着，落雨一样在头顶上空翻飞着。他沉闷的心情渐渐觉得开朗起来。

“让那独眼龙去随便胡说八道吧，也不过就是让我不痛快一下罢了。乌鸦再怎么乱嚷嚷，太阳还是照样升起。我一定得把《八犬传》好好写完。那时候，日本就有一部大传奇了。”他好不容易恢复了自信，然后徐徐地迈着步子，拐进小巷，向自己的家走去。

六

一进家门，就在阴暗的门间里，发现踏阶上摆放着一对熟悉的木屐。马琴的眼里立刻浮现出一张平板的脸，心里叹了口气，时间又给糟蹋了。

“今天这半天算是白白浪费了。”

这么想着，已经跨上了台阶。女佣阿杉慌忙跑出来迎接，两手托地，抬眼望着他说：

“和泉屋先生正在书房里等您。”

他点点头，随手把湿浴巾交给阿杉，却不想马上进书房。

“阿百呢？”

“拜佛去了。”

“阿路也一起去了吗？”

“是，哥儿也是一起去的。”

“小子呢？”

“到山本家去了。”

家人一个也不在，他有点失望，只能无奈地推开位于大门边的书房纸门。

一进屋，就看见那位油光闪闪、脸色白净、神色安详的客人，端坐在蒲团上，嘴里还叼着一支细细的银烟袋。他的书房什么装饰也没有，只在屏风和板间里挂了两条红枫黄菊的条幅。五十多只书箱无声无息地靠墙排列在一起，散发着古老的铜色。糊着的窗纸快一年没有换过了，灰白的窗纸上映着芭蕉的破叶在秋日太阳照耀之下显露出来的摇摇摆摆的影子。在客人华奢整洁的服装面前，一切都显得那么不调和。

“哎哟，先生回来啦。”

客人见他进来，马上流畅地招呼着，恭恭敬敬地低下脑袋来。这客人是出版在当时风行一时的，仅次于《八犬传》的《金瓶梅》[①]的书店老板，叫和泉屋市兵卫。

“劳您久等了，今天难得去洗了一个早汤。”

马琴本能地皱皱眉头，照例有礼貌地坐上主座。

“哦哦，洗了个早汤，原来如此！”

市兵卫发出感同身受的声音。不管别人遇到什么小事，像这样很容易就感同身受的人是不多见的。不，其实不是感同身受，只是做出感同身受的样子。马琴慢悠悠地抽起烟来，照例询问了客人的来意。他特别不爱看和泉屋那张动不动就跟人表示同感的脸。

“那么，今天有何见教呢？”

“唉，是想求您写点稿子。”

市兵卫把烟袋在指尖上轻轻一晃，用女人似的软绵绵的嗓音说道。这人有一种怪脾气，外表表现出来的行为和内心里想着的主意，大半是不一致的，有时候甚至是恰恰相反的。因此他主意越坚决，说话的语气就越是软和。

马琴一听这声音和语气，又本能地皱皱眉头：“要我写稿，这可是为难了。”

---

①马琴的另一本小说，并非兰陵笑笑生所著的中国古代长篇白话世情小说《金瓶梅》。

"嗯嗯，倘若方便的话……"

"不是什么方便不方便的问题。今年要写的读本[①]，大部分已经接受下来了，再写合卷[②]可就没有工夫了。"

"原来这样忙呀。"

市兵卫磕了磕烟袋里的灰，装作忘记了刚才的要求似的，忽然谈起小耗子[③]次郎大夫的话来。

七

小耗子次郎大夫是个有名的大盗，今年五月上旬被逮住了，到八月中旬还一直关在牢里。他号称劫富济贫，专门潜入大名[④]人家的宅院，把偷来的钱救济贫民。当时人们都把这窃贼叫作义贼。

"我说先生，那可实在是惊人呀。据说他一共偷过七十六家大名，得了三千一百八十三两二钱银子，真是一个了不起的大盗哪。"

马琴听着，不觉起了好奇心。这市兵卫讲得津津有味，他以为现在讲的这个故事可以给作家提供写作资料。马琴看着他那得意的神气，心里虽然十分讨厌，但还是好奇地听着。毕竟，凡是有助于激发灵感的东西，对他都是具有极强的诱惑力的，这也是艺术天才的通病。

"嗬！那果然厉害啊。我也听人说过，可没想到竟然那么厉害呀。"

①以文字为主，专供阅读的小说，类似中国古代的"话本"。
②以画图为中心，专供文化水平较低的读者阅览的故事小说。
③日本古时，一般称盗贼为小耗子。
④日本古代的封建领主。

“虽说是窃贼大王吧，但据说这人以前在荒尾但马守家当过下人，所以很熟悉大名宅院的门路。有人在他游街示众时见过，说是一个长得很漂亮的胖胖的汉子。游街时他身上披着一件越后绵绸外套，里面穿着白汗衫，倒有点像您老作品中人物的风格呢。”

马琴“嗯嗯”地应着，又点起了一袋烟。市兵卫这个人，对于“嗯嗯”这类随口应付一样的回答，当然不会介意。

“您老觉得怎么样？可不可以请您把这次郎大夫一般的人物写进您老的《金瓶梅》里去？我知道您忙，还是希望您能答应。”

讲着小耗子，话题又拐弯抹角地回到催稿的事上。马琴早就习惯了他这套手法，仍然不肯答应。而且因为他这种做派，比刚才更讨厌他了，甚至懊恼自己真的带着几分好奇心去听他讲故事。他又抽了几口烟，然后讲出理由来：

“第一，要我勉强写出来的东西，是写不好的；写出来的东西不尽如人意，是不会有好的销路的吧。那样对你能有什么好处？所以还是不要硬叫我写，对双方都方便。”

“是吗？那么，请您写自己想写的东西，怎么样呢？”

市兵卫说着，把目光在马琴的脸上“摸了这么一下子”（这是马琴形容和泉屋眼光的话），便从鼻孔里一缕缕地冒出青烟来。

“确实是不能写。想写也没有工夫，真是抱歉得很。”

“这个，这个可叫我为难了。”

于是，又突然谈起作家们的逸话来，那条银烟袋还是叼在嘴上。

八

“听说种彦[1]又有一部新作要完成了。他的作品全是伤感的小说，写得也都很华丽。创作那样的东西，的确是他的专长。”

一直以来，市兵卫谈到作家们的时候，总是直呼他们的名字。马琴听到之后每次都在想，他在跟人家谈到他自己的时候，一定也是“马琴”“马琴”的。这种人很轻薄，骨子里从来都把作家视为给自己赚钱的下人，真犯不着给他这种人写稿——心里不高兴时，他就这样想。今天又听他谈到种彦，一张苦脸就显得更苦了。市兵卫可一点也没有觉察到，还是自顾自地说着话。

“我们想出版春水[2]的东西。先生您是不大喜欢他的吧？不过一般读者还挺爱读他的作品。”

“啊，是这样的吗？”

马琴印象中曾见过这位春水，只记得那人一脸的庸俗气。据说他还公然对人说：“只要读者愿意看，我就是写艳情都没问题。”他是觉得如果把这类人也算成作家的话，假如再被人跟自己相提并论的话，那简直算是一种耻辱，因此从骨子里就压根儿瞧不起他。现在听市兵卫在自己面前提到了他，禁不住感到一阵不快。

“写艳情小说，他毕竟还是一位高手。”

市兵卫说着，向马琴脸上瞥了一眼，马上又把眼光移到叼在嘴巴上的银烟袋上去了。这刹那间的表情显得格外卑劣，至少在马琴的心里是这么想的。

“他写了那么多东西，拿起笔来就嗖嗖地，一口气能写上两三回。那支笔就是不停地写。先生您也是一手快笔喽！”

---

①即柳亭种彦，日本通俗文艺者，擅长风俗小说、俳句、狂歌等。

②即为永春水，“人情本”小说家，曾以败坏风俗为由受到处罚。

马琴既不高兴，又感到压力。拿春水、种彦那种人来跟他比较出笔的快慢，对于自尊心很强的他，当然很不高兴。而且通常情况下，他又是一位慢笔，有时甚至因此觉得自己有些无能；但也有时认为这恰恰是出于自己的艺术良心，反而是应当受人尊敬的敬业。他更不愿意让俗人来议论他。于是他移开目光，瞟着板间的红枫黄菊，满不在乎地说："那得看什么时候、什么场合，有时快，有时慢。"

"看时候，看场合。对喽，对喽！"

市兵卫又一次表示了自己的感同身受，当然仍不是真正的同感。然后，他的话题又回到老题目上去。

"那么，已经多次求您写了，无论如何得答应呀。比方春水……"

"我跟为永先生不同！"

马琴一生气，下嘴唇就习惯性地歪到左边去。这时候他的下嘴唇，歪得更厉害了：

"啊，实在抱歉——阿杉，阿杉！把和泉先生的木屐收拾好了吗？"

九

马琴赶走了和泉屋市兵卫，独自靠在廊下的柱子上，眺望着小院里的景物，为了压住肚子里那股难以消散的火气，着实费了好大劲。

院内充满阳光。破叶的芭蕉、光秃的梧桐、苍翠的罗汉松和漪漪绿竹布满了和煦的秋日小院。水缸边的芙蕖只剩了几朵残花，短垣外的丹桂散发出阵阵的芳香。空中的鸟雀，不时送来鸣叫。

沉浸在这自然的景色中，他更感到世间的卑俗和置身于这俗世的不幸。一天到晚都被包围在这卑俗的气氛中，连自己也不能不做出许多卑俗的行径。现在自己忍不住对和泉屋市兵卫下了逐客令。把人强行赶走当然不能算作高尚的行为，可是由于对方反复纠缠于卑俗的套路之下，迫使自己也不得不卑俗起来，终于还是把他从家里撵了出去。可见自己也已经堕落到和市兵卫一样的卑俗了。

他想起不久以前发生的一件相同的事。去年春天，他收到了一封信。来信人是住在相州朽木上新田一个叫作长岛政兵卫的人，说想要当他的入门弟子。信中写到，本人自二十一岁成了聋子，现在二十四岁，立志从事文笔行业，想要专门写作读本，希望最终能够闻名天下。自己一直是《八犬传》《巡岛记》的热心读者。因为生活在偏僻的乡下，缺少合适的学习条件，所以想住到您家里来做食客。这次随信寄去了六册长篇的稿子，请加以斧正，再介绍书店出版。大体就是说了这些话。对马琴来说，这样冒失的请求实在难以令人接受。他自己眼睛有毛病，因此也对写信人是聋子这一点多少有些同情，所以虽然他不能接受来信人的请求，但还是郑重地写了封回信。结果，人家第二封信来了，从头到尾都是一片谩骂，别的什么也没说。

我花了极大的耐心和很长的时间，才读完了你那又长又臭的《八犬传》《巡岛记》。可是我的稿子只有五册，你却连看都不肯看，这说明你是个人格卑鄙的家伙——信的开头是这样写的。在最后的结尾说，一个前辈不肯收后辈当食客，说明你不光卑鄙，还吝啬。马琴大为生气，马上又回了一封信，说我的作品竟然被你这样轻薄的人读了，实在是莫大的耻辱。这封信发出以后，就再也没有音讯了。不知道这人是不是还在写读本，梦想有一天全日本的读者都会读他的大作……

马琴现在想起这件事，既觉得长岛政兵卫这种人太无聊，也感到自己很无聊，同时又觉得难言的寂寞。可是阳光中还散发着丹桂的幽香，芭蕉和梧桐的叶子在无风的天气里寂然不动，而鸟雀则还在高声地啼鸣着——过了十分钟，女佣阿杉来请他吃午饭的时候，他一直像做梦似的靠在廊柱上。

十

冷清清地吃完了午饭，又独自进了书房。为了平复不快的心情，他拿起了好久不翻的《水浒传》。一打开便翻到了豹子头林冲风雪山神庙，从酒馆出来，望见草料场失火。这个戏剧性的场面引起了他平时的兴趣，可是再往下看，心里反而又不安静了。

出去拜佛的家人还没有回来，屋子里依然鸦雀无声。他收起阴郁的脸色，把《水浒传》合上，放在桌上，抽起了平时并不爱抽的黄烟。在朦胧的烟雾中，想着一直留在头脑里的一个疑问。

这是作为道德家的他，和作为艺术家的他，两者之间互相纠结的一个疑问。他一向相信“先王之道”，公开宣称他的小说是“先王之道”的艺术表现，因此这两者之间是不冲突的。可是在“先王之道”给予艺术的价值和他自己的心情给予艺术的价值之间，却意外地存在着距离。因此作为道德家的他肯定的是前者，而作为艺术家的他则肯定了后者。当然，可以通过一种廉价的妥协思想，来克服这个矛盾。实际上他就是在表面上，用这种不成熟的调和论面对群众的，可是在背地里，却偷偷地掩藏着他对艺术的暧昧态度。

但他可以蒙蔽别人，却欺骗不了自己。他否定“戏作”的价值，主张“文以载道”，可是一遇到心头汹涌着的艺术灵感，便又立刻觉得不安起来了——《水浒传》的一个场面，在他心情上引起了意外的结果，原因正在于此。

在思想上怯懦的马琴，不敢继续多想，便默默地抽着黄烟，想尽力把心思转到不在家的家人身上去。可是目之所及之处，依然是那本《水浒传》，这不安的心情逐渐挤占了他全部的思想，变得不易抛开了。这时候，恰巧来了一位已经好久未曾登门的华山渡边登[①]。他穿一件对襟大褂，胁下夹着一个紫布书包，看着大概是来还书的。

马琴很高兴，一路小跑着，到门口去迎接这位老友。

“今天我把上次借的书还回来了，也顺便来探望探望您。”

华山跨进书房，说道。书包之外还有一个纸卷，看着像是卷着一张画。

“有工夫的话，想请您看一看！”

“好极了。现在就看吧！”

华山压制着心里的兴奋，笑眯眯地打开纸卷里的画幅。画里画着萧条的寒林，林下站着两个人正在抵掌谈笑；地面散落着黄叶，树梢头上停着一群乱鸦——整个画面飘逸着寒秋的气象。

马琴的眼光落在了这幅枯淡的《寒山拾得》上，渐渐射出了激动的光芒。

---

①德川幕府末期的南画家。因反对幕府的锁国政策遭统治者迫害，自杀身亡。

“您画得越来越精神了。这使我想起王摩诘[①]的两句诗来：‘食随鸣磬巢鸟下，行踏空林落叶声。’正是这样的境界呀！”

十一

“这是昨天才画的。我自己看着还满意。心想如果您喜欢的话，就拿来送给您。”

华山摸着须根发青的脸腮，得意地说：

“请您看看，画得比过去如何——难得画出一张自己能满意的东西呀。”

“那太感谢了。真是不好意思，总是收您的礼物。”

马琴一边看着画，嘴里一边喃喃地道着谢。不知为什么，心里忽然想起自己那还没写完的大作来。华山呢，话里话外还是离不开他的画：

“每次看着古人的画作，心里总是在想，究竟怎样才能画成这样子呢。明明木、石、人物都是同样的木、石、人物，可是画里面有一种古人的心情，已经融进了画里，就那么活生生地如在眼前。这真是了不起。像我这样的，在这方面上，还只是一个没有进门的小学生啊。”

“古人不是还说过‘后生可畏’吗？”

马琴见华山只谈自己的画，不免有点嫉妒了，便说了一句平常很少说的俏皮话。

“现在就是‘后生可畏’嘛。后生和古人，把我夹在了中间，挤得我只能推一推、动一动罢了。这不但是我们，以前的古人和今后的后生，其实也都是这样的局面嘛。”

---

①即王维，中国唐朝著名诗人、画家，字摩诘。苏轼评价王维：“味摩诘之诗，诗中有画；观摩诘之画，画中有诗。”

“要是不前进，立刻就会被推倒。所以最主要的，是要有进一步前进的功夫。”

“对喽，这就是最主要的事情。”

宾主二人被自己的谈话激动了，暂时沉默了下来，倾听着静寂秋日里的各种声音。

“《八犬传》还在继续写下去吗？”

华山转换了话题。

“唉，一直想不出来好的构思。真是无奈，我这也比不上古人嘛！”

“您老这么说，太叫人为难了。”

“要说为难嘛，我比谁都为难呢。不过，无论如何还是得干吧。所以近来我就是铁了心同《八犬传》拼命喽！”

马琴说着，有点难为情地苦笑了一下。

“所以嘛，嘴里说是‘戏作’‘戏作’，可说说也不是那么容易的。”

“近来我画画时，也跟您一样，觉得自己好像已经走到尽头了。”

“那就大家一齐拼命吧！”

两人都大声地笑了。这笑声中，有一种只有两人自己才懂得的寂寞心情。宾主二人也同时在这寂寞的心情中，感到了一种强烈的兴奋。

“不过您画画，比我这行可好得多。至少它不会受到人家的非难，这就比什么都好了。”

这会，马琴又变换话题了。

十二

“哪里会有这样的话……像您老写的东西，还有什么可以批评的呢？”

“不，大大的有。”

马琴说了检查图书时，受到检察官故意刁难的例子。在他的一篇小说中，曾写到一个官僚受贿的事，结果在检察官那里就通不过了。要想出版，就只能奉命改写。他又补充说：

“检察官这种家伙，他越是拿这个事情刁难人，就越露出自己的尾巴来。您说可笑不可笑？因为他自己是要受贿的，所以就不爱看到别人写官僚受贿的事。又如他们自己心灵龌龊，却只要见到描写男女的爱情故事，不管三七二十一，一律说成淫秽。他们自以为自己的道德要比作家的高，所以居高临下地到处找作家的碴儿。好比‘猢狲照镜子，越照越生气’，这是他看到镜子里的自己那一副丑嘴脸挺不舒服嘛。”

华山听了马琴这个激愤的比喻，不觉失声而笑，说：

“这种情形可能不少，可这不是您老的耻辱。不管检察官怎样说，从来好的作品，都写这类事嘛。”

“可是蛮不讲理的地方太多了。有一回写到牢监里给犯人送衣食，就被勾掉五六行。”

马琴这么说着，又同华山一起哧哧地笑起来。

“是啊。可过了五十年、一百年，那检察官早已不知身在何处了，而您的《八犬传》还是要流传下去的。”

“不管《八犬传》流传不流传，而检察官这个东西，却是到什么时候都还是会有的。”

“是吗，我可不这样想呀。”

“不，检察官也许没有了，可是像检察官那样的人，在这个世界上是不会绝种的。您以为焚书坑儒，只是在古代才会发生的事吗？我可不是这样看呢。”

“您老近来老是说悲观的话啊。”

“不，不是我悲观。是这个到处都是检察官的世界，叫我悲观呀！”

“那，咱们就得更好好地干呗。”

“对喽，除此之外，也没有别的办法。”

“在这一点上，也一样得拼命嘛！”

这回，两人没有笑，不但没笑，马琴还紧张地看着华山的脸。在华山那句看似随便的闲谈中，他感觉到一股刺人的力量。

“不过，青年人首先重要的是要看清这个世界。拼命呢，处处都得拼呀。”

过了一会儿，马琴又说了一句，他是知道华山的政治倾向的，这时候，忽然隐约觉得一阵不安。可是华山只是笑了一笑，没有回答。

十三

华山走后，马琴趁着还没有退潮的那股兴奋劲，又重新坐在写字桌边，去整理《八犬传》的原稿。在继续往下写之前，他又按着习惯，重读了一遍昨天写好的部分。他端详着那几张写得密密麻麻的，又在字里行间加过朱笔的原稿，细细地看了下去。

可是，不知什么缘故，越看越觉得不对劲，不但有不少文理不通的句子，而且到处都有破坏全体结构的地方。开头，他以为是自己心情恶劣的缘故，影响到了阅读。

“今天心情不好，已经写完了的地方，暂时先不去管它吧。”

心里这样想着，却又重读了一遍，结果还是平不下心来。他似乎失去了老年人的沉稳，心里有点动摇了。

“看看更前面的部分怎么样吧。”

他又看了更前面的稿子，又都是粗糙的句子，杂乱地堆积着。他又赌气看更前面更前面的，一直看了上去。

越看越觉得结构笨拙，文风混乱，满眼都是缺乏形象的写景，没有实感的咏叹和思路清晰的议论。这些花了几天工夫写成的稿子，看来就是一大堆废话，他的心顿时像刀割似的痛苦。

“都得从头写！”

他在心里发出了这样的叫声，十分懊丧地把稿纸往一边推开，一手托起脑袋，在桌上伏下身子，可是眼睛仍不离开桌上的稿子。在这张桌子上，他写过《弓张月》，写过《南柯梦》，现在又写着这《八犬传》。桌上有一方端砚，一个蹲螭的文镇，一只蛤蟆形铜水盂[①]，一张有狮子牡丹花纹的青瓷砚屏，还有一只雕着兰草的竹笔筒——这些文房用具，一直都是他辛勤写作生活中最亲密的伴侣。他惶惑不安地看着这些陪伴了他几十年的东西，觉得今天的挫败感，让他对自己一生的劳作和自己的才能产生了根本的怀疑。

“一直以来，我都自信于自己的所谓才能，想着要写出一部本朝独一无二的大作品。如今看来，这也不过是庸人自扰的幻想罢了。”

①盛水以供磨墨用的器皿。

这不安感是如此的强烈，他深深地陷入了难堪的落寞和孤独中。他一向以谦虚的姿态来崇拜那些他所认可的中国和日本的天才，正因此，他对同时代的庸庸碌碌之辈表示出了特别的傲慢和不逊。这种长期以来形成的心态，怎么能使他轻易承认，自己也不过是“辽东的白猪”，同他一直轻视的那些庸俗之辈没有什么两样？而且他那强大的“自我”，要他逃避到“自觉”和“绝望”中去，他的热情又太炽烈了。

他伏身在桌子上，眼睁睁瞧着失败的原稿，静静地同绝望的威力斗争，好像一位遭难的船主望着他沉下海去的沙船。如果这时候，不是身后的纸门突然打开，随着一声“爷爷您好”，有一双娇嫩的小胳臂勾到他的脖子上来，他还真不知道何时才能从这种忧郁的气氛中解脱出来呢。孙子太郎刚一进门来，就以孩子的大胆和爽直，一下子跳上祖父的膝盖：

“爷爷，您好！”

“哎哟哟，你们回来啦！”

《八犬传》的作者说这话的同时，紧蹙着的脸立刻变了一个人似的，露出高兴的笑容来。

十四

茶室那边，传来了老伴阿百大声嚷嚷的声音，还有儿媳阿路文静的说话声，中间还夹着男人的粗嗓门儿，好像儿子宗伯也回家了。太郎趴在祖父膝盖上，小眼睛望着天花板，忽然做出认真的脸色，好像要说什么话似的。由于刚从外边进来，脸色也红红的，小鼻孔呼呼地喘着气。

“喂，爷爷！”

穿着梅花图案布衫的太郎，突然又叫了一声爷爷。小脑袋好像想着什么，在竭力忍着笑，脸上的小酒窝忽隐忽现——把马琴逗乐了。

“每天，每天。”

“什么每天每天？”

“好好地用功吧！”

马琴噗的一声笑了起来，一边笑，一边问：

“那么，究竟要怎样做呢？”

“那么……哎哎，不要老是动肝火。”

“呵呵，就是要对我说这话吗？”

“还有呢。”

太郎向上仰起短发齐额的小脑袋，连自己也笑起来了，眯缝着小眼睛，咧嘴露出小白牙齿，小酒窝也变大了。看着这样的脸，真叫人难以相信，将来也可能会变成世上那种令人讨厌的脸孔。马琴全身都浸在幸福的温流中，这样想着，心里又是一动。

“还有什么？”

“还有好多呢。”

“好多什么？”

“哎哎——爷爷，您会变成个大人物。”

“大人物？”

“所以，您得忍着点儿。”

“忍着点儿？”马琴的声音变得认真起来了。

“要好好儿、好好儿忍着呀。”

“这话是谁叫你说的？”

“那个……”

太郎故意捉弄似的，看着祖父的脸，笑了。

“那您说是谁啊？”

“对喽，今天你去拜佛了，是寺里的老和尚对你说的吧？”

太郎连忙摇摇头，身体从马琴膝盖上挺起来，把小脸靠拢祖父。

“谁啊？”

“唔唔。”

“是浅草的观音菩萨说的嘛。”

孩子说完就发出响亮的笑声，吵得全家能听到似的，做出害怕被马琴抓住的样子，连忙从他身上跳开了。因为唬住了爷爷，特别高兴地拍着小巴掌，滚球似的逃到茶室里去了。

刹那间，在马琴的心中涌上了一种严肃的东西。他嘴上现出幸福的微笑，眼里却含上了泪水。不管这些话是孩子自己想出来的，还是他的母亲教他说的，从孩子嘴里能听到这样的话，总是奇怪的。

“那真是观音菩萨说的吗？好好用功，别动肝火，而且要好好忍着。”

六十多岁的老艺术家，含泪微笑着，像孩子似的点了点头。

十五

这天晚上。

在圆灯的昏暗光线下，马琴又开始续写《八犬传》的原稿。在他执笔创作时，家里的人是不会进到书房里来的。寂静的屋子里，只听得见灯芯吸油和蟋蟀鸣叫的声音，消磨着长夜的寂寞。

才一拿起笔，他的头脑里便闪烁出点点星光，随着十行、二十行地不断写下去，这光就渐渐扩大了。凭经验，马琴知道这光代表着什么。神来的灵感像一蓬火，催促着他全神贯注地运用着手中的笔，不停地写下去，生怕火不知何时会熄灭似的。

“别着急，得尽量地深思熟虑。”

马琴小心翼翼地警惕着走动的笔，一次又一次对自己低声叮嘱。现在，头脑中星火似的闪光已汇成一条急湍的洪流，激流勇进一般有力地推着他前进。

他的耳朵里已听不到蟋蟀的鸣声，眼睛也不再感受到灯光的刺痛，手里的笔自己活了起来，嗖嗖地在纸上飞行。他拿出与天神搏斗的姿态，几乎是拼着老命写啊写的。

脑中的河流，已经像天上的银河似的泛滥起来。趁着这股气势，有时他也会担心地想到，万一自己的体力支持不住了呢。于是，他攥紧了手里的笔，又一次鼓励着自己。

“加油啊，加油写下去。现在写着的东西，此刻不写的话，过一会儿可就写不出了。”

可是那发着光的河流速度丝毫不见减低，奔腾着的汹涌波涛以淹没一切的气势向他冲击过来。他完全被它俘虏住，忘掉了一切，只是顺着这河流的趋向，像暴风雨般驱笔前进。

这时，他的目光有如王者的眼神，里面既看不出利害的观念，也折射不出爱憎的感情。所有干扰心情的毁誉早已不在他的眼里。他的心里只感到一种奇妙的愉悦，一种恍恍惚惚的悲壮激情。不知道这种激情的人，是不能体会到作者的心境的，也是无法了解戏作者严肃的灵魂的。在此，洗净了一切“人生”的渣滓，像新的矿石一般，美丽晶莹地呈现在作者的眼前……

那时候，老伴阿百和儿媳阿路，正对坐在茶室的灯下，手里做着针线活。太郎已被送上床睡着了。稍远一点的地方，身体病弱的宗伯正在搓药丸。

“爸爸还没睡觉吗？”

阿百拿缝针擦了擦头油，不满地说。

“准是又写得出神了。”

阿路眼睛离开针线，回答道。

“真是要命，又挣不了几个钱。”

阿百说完，看了看儿子和媳妇。宗伯只装作没有听见，没吱声。阿路也默默地做着针线活。在这屋里，在书房里，蟋蟀那唧唧的叫声，依旧悲吟着清秋的长夜。

一九一三年十一月作

点评：

本篇小说的情节十分简单，以主人公作家马琴一天的所见、所闻、所想为主线。在小说中，作者借马琴这个人物生动刻画出一个作家，或者说一个艺术家，在艺术与道德的矛盾、艺术与生活的矛盾中苦苦挣扎与纠结的两难境地。最后，作者通过忘情地奋笔疾书的马琴表达了自己的艺术观和人生观，从中我们可以看出他艺术至上的思想。

山鹬

1880年5月某日傍晚，阔别两年之后又来耶斯那亚·波利雅那作客的屠格涅夫①，在主人托尔斯泰②的陪伴下，到伏龙加河对岸的杂树林去打山鹬。

除了两位老人之外，一起去的还有尚未失去青春的托尔斯泰夫人，以及孩子们和一只猎狗。

到伏龙加河的路，大半程都要通过麦田。黄昏的微风吹拂过麦穗，静悄悄地送来泥土的香味。托尔斯泰走在大家的前头，肩上扛着枪，屠格涅夫和托尔斯泰夫人则并肩走在他的身后。他不时地回过头来，跟屠格涅夫说着话。这位《父与子》的作者，每次总是吃惊似的抬起眼来，高兴而流畅地回答着他的话，有时候还会摇晃着宽阔的肩头，发出沙哑的笑声。和粗野的托尔斯泰相比，他的话语总是显得要文雅一些，同时又带着些许女性化。

走到下坡路的时候，对面走来两个村里的孩子，像是哥俩。一见到托尔斯泰，他们就停下来行了一个注目礼，又继续光着脚丫跑上坡去了。托尔斯泰的一个孩子，在他们身后大声喊了些什么，但他们装作没听见的样子，一下子就跑进麦田里去了。

“农村的孩子真好玩呀。”

托尔斯泰脸上映着夕阳的余晖，回头对屠格涅夫说。

“听他们说话，常常会有一些意外。这教育我要采取一种直率的说法跟他们交流。”

---

①伊万·屠格涅夫，俄国批判现实主义作家，代表作有《猎人笔记》《父与子》等。
②列夫·托尔斯泰，俄国批判现实主义作家，代表作有《战争与和平》《复活》《安娜·卡列尼娜》等。

屠格涅夫笑了一笑。他已经今非昔比，现在从托尔斯泰的话中感到对孩子们的感动，自然会觉得有些滑稽……

“有一次我给他们上课——”

托尔斯泰继续说，

“忽然有一个孩子站起身从课室里跑了出去。我问他去哪里，他回答说石笔不够吃了。他不说去拿石笔，也不说去找一段新的来，干脆说不够吃了。只有常常把石笔放嘴里咬着玩的俄罗斯孩子，才能说出这样的话。我们大人是说不出来的。”

“是呀，只有俄罗斯孩子会说出这种话。我现在听到了这种话，才感到自己已经回到俄国了。”

屠格涅夫又向麦田那边扫了一眼。

“就是嘛。在法国，孩子们的嘴里可都是叼着烟的嘛。”

“可是您最近好像完全不抽烟了。”

托尔斯泰夫人试图把客人从丈夫的嘲笑中解救出来。

“唔，完全不抽了。因为巴黎有两位漂亮的太太，她们说我嘴里有烟草味，不肯和我接吻嘛！”

现在，轮到托尔斯泰苦笑了。

这期间，他们已过了伏龙加河，走到打山鹬的地方。那里是一块林木稀疏，却因为离河不远而有点儿潮湿的草地。

托尔斯泰把一块好的猎场让给了屠格涅夫，自己走出去大约一百五十步的地方，重新找好了一块打鸟的位置。托尔斯泰夫人陪在屠格涅夫的旁边，孩子们则在他们后面离着很远的地方，各人分好了自己的位置。

天空还沐浴着夕阳的红光。光线暗淡的林木中，荡漾着一丝微风。已经生发出芳香嫩芽的树杪，在空中摇曳着，中间渐渐升起了朦胧的雾霭。屠格涅夫举着枪，注意着树杪。

“有知更鸟和金翅雀的叫声呢。”

托尔斯泰夫人注意地听着周围的声音，自言自语地说。

大家安静地听着，半小时就这么过去了。

知更鸟和金翅雀的声音消失了，只有五十雀偶尔会发出几声啼鸣——屠格涅夫再一次从稀疏的树林中望过去。这个时刻，天空似水，森林的深处已沉入了苍茫暮色之中，只有远远近近的白桦树干，现出了白色。

突然，从森林里面传出了一声枪响。等待在后边的孩子们不等枪声的回音消散，便带着狗一股脑儿地跑去捡猎物了。

“我家先生这次可是抢先了。”

托尔斯泰夫人回头向屠格涅夫笑笑。

一会儿工夫，第二个孩子伊利亚从草丛中跑回来了，向母亲报告说爸爸打到了一只山鹬。

屠格涅夫从旁问道：“谁先发现的？”

“是朵拉找到的——找到时还活着呢。”

伊利亚红光满面地向母亲说了一遍找到猎物的经过。

屠格涅夫的心中便浮现出了《猎人日记》的一个场面。

伊利亚走后，四周又归于静寂。从暗沉沉的森林里，散发出一股春天草木抽芽和潮湿的泥土的香气。远远地，能听到归巢鸟儿的啼叫声。

“那是什么鸟？”

“青斑鸟呀。”

屠格涅夫马上回答道。

青斑鸟的啼叫声忽然停止了。不光如此，有好一会儿，森林中甚至听不到任何鸟声。空气中连一丝微风也没有了，天色也在缺乏生气的森林上面，渐渐变成了暗蓝色——突然，有一只猫头鹰，在头上慢悠悠地飞过。

第二声枪响，打破林间静寂的时候，是在又过了一小时之后。

“略夫·尼古拉维支即使打山鹬，也是想压倒我的呀。”

屠格涅夫笑着耸了耸肩膀。

孩子们的奔跑声和朵拉一阵一阵的吠叫声，很快就安静了下来。点点寒星，已经散布在空中。森林里，凡是刚才还能瞧见的地方，现在都已被夜色所封闭，树枝也静静地纹丝不动。二十分钟，三十分钟，时间沉闷地过去了。已经被暗夜所吞噬掉的潮湿土地，开始在每个人的脚旁升起了微微可见的春雾。可是他们的身边，还是看不见任何一只啼鸣的飞鸟儿。

“今天是怎么回事呀？”

托尔斯泰夫人自言自语着，用不无遗憾的语气。

“像今天这样鸟儿如此之少的日子是很少见的……”

“夫人，你听，是夜莺在叫。”

屠格涅夫故意把话题从打鸟这件事上岔开。

森林里黑暗的深处，果然清晰地传来夜莺的歌唱。两人沉默着，就这么听着夜莺的歌声，分别想着各自的心思……

忽然，按屠格涅夫自己的说法，“忽然，感觉到”，那是一种猎人所特有的感觉，在面前的草丛中，伴着一声啼叫，飞起了一只山鹬。在树枝下垂的林木中，山鹬那白色的翅膀一闪而过，消失在夜色中。屠格涅夫立刻举起肩上的猎枪，很快地开了一枪。

短促的火光伴随着一股浓烟——枪声在静静的森林深处，长时间散发着回响。

“打中了吗？”

托尔斯泰走过来，小声地问。

“打中了，像石头一样滚下来了。”

这时，孩子们也和狗一起回到了他们身边。

“快去找！”

托尔斯泰吩咐他们。

孩子们便抢在狗的前面，蹦蹦跳跳地四散开来，去找猎物了。可是翻来覆去地找了半天，也找不到山鹬的尸体。朵拉也到处乱跑着，时不时地在草丛中蹲下来，发出不满的鼻息声。

最后，托尔斯泰和屠格涅夫也加入了寻找猎物的行列，跟着孩子们一起在草丛里四处翻弄，可是始终连那山鹬的一根羽毛也没见到。

“没打中吧？”

二十分钟之后，托尔斯泰站在阴暗的林间，对屠格涅夫说道。

“肯定打中了，我明明看见像石头那样滚下来的……”

屠格涅夫一边说，一边低头在草丛中来回地找。

“也可能打是打中了的，只是伤了羽毛。掉下来之后，又逃走了。”

“不，不光是打了羽毛，我明明是打中了的。”

托尔斯泰不大相信地皱皱粗大的眉毛。

“那样的话，狗一定会找到的。咱们这朵拉，只要是被打下来的鸟儿，没有找不到的。”

“不过，我确实是打中了的。”屠格涅夫抱着猎枪，做了一个懊恼的手势，说，“打中没打中，连孩子们也能区别出来。我是明明见到的嘛。”

托尔斯泰嘲弄似的瞧着他的脸说:“那么，狗为什么找不到？”

“狗是怎么回事我不知道。不过我只是说，我是明明看见像石头一样滚下来的……”

屠格涅夫挑战似的盯住托尔斯泰的眼睛，不觉发出尖刻的声音：“I lest tombé comme pierre, jet’assure！①”

“可是朵拉为什么找不到哩？”

这时候托尔斯泰夫人走过来从中调解，向两位老人笑着说，让孩子们明天再来找吧，天色太晚了，大家现在先回家去吧。屠格涅夫马上表示同意。

“那就这样，到明天就明白了。”

“对啦，到明天就明白了。”

托尔斯泰也故意这么重复了一句，心有不甘地，转身背对着屠格涅夫，向林子外面走去了……

屠格涅夫回到寝室里，已经是晚上十一点左右了。独自一人安安静静地坐在椅子上，茫然地向周围眺望着。

这间寝室原本是托尔斯泰平日使用的书房。大书架、龛座中的半身像、三四个照片镜框、固定在墙上的公鹿头——烛光映衬

---

①法语。“我确实看见，像石头似的滚下来的！”

着这些东西，汇聚成暗淡而冷凝的空气，包围在他的四周。对今晚的屠格涅夫来说，剩下独自一人待着，却感到特别的轻松。

——回到寝室以前，他和主人一家围坐在茶几边，喝着茶闲聊。他努力装成谈笑风生的样子，可是托尔斯泰，直到那时，仍然脸色阴沉地不大愿意开口说话。屠格涅夫感到非常尴尬，只好故意无视主人的沉默，跟一家老小聊着一些风趣的话题。

每当屠格涅夫说到有趣的地方，别人都开心地笑起来。特别是孩子们，在他模仿汉堡动物园大象的叫声，还有巴黎青年男子夸张的动作姿态时，笑得格外热闹。可是一家人越是热闹，屠格涅夫的心里也越是感到别扭。

"你知道最近出了一位有希望的新作家吗？"

话题转到法国文学时，这位被心里的别扭感觉折磨了一夜的社交家，终于忍不住，故意用轻松的语气询问了托尔斯泰。

"不知道。什么新作家？"

"德·莫泊桑——基·德·莫泊桑[①]，这至少是一位有着无比观察力的作家。在我提包里，恰巧有一本他的短篇集 *La Maison Tellier*[②]，你有工夫的时候，可以看一看。"

"德·莫泊桑？"

托尔斯泰狐疑地向客人瞥了一眼，也没说要不要看。屠格涅夫想起自己小时候，被年长的坏孩子欺侮的事——那时心里也正是这样的滋味。

"说到新作家，这里也出了一位特异的人物呢！"

---

①19世纪后半叶法国批判现实主义作家，代表作有《项链》《漂亮朋友》《羊脂球》等。

②《戴黎艾一家》。

托尔斯泰夫人觉察到了他的窘态，马上谈起一位奇怪的访客——大约一个月前的某天傍晚，来了一位衣着落魄的青年人，提出要见这家的主人。他进到屋来，面见了先生之后，开口第一句话就说："请您先给我一杯伏特加，加上一碟青鱼尾。"这乖张的言行，实在让人觉得怪异。后来知道这位怪青年，竟然还是一位多少已经有些名气的新晋作家，那更叫人吓了一跳。

"这人名叫加尔洵。"

屠格涅夫听了这名字，觉得这下可以把托尔斯泰拉进谈话的圈子里来了。因为托尔斯泰那么沉默，除了越来越不高兴以外，另一个方面，也因为屠格涅夫向他介绍过加尔洵的作品。

"加尔洵吗——他的小说写得不错。你后来还读过他什么作品吗？"

"是不错。"

托尔斯泰仍旧冷淡地，随口应了一声。

屠格涅夫好容易才从椅子里站起身来，摇了摇白发的脑袋，在书房里踱着步。桌子上的烛火，随着他的来回走动，让他映在墙上的影子忽大忽小地变化着。他默默地背着双手，没精打采的眼睛，始终望着那张空床。

屠格涅夫的心中，历历如新地回忆起自己和托尔斯泰这二十多年的友谊。经过长期流浪之后，投奔到他老家彼得堡来的军官时代的托尔斯泰——在涅克拉索夫的一个客厅里，傲然地看着他，将乔治·桑抨击得体无完肤的托尔斯泰——在斯巴斯科艾森林里，一起散着步，突然停下来抬着头赞叹夏云多奇峰的那个写作《三个轻骑兵》时代的托尔斯泰——最后，在弗特家里，两个人大吵大骂，抡起老拳打架时的托尔斯泰——从这些回忆中，感受到的都是托尔斯泰的倔脾气，他压根儿见不到别人的真实，认为人都是虚伪的。这不但在别人的言行跟他相左时是这样，即使面对和他一样放浪成性的人，如果遇见同样的事情，他能原谅自己，却不肯原谅别人。他不能马上相信别人同他一样感受到了夏云的美丽；他不喜欢乔治·桑，也由于怀疑她的真实；曾经有一个时候，他还差一点同屠格涅夫绝交了。这回屠格涅夫说打中了山鹬，他仍旧觉得是说谎……

屠格涅夫打了一个哈欠，在龛座前停下脚步。远远的烛光，把龛中的大理石像映出来一个模糊的影子——这是略夫的长兄尼古拉·托尔斯泰的胸像。尼古拉也是屠格涅夫的好友，自从故人已故，不觉之间已经过了二十多年的岁月。略夫如果在对待别人方面有他老兄一半的热情——屠格涅夫久久地向这狭暗的柜内投射着寂寞的眼光，竟不觉得春天的长夜已渐渐深沉。

第二天早晨很早，屠格涅夫就起身来到了被这家人用作餐厅的楼上客厅里。客厅墙上挂着托尔斯泰家上代祖先的几幅肖像——托尔斯泰正坐在其中一幅肖像下，在桌边看当天收到的邮件，除他之外，还不见一个孩子出来。

两位老人点头打了招呼。

屠格涅夫乘机瞧了瞧他的脸色，心里盘算着只需要他表示出一点点的好意，就准备立刻跟他和好。可托尔斯泰还是闷沉着，说了两三句话之后，仍旧埋头看他的邮件。屠格涅夫没有办法，只好拉过身边的一把椅子，坐下来默默地看报纸。

沉闷的客厅里，除了烧茶水时发出的短暂的沸水声，再也没有别的声响了。

“昨天晚上睡得好吗？”

看完了邮件，托尔斯泰不知想起什么来，这样问了屠格涅夫一声。

“睡得很好。”

屠格涅夫把报纸放下，等着托尔斯泰接下来的话。可是主人却提起茶杯的银环，从茶壶里倒茶，不再开口了。

这样过了一会儿，屠格涅夫瞧着托尔斯泰沉闷的脸色，心里渐渐感到不快了，而且今天早晨身边再无别人，更使他觉得不知怎样才好。要是有托尔斯泰夫人在——他脑子里这样想了几次。不知什么原因，这时候还没有人到客厅里来。

五分钟、十分钟——屠格涅夫到底忍不住了，一把把报纸扔开，从椅子上慌张地站了起来。

这时候，客厅门外突然传来嘈杂的说话声和脚步声，好像很多人正从楼梯上争先恐后地跑上来——马上就有人一把推开了门，五六个孩子嘴里嚷嚷着，跑进屋子里来。

“爸爸，找到啦！”

跑在最前面的是伊利亚，得意扬扬地把手里举着的东西晃了又晃。

“是我第一个发现的。”

面孔很像她母亲的泰齐亚娜，抢在弟弟之前，大声地说着。

“掉下来的时候，挂在白杨树的枝条上了。”

最后解释说明的，是年龄最大的塞尔盖。

一时间搞不清状况的托尔斯泰，吃惊地扫望着孩子们的脸色。看见昨天的山鹬竟然真的找到了，他那长满大胡子的脸上，忽然现出了笑容："真的？竟然是挂在树枝上啦？难怪狗儿找不到。"

他从椅子上站起身来，跟孩子们一起挤到了屠格涅夫跟前，伸出了粗大的右手："伊凡·塞尔盖维支，这一下我可放心了。我可不是说谎的人。这鸟儿要是掉在地下，朵拉是一定会找到的。"

屠格涅夫紧紧地握住托尔斯泰的手，显得有点不好意思。这找到的究竟是山鹬呢，还是《安娜·卡列尼娜》的作者呢——这位《父与子》的作者，头脑里简直有点迷糊了。但是他高兴得几乎掉下泪来：

"我也不是说谎的人嘛。瞧瞧我这手腕，就是一枪打中了。枪声一响，鸟儿就像石头似的滚下来了……"

两个老人你瞧我，我瞧你，不约而同地大声笑起来。

一九二一年一月作

点评：

本篇小说是作者根据托尔斯泰和屠格涅夫之间发生过的真实故事改编而成的。作者用简单精妙的语言，以小见大，刻画出了两位可爱老人迥异的性格和他们之间曲折有趣的友谊，道出了无尽的事理人情。

火男面具[1]

吾妻桥上，靠着栏杆站了许多人。警察偶尔过来说上几句疏通一下，不久就又挤得人山人海了。他们都是特意站在桥上来观看自下而过的赏花船的。

这些船或者孤单一艘，或者成双成对地从下游，沿着退潮的河水逆流而上。样子大多都是在中间拉起帆布篷，周围挂上红白相间的帷幕。各自在船头上竖着旗子，或是古色古香的幡。船经过的时候，船篷里的人往往多半都已经喝醉了。透过帷幕的缝隙，可以看到将一样款式的毛巾扎成吉原式或米店式的人们，“单”啊、“双”啊地猜着拳。还可以看到他们摇晃着脑袋，卖力地唱着什么。这些在桥上的人们远远地看来，只能引起滑稽的感觉。每逢载着伴奏队或乐队的船从桥下经过，桥上的人们常常就哄然大笑起来，还饶上一两声“笨蛋”。

从桥上望去，河水像马口铁一样反射着白花花的阳光，偶尔驶过一只小汽船，给河面镀上一层更加耀眼的横波。快活的大鼓、笛子和三弦声像虱子一样把平滑的水面叮得发痒。从札幌啤酒厂的砖墙尽处，远远地一直延伸到堤岸那一头，一片朦朦胧胧着堆白叠粉，而又连绵不断的，都是正在绽放着的樱花。言问码头上停泊了不少日本式木船和小划子。由于那里刚好被大学的小船库挡住了光线，从桥上只能看见一团乱糟糟的黑东西在蠕动着。

这个时候，又有一艘船从桥底下钻过来了。这也是赏花的驳船，从刚才开始就已经驶过去好几艘了。红白相间的帷幕竖起同

①一种眼睛一大一小，噘着嘴的男子面具。因其酷似男子在用吹火竹吹火，故名。

样红白相间的幡，两三个船夫头上扎着同一式样的、印有红樱花的毛巾，轮流摇橹撑篙。船的行进速度并不快。在帷幕后面能够看出有五十来人。从桥下钻过之前，刚好听到船上传来了两把三弦合奏的《迎春梅》之类的曲子。演奏结束之后，突然又响起了锣声，开始了热热闹闹的伴奏。桥上的观众又哄笑起来。还传来了孩子被人群挤得哭起来的声音，以及女人的尖嗓门儿："瞧呀，跳舞哪！"——船上，一个身材矮小的男人戴着火男面具，正在幡幛下面张牙舞爪地胡乱跳着舞。

那个戴火男面具的人，跳舞的时候褪下了秩父铭仙①和服上身，露出了里面那件漂亮的友禅②内衣。内衣的袖子是白底蓝花的，邋里邋遢地敞开着黑八③领子，深蓝色的腰带也松了，软塌塌地耷拉在后面，看来这人已经喝得酩酊大醉。他的舞蹈只是在来回地重复神乐堂④的丑角那样的动作和手势，完全是在乱跳一气。而且酒喝得好像身体行动都跟不上脑子指挥了，有时候让人觉得，他仅仅是为了保持身体平衡，怕失了重心从船舷栽下去才不停地晃动着手脚。

这样看着就更让人感到好笑了，桥上的人们愈加起劲地哇啦哇啦哄叫着。大家一边笑着一边指点着，争着评头论足："你快瞧他那腰，扭起来那股劲儿。""还挺得意呢，不知是从哪儿来的这块料。""奇怪。哎呀，差点儿摔了一跤。""这跳得还不如别戴着面具呢。"

---

①日本埼玉县的秩父市所产的绵绸。

②友禅染的简称，一般染在棉布或绉绸上，色彩丰富而鲜明。

③黑八丈的简称。一种黑色厚绢，用来制作男人和服内衣的袖口和领子。

④也叫神乐殿，设在神社里奏神乐用的殿宇。神乐是祭神的音乐和舞蹈，雅乐的一种。

也许是酒劲儿上来了，戴假面具跳舞的那个人，眼瞅着脚步逐渐变得蹒跚起来，好几回都差点儿栽到船外去，系着赏花手巾的头，像不规则的节拍器那样胡乱晃动着。船夫大概也放心不下，从身后连着喊了他两次，可是他好像连这也听不见了。

正巧，刚刚驶过的小汽船激起来的波浪，沿着河面斜着冲了过来，冲击着驳船剧烈地颠簸了一下。戴假面具的人那瘦小的身躯，随着颠簸打了个趔趄，向着身前晃了三步，好不容易才挣扎着站定下来；却又好像一下子吃不住劲儿了，犹如旋转着的陀螺忽然猛地被刹住一般，转了个大圈儿。一眨眼的工夫，穿着棉毛裤的人两脚朝天，一个倒栽葱，滚落到驳船的篷子里。

桥上看热闹的观众顿时哄堂大笑起来。

看那样子，应该是把篷子里的三弦给砸断了。透过帷幕的缝隙望去，喝醉了酒，刚才还闹得正欢的人们，现在站的站，坐的坐，一个个都慌了神。乐队也像喘不过气来似的一声不响地停止了伴奏，没有了音乐，光听见人们在吵吵嚷嚷的。看起来准是出现了意想不到的混乱局面。很快，有个喝酒喝得脸上通红的男人，从帷幕里伸出脑袋，向着船夫惊慌失措地摆着手，急匆匆地说了句什么。驳船便突然向左掉转船头，朝着与樱花方向相反的山宿河岸驶去。

十分钟之后，戴火男面具的人暴亡的消息就传到了桥上观众的耳朵里。第二天的报纸在《琐闻集锦》一栏里，刊载介绍得更加详细。死者据说名叫山村平吉，死因是脑出血。

这位山村平吉，从父亲那一代开始，就在日本桥若松町开办画具店。平吉死的时候是四十五岁，撇下了一个满脸雀斑的瘦小妻子，还有一个当兵的儿子。虽说家庭谈不上有多富裕，但还有余力雇了两三个干活的人，说明生活还过得去。听说在日清战争[①]时期，他把秋田[②]一带用孔雀石制作绿颜料的买卖都给垄断了下来，发了一笔横财。在这之前，他那个店只是个家传的老铺子而已，主顾也寥寥无几。

平吉这个人头发略秃，长着一张圆脸盘，眼角上有细碎的皱纹。他待人一向谦恭和蔼，也有那么一种滑稽劲头。他的嗜好只是喝酒，酒后倒也不怎么闹，就是有个喝醉了必须跳滑稽舞的小毛病。他自己说这是在从前，看到滨町丰田的女老板学巫女舞的时候，他也跟着瞎练的。当时，不论是新桥还是芳町，神乐都颇为流行。他的舞，跳得当然没有他自己吹嘘的那么好。说得不客气一些，他那简直就是在乱蹦一气；说得好听一些，倒也还没有喜撰舞[③]那样让人讨厌。他自己应该也明白，所以不喝酒的时候，关于神乐，从来都是只字不提。即使人家劝他说“山村大哥，来演个节目吧”，他也都是打个哈哈敷衍过去。不过只要是酒劲儿上来了，马上就把手巾扎在头上，嘴里模拟着笛鼓伴奏的声音，叉腿晃肩的，跳起所谓火男舞来。他一旦跳起来，就得意忘形地跳个没完。不管旁边是弹着三弦，还是唱着谣曲，他全不在乎。

由于饮酒过度，他已经有两次就跟中风似的，忽然倒下去就昏迷不醒了。一次是在镇上的澡堂里，他洗澡之后正用清水冲身体，忽然一头栽倒在水泥地上。那一回还不算严重，只是把腰摔了一下，不到十分钟就清醒了过来。第二次是摔倒在自己家的堆

---

①中日甲午战争。

②日本东北地区西部的一个县。

③喜撰是日本平安时代初期的和歌诗人，后来出家为僧。喜撰舞是歌舞伎舞蹈之一。

房里，请来了大夫，差不多用了半个钟头，好不容易才恢复了神志。大夫每一次都告诫他不许再喝酒，但他都是在刚犯病的那个时候，听了话安稳一阵子，没有喝得再红头涨脸的。总是没多久就又接着开始了。先是说“来上一合[①]”，然后就喝得越来越多，每次都是不到半个月就又故态复萌。他本人却满不在乎，瞎说什么：“不喝酒好像反而对身体不好哩……”完全是一副理所当然的样子。

平吉爱喝酒，并不仅仅是像他本人所说的那样，是出于生理上的需要。从心理上来说，他也有非喝不可的理由。因为每次他一喝酒，胆子就跟着壮起来了，总觉得这下无论对谁也不必再客客气气的了。想跳就跳，想睡就睡，谁都不会责怪他。平吉尤其对酒后的这一方面上，感到莫大的欣慰，他自己也不知道为什么会这样。

平吉只知道自己一旦喝醉了，就完全换了个人似的。当他胡乱跳了一阵舞，酒劲也过去了之后，人家再对他说：“昨天晚上您搞得可是挺热闹的……”他就会感到十分难为情，但通常都是胡诌一通：“我一喝醉就控制不住自己，总是出洋相。也不知道究竟怎么了，今天早晨只觉得像是做了一场梦似的。”其实无论跳舞还是后来睡着了的事，第二天他都记得清清楚楚。他回忆酒后的自己，再和平时的自己做比较，觉得无论如何也不像是同一个人。那么究竟哪一个才是真正的平吉呢？就连他自己也搞不清楚了。他平时是不喝酒的，只是偶尔醉上一回。这么看来，没有喝醉的平吉，才应该是真正的平吉了，但他本人也说不准。那些事后他再回忆起来，认为做得愚蠢透顶的事，几乎都是醉酒之后

①日本容积单位，十合为一升。

干出来的。胡乱跳舞还算是好的，嫖赌也自不在话下，甚至有时候竟然还会做出一些难以在这里描述的勾当。清醒的时候，他觉得自己竟然会干出那样的事，简直是发疯了。

耶努斯神[①]有两个脑袋，谁也不知道哪个才是真脑袋。平吉也是这样。

前面已经说过，平时的平吉和喝醉酒的平吉，完全判若两人。对于平时的平吉，恐怕再也找不到任何一个比他更喜欢扯谎的了。就连平吉自己，有时候也这么认为。但他扯谎，从来也不是为了特意捞到什么好处的。每次当他扯谎的时候，他几乎意识不到自己是在扯谎。当然在说出去之后，他也会发觉那是个谎言。正在说的时候，就完全信口开河，好像自己来不及考虑后果。

平吉也不知道为什么自己总是要说瞎话，但只要跟人说着话儿，谎言就会自然而然地脱口而出。可他并不为此而感到苦恼，因为他压根就不觉得自己干了什么坏事情，每天还是大大咧咧地四处扯谎。

平吉说他十一岁的时候，曾到南传马町的纸店去当学徒。老板是法华宗[②]的狂热信徒，吃饭之前都得先念诵一通“南无妙法莲华经”才肯拿筷子，每天三顿饭莫不如是。平吉刚刚试工两个来月，老板娘就鬼迷心窍，撇家舍业地跟着店里的年轻伙计私奔了。这位老板本来是为了祈求阖家安宁，才皈依法华宗的。现在发生了这种变故，他大概觉得自己都这么虔诚了，这法华宗却一点也不灵，于是突然又改信门徒宗[③]了。那阵子，老板忽而把挂

---

①古罗马神话里的双面神，掌管日出和日落。

②日本镰仓时代的僧人日莲创立的日莲宗的一派。

③日本镰仓时代的僧人亲鸾创立的净土真宗的俗称。

着的帝释[1]画轴扔到河里，忽而把七面[2]的画像放在灶火里烧掉，闹得天翻地覆。

平吉在那店里一直干到了二十岁。这期间，经常报花账，去寻花问柳。有一次，一个熟悉的妓女，忽然要求跟他殉情而死，他赶紧找个借口开溜了。事后一打听，他溜了之后过了三天，那个女的就跟首饰店的工匠一道死了。据说是由于跟她相好的男人之前另觅了新欢，抛弃了她，她就一赌气，想随便抓个替死鬼一死了事。

二十岁的时候，他父亲死了，他就从纸店辞了工回家。大约半个月以后的一天，从他父亲那一代就在店里工作的掌柜的，提出“请少东家给写一封信”。掌柜的有五十多岁，一向为人憨厚，说自己不能拿笔，因为右手指受了伤。他让平吉写的是“万事顺利，即将前往”，平吉就照他说的写了。看到收信人是个女的，平吉就跟他开了句玩笑：“你也不含糊呀。”掌柜的却回答说：“这是我姐姐。”过了三天，掌柜的说要到主顾家去转一转，就出门了，结果再也没有回来过。一查账簿，欠下了一大笔的亏空。哪有什么姐姐，那封信果然是写给相好的女人的，最倒霉的是替他写信的平吉……

这一切都是瞎编的。要是从平吉那众所周知的一生中抽掉这些谎话，肯定是什么也剩不下了。

平吉在镇上的赏花船里，吃上几盅酒之后又照例高兴了起来，就向伴奏的人们借了火男面具，跑到船舷上跳起舞来。

前面已经说过，跳着跳着，他就滚到驳船的篷子里死了。当

---

①佛法的守护神帝释天的简称。

②日莲宗的守护神七面大菩萨的简称。

时船里的人们都大吃一惊。其中受惊最甚的，莫过于被他栽到了脑袋上的清元[①]师父。平吉的身子顺着师父的脑袋，滚到了篷子里那块摆着紫菜寿司和煮鸡蛋的红毯子上。镇上的头头有点儿生气，不高兴地训斥道："别开玩笑啦，碰伤了怎么办？"平吉却躺着纹丝不动。

待在头头旁边的梳头师父，觉得有些异样，就用手按着平吉的肩膀，喊道："老爷，老爷……喂……老爷……老爷。"可他还是一动不动地默不作声。再摸摸手指尖，已经冰冷了。头头和师父赶紧扶着平吉坐了起来。大家脸上都泛起不安的神情，紧张地看着平吉。"老爷……老爷……喂……老爷……老爷……"梳头师父颤抖得连声音都变了。

这时，火男面具后面发出了低微的声音，不仔细听的话，都分不清那究竟是在说话还是在喘气。幸好师父听出平吉是在说："把面……面具摘了……面具。"头头和师父用发着抖的手，替平吉摘掉了手巾和面具。

然而火男面具下面的脸，已经不是平吉平时的那张脸了。鼻梁塌了，嘴唇也变了色，苍白的脸上淌着黏汗。不仔细看的话，谁也认不出这就是那个和蔼可亲、喜欢打趣、说话娓娓动听的平吉。不变的，只是那个噘着嘴的火男面具，现在它被撂在船舱里的红毯子上，用滑稽的表情，安详地仰望着平吉的脸。

一九一四年十二月作

点评：

作者通过平吉的一生，以及诸多相关人物的故事，隐喻这个世上的人们都戴着面具，过着不得不掩盖住内心，甚至扼杀掉真实的自己的伪装生活。最终，自己彻底地迷失掉了。

---

①清元节的简称，节即曲调。净琉璃（以三弦伴奏的说唱曲艺）的一派。

孤独地狱

这个故事是从我母亲那儿听说的。我母亲是从我叔祖父那儿听说的。故事的真假我不清楚，但从我叔祖父其人的人品来推断，这件事很可能是有的。

叔祖父是个所谓深谙世故的人。在幕府末期的艺人和文人中间，有很多知己，包括河竹默阿弥、柳下亭种员、善哉庵永机、同冬映、第九代团十郎、宇治紫文、都千中、乾坤坊良斋等人。其中默阿弥在《江户樱清水清玄》里所塑造的那位纪国屋文左卫门，就是以我这位叔祖父做原型的。虽然从叔祖父去世到现在，已经过去五十年了，但是他生前曾有个叫作今纪文的绰号，说不定现在还会有人知道他的名字——他姓细木，名藤次郎，俳号[①]香以，俗称山城河岸的津藤。

津藤有个时期，曾在吉原的玉屋结识了一个僧侣。名字叫禅超，是本乡[②]左近一个禅寺的住持。他也是一个嫖客，而且和玉屋一个叫作锦木的妓女混得挺熟。那个年月是禁止僧侣吃肉和娶妻的，但是光从表面看，倒是看不出他像个出家人。他在黄底褐纹绸和服上又套上了一件黑纺绸纹付[③]，对人家都说自己是个医生——叔祖父和他是偶然相识的。

那是华灯初上的一个夜晚。在玉屋的二楼，津藤上厕所回来，走过廊下的时候，无意间看到一个男子正倚着栏杆看月亮。剃着光头，矮个儿，挺瘦的一个人。在月光下，津藤以为那是他认识

①俳句诗人的署名。俳句是一种日本定型短诗，由五七五共十七个音节组成。
②原为东京三十五区之一，现在作为本乡町，属于东京都文京区。
③纹付，后背和袖子上绣着家徽的日式礼服。

的，也是常来玩的，一个叫作竹内的华而不实的医生。于是在他跟前经过的时候，就伸手去轻轻扯住了他的耳朵。本来想当对方吃惊地回过头来，再拿他取笑。

然而一看那张回过头来的脸，大吃一惊的人就变成了津藤。这人除了光头之外，和竹内毫无相似之处——此人额头宽阔，双眉挨得很近。因为身子很瘦小，所以眼睛就显得挺大。左颊上有一颗很大的黑痣，即使在这朦胧的月光下，也仍然看得清清楚楚。他的颧骨也很高——看清楚了这样一张完全陌生的相貌，津藤更因为自己的冒失而感到惶惶然不知所措了。

“有何贵干？”那光头带着几分酒气，用生气的语调质问着。

我忘了说，那个时候津藤身边还带着一个艺伎和一个随从。剃光头的家伙要求津藤赔礼道歉，这个时候随从当然不能袖手旁观，便代替津藤向这位客人赔了礼。这时候津藤已经带着艺伎，匆匆忙忙地回到自己的屋里去了。他再怎么通达人情世故，也觉得场面有点尴尬。不过那个光头听完随从的一番解释，了解了误会的始末缘由之后，顿时消了气，哈哈大笑起来。这个光头就是禅超。

津藤之后让人端了点心过去，送给禅超表示歉意；禅超也对刚才自己的态度有点过意不去，特地过来赔了礼。两个人便因此结下了交情。虽然说已经结下了交情，但是他们除了在玉屋二楼相会之外，彼此之间也没有什么其他的往来。相对于津藤的滴酒不进，禅超却是海量。禅超这个人很懂得吃喝享受，而且在沉湎女色方面，也胜津藤一筹。津藤对此有过评论：简直搞不清楚，到底谁才是出家人——津藤是个相貌丑陋的大块头，平时总是剃光前额，脖子上戴着的那根银项链的下端，还吊着一个布制的护符袋，平时喜欢穿着藏青色的棉布衣服，束着一根白腰带。

有一天，津藤看见禅超正披着锦木的女礼服弹三弦。禅超的气色平时就不是很好，今天看起来尤其更甚，两只眼睛充着血，嘴角上那没有弹性的皮肤还在不时颤抖。津藤马上想到，莫非有什么心事吗？“如不嫌弃，望能促膝一谈。”——虽然用这种口吻，充满关切地探询了一下，可也没能引出什么肺腑之言。而且和尚的话，比平常说得还要少，动不动还接不上话茬儿了。津藤以为这应该是嫖客们很容易出现的一种倦怠。纵情于酒色的人所出现的倦怠，再靠酒色可是治不好的。在有点窘迫的气氛下，两人不知不觉间平静地畅谈了起来。禅超好像突然想起什么似的，讲了这么一段话：

据佛所说，地狱也是分好多种的。一般来说，首先可以分为根本地狱、近边地狱和孤独地狱三种。从“南瞻部州[①]下过五百逾缮那乃有地狱”这句话来看，古时候的地下就已经有了地狱。但是那个孤独地狱，却是无论在山间旷野，还是在树下空中，到处都可能突然出现。就是说纵使是在目前的这种境界里，也可能马上就会出现地狱般的苦难。两三年前，我就已经坠落到这个地狱里了。一直以来，任何事情都不会持久地诱发我的兴趣。因此我总是从一个境界转到另一个境界，不安地生活着。当然喽，即便这样，我也没能逃脱掉地狱的苦难。只要我目前所处的这种境界不变，就会不停地感到痛苦。于是只好不停地转来转去，日复一日地过着想方设法忘记痛苦的生活。可是，到最终仍不免无路

①梵语，佛教传说中四大部洲之一。此地因盛长阎浮树而得名，在须弥山之南，故又称南阎浮洲。

可逃地陷入痛苦之中，这就只有死路一条了。过去虽然也痛苦，但还不愿意死。那么今天怎么样呢……

最后一句话津藤没有完全听清楚。因为禅超和着三弦的曲调，声音说得很低——从那以后，禅超就再也没有来过玉屋。谁也不知道这个恣情放荡的禅僧最后到底怎么样了。但最后那一天，禅超把一本手抄本《金刚经》忘在了锦木那里。后来津藤因为败落而在下总[①]寒川闲居的时候，桌子上经常放着的书籍之一，就有这个手抄本。津藤在封皮的背面，写上了自己作的俳句："堇花露水田，幡然四十年。"这个抄本现在已经随着岁月湮灭不见了，大概也没有谁还记得这个俳句。

这是发生在安政四年的事。母亲大概是因为对这类地狱故事很有兴趣，才记住了这件事。

我每天的大部分时间都是在书斋里度过的。从生活上来说，与我的叔祖父，与这个禅僧，完全是不同世界里的人。从兴趣上来说，我本人对德川时代的戏作和浮世绘[②]也并没有什么特殊的兴趣。但是在某些方面，我却往往留意着孤独地狱这类故事，对他们的生活也倾注着自己的同情。我并不想否认这一点。因为在某种意义上，我也是一个受孤独地狱折磨的人。

一九一六年二月作

点评：

本篇小说讲述了身为僧侣的禅超，为了摆脱精神上的地狱，整天沉迷于酒色，但是反而陷入了更深的孤独寂寞，总是不安地从一个境界转到另一个境界，最后成了精神游离的孤独者的故事。作者认为，地狱未必只存在于往生，现世中也是会有地狱的。

①日本古地名。

②江户时代繁荣起来的一种日本风俗画。

虱

一

元治元年十一月二十六日，担任京都守护之职的加州藩阀一伙人，为了参加对长州藩①的征伐，以国家老②的长者大隅守为头领，经由大阪安治川河口乘船出发。

引船头目由佃久太夫和山岸三十郎两个人担任。老佃那队的船上悬挂白幡，山岸那队的船上悬挂红帜。当载重五百石的金毗罗船③，分别悬挂着随风飘扬的白幡和红帜，由河口入海远去之时，那情景可真是威武啊！

然而，乘船的这伙人，可就实在谈不上什么威武了。首先，每艘船里都是主从三十四人，加上船夫四人，一共有三十八人。因此船上的人们挤成一堆，连个转身的地方都没有。其次，船舱里也是排列着装满了黄萝卜咸菜的木桶，弄得连个插脚的地方也没有。加上大家都是初次置身于这种环境，因此只要一闻到那股子臭味，不管是什么人也会作呕欲吐。最后，由于是旧历十一月下旬，吹向海洋的风十分寒冷刺骨。特别是一到傍晚，吹着从摩耶山④上刮来的山风，再加上海洋上漂泊时的颠簸，即使是出身于北方，以抗冻号称的年轻武士，也是冻得忍不住上牙打下牙。

船上还有很多虱子。它们可不是那种藏在衣缝里，比较容易

---

①倒幕运动的发起人之一，也是日本近代化改革的先驱之一。

②诸侯领国的家老（家臣的头目），江户时期当诸侯到江户参勤时，国家老在地方留守，执掌政务。

③江户时代一种简陋的客船，最初专门运载香客去四国参拜金毗罗宫，因而得名。金毗罗是保护航海的神。

④位于神户附近。

对付的虱子。这些虱子爬满了船帆，爬满了旗帜，爬满了桅樯，爬满了船锚。夸张一点来说，都搞不清这些船到底是载人的，还是载虱子的了。在这种情况下，每天爬在衣服里的虱子绝不会是几十个而已。而且这些虱子，哪怕只有五个或者是十个，只要爬上了人的肌肤，也会嚣张地摆出一种征伐的架势，马上就会心安理得地狠狠叮咬起来。虱子实在是太多了，简直像撒下的白芝麻，没有任何办法可以对付得了。所以不管是老佃的那队，还是山岸的那队，所有乘船的武士都像得了麻疹似的，浑身都是虱子叮咬的斑痕，前胸也罢，肚子也罢，都是一片红肿。

可是再无可奈何，人也总不会听天由命的。这船里的一伙人，只要一闲下来就开始捉虱子。上自家老，下至马弁，一个个都脱光了身子，挨个捉着爬满各处的虱子，扔到茶碗里。金毗罗船那高大的风帆，沐浴着内海冬日的阳光。而船上那三十多个武士，都只穿着一件围腰儿，有的在帆索下边，有的在船锚背后，手里拿着个茶碗，一心一意地从身上往下捉着虱子。那情景今天想象起来，实在是让人觉得滑稽至极。但是，在“必要”面前，一切事情都必须是一丝不苟的。这在明治维新以前，跟在现在并没有什么不同——现在，一船赤身裸体的武士，忍受着寒冷，自己也像个大虱子似的，每天坚持不懈地在船上到处寻找着，认真地掐死在衣服里和板缝里看见的每一只虱子。

二

但是在老佃的船上，有一个奇怪的男子汉。他名叫森权之进，是个享有七十草袋米和五人俸禄的御徒士[①]，也是个性情乖僻的

①江户时代德川幕府的职称，将军外出时徒步走在前面，故此得名。

中老[①]。这个人和别人相比，是如此与众不同。他不捉虱子。虱子像得了“庇护”一般，爬得他满身都是。有的爬上他的发髻根，有的爬到裙裤腰上。即便如此，他也还是不捉，一副毫不介意的神态。

难道虱子不咬这个人？并不是。他那身体，看着和别的伙伴完全一样，全身都是累累红斑。给他比喻成遍体大钱压大钱，大概是最恰如其分的啦。再看他那搔过的地方，就会知道挨咬之后他也不是不痒。然而，痒痒也好，怎么也好，他就是那样毫不介意似的，泰然处之。

只是自己泰然处之的话，那倒还没什么。可是每当看到其他伙伴专心致志地捉虱子，他就凑到人家跟前，要求说：“捉到了虱子，请别弄死，活着放到茶碗里，送给我吧！”

“你要它干什么？”其中一个伙伴摸不着头脑地问他。

“我啊，当然是要来养的呀！”森权之进一本正经地回答说。

“好吧，捉活的送给你。”

有个同伴认为这是在开玩笑，就和两三个伙伴特意花了半天时间，活捉了两三茶碗的虱子。那个同伴以为，只要把虱子往森权之进面前一放，说一句“你养吧”，到时不管他多么意气用事，看到这惊人的数量，大概也会弄得哑口无言。

刚放下茶碗，还没等那个同伴张嘴说话，森权之进先开口了：“真捉到啦，捉到了就给我吧！”

伙伴们大吃一惊。

“那么请倒在这里边吧！”

---

①诸侯家臣的职称之一，地位仅次于家老。

森权之进满不在乎地把衣领敞开。

“你别硬着头皮逞能，以后可要受罪啦！”

同伴这么说着，但是森权之进充耳不闻。伙伴们只好拿着茶碗，一个接着一个地往里倒，就像米店用升子量米似的，把密密麻麻的虱子倒进了他的领口里。

森权之进郑重其事地把掉在领口外边的虱子拾起来，放进去，说：“谢谢啦！从今晚开始可要睡个热乎觉了。”他一边自言自语地嘟囔着，一边高兴得呵呵笑着。

“有虱子就热乎吗？”被弄得目瞪口呆的伙伴们个个面面相觑，不约而同地说。

他把塞进虱子的衣领仔细地整理好，露出了轻蔑的眼神，把大家打量了一番，解释说：“各位，在这寒冷的天气里，你们不是都感冒了吗？可我森权之进怎么样呢？既没打喷嚏，也没流鼻涕。不仅这样，身子还挺热乎，手脚也从来没有过冷的感觉。各位，你们如果问这是沾了谁的光——这就是沾了虱子的光啊！”

据森权之进说，虱子一爬到身上，就会狠狠地咬。人一挨咬，就忍不住搔痒。身上到处挨咬，也就得到处去搔痒。而人是无所不能的。一觉得痒痒就去挠，挠着的地方自然就因此发热而暖和起来。一暖和起来，人就会睡着了。要是一睡着了，也就感觉不到痒了——在这种情况下，身上的虱子越多，反而睡得就越熟，还不会伤风感冒。所以，不论怎么样也该养虱子，而不应该捉……

“哦，原来是这么回事啊！”那两三个伙伴听了森权之进关于虱子的理论，大为钦佩地说。

三

打那以后，船里就有些伙伴开始模仿森权之进，也养起虱子来了。这些人一有空闲，就拿着茶碗到处找虱子。捉虱子的时候虽然看起来和其他伙伴并没有什么不同，但是他们是把捉到的虱子，一个个小心翼翼地放到自己的怀里，认真地加以喂养。

可是，不论在哪个国家，不论在哪个时代，并不是所有人都能对先驱者的学说很快地加以接受的，反而是针锋相对的反对者有时候会更多一些。在这艘船上，反对森的那套关于养虱子理论的保守分子，也是很多的。

其中，为首的保守分子是一个叫井上典藏的徒步扈从。这也是个奇特的男子汉，他把捉到的虱子统统吃掉了。每天吃完晚饭，他就把茶碗放到自己面前，咔哧咔哧地津津有味地嚼着什么。人们好奇地走到他旁边，往碗里一看，原来都是捉来的虱子。有人问："是什么滋味呀？"他回答说："可好吃啦！有点油味儿，炒米味儿。"用牙咬死虱子的人到处都有，但这个人可不是只咬死那么简单。他每天都吃虱子，完全是一派吃点心的兴致——他第一个反对森的做法。

跟井上一起吃虱子的人，在船上还找不出来第二个，但是支持井上而反对森的理论的人，倒是有很多。这一伙人主张，有虱子绝不能使人的身体热乎起来。而且《孝经》里还说："身体发肤，受之父母，不敢毁伤，孝之始也。"竟然主动把自己的身体交给虱子这类东西去吃，简直不孝之尤。所以，不论怎么说，就是应该捉虱子，而不应该去养虱子……

在这个对立的过程中，森一伙人和井上一伙人之间，有时就会发生争吵。只是动动嘴来吵一吵，那倒还没有什么了不起的。可是到后来，终于意想不到的事情发生了，由争吵发展到相互动刀的地步。

有一天，森又从别人那里要来了虱子，装到碗里摆着，想要一会儿倒在身上精心饲养起来。结果井上乘他不注意，不知什么时候就给吃掉了。老森回来一看，碗里已经一个也没有了。于是，这位先驱者发了火。

“为什么把别人的虱子给吃了！”

森伸着臂肘，勃然变色地向前逼过来。

“我看啊，养虱子才是最蠢的行为啦！”井上假装满不在乎，完全没有要打架的样子。

“吃虱子才蠢咧！”森跳了起来，敲着船板说，“喂，在这只船里，没有一个人不得到虱子的好处！捉虱子吃，那就等于恩将仇报！”

“我可丝毫也没有觉得自己得到过虱子的什么好处。”

“好吧，就算你是没有得到好处吧。但是你胡乱把一个生命给断送了，简直岂有此理！”

在你一言我一语的争吵中，森突然变了脸色，伸手握住了红漆腰刀的刀把。井上也不示弱，马上操起长腰刀，站了起来。要不是周围那些赤身裸体捉虱子的同伴们慌忙制止，说不定这两人就得死一个。

据亲眼见识了这次争吵的人说，两个人分别被别人抱住了的时候，还吵得唾沫横飞，喊着：“虱子！虱子！”

四

在这种情势下，即使船里的武士们，真的为了虱子而动起刀来，负载五百石的金毗罗船，对这类事情也不会有所介意的。船头的红、白幡在寒风中飘扬着，遥遥地行进在讨伐长州藩的征途上，在雪花行将飘落的天空下，一路向西航行着。

一九一六年三月作

点评：

本篇小说讲述了一群为虱子所困而又无可奈何的武士，为了如何处置虱子而产生了分歧，最终分裂成了观点对立的两派，互相攻讦的故事。本应同舟共济的人们，却在新旧理念的冲突之下，彼此产生了强烈的隔阂，进而发生争斗。作者用这个带有寓言味道的短篇小说，表达了自己“争斗无意义”的主张，因为所有人最终还是乘着船，前往自己的宿命之地。

猴子

那时我刚刚结束了远洋航行，雏妓（军舰上对见习军官的称呼）终于熬到了快要自立的时候。我乘坐的A号军舰驶进了横须贺港口[1]。第三天下午，大约三点钟，响起了响亮的号声，通知要上岸的人马上集合。我记得这次该轮到右舷的人上岸了。大家刚在上甲板排好，突然又响起了命令全体集合的号声。发生这样的事情真是很不寻常。不了解内情的我们，一边走上舱口，一边互相询问："出什么事了？"

全体集合之后，副舰长大致说了这样的话："……最近舰里发生过两三起丢东西的案子。尤其是昨天镇上钟表店的人来的时候，又丢了两只银壳怀表。今天要对全体人员进行身体检查，同时检查一下随身物品……"昨天钟表店的事情是初次听说，之前有人丢东西的事，我们倒是早有所闻。据说一个军士和两个水兵都丢了钱。

身体检查的时候，大家都得脱光衣服。幸亏现在才是十月初，漂在港内的红浮标在烈日阳光的暴晒之下，让人看上去觉得好像还是夏天呢，所以这也没什么不方便的。那些原本打算一上岸就去逛窑子的伙伴们，就有点尴尬了。一检查物品，就从兜里翻出了春宫图什么的，再如何局促不安地涨红了脸，也已经来不及了。有两三个人似乎还挨了军官的揍。

全船一共六百人，检查一遍要耽误不少工夫。这场面还真是够壮观的。六百个人都脱了衣服，在上甲板那里排得水泄不通。

---

①位于日本本州岛东京湾入口处东岸。

尤其是脸和手腕子都黑黝黝的轮机兵，由于这次失盗，他们一度遭到嫌疑，因此现在连三角裤衩都被扒了下来，气势汹汹地要求查个仔细。

上甲板正闹得天翻地覆，中甲板和下甲板那里，也开始检查起随身物品来了。每个舱口都派了见习军官在站岗，上甲板的人们一步也别想走下来。我刚好负责下甲板，就和其他伙伴一起去检查水兵的衣囊和小箱子什么的。自从上军舰以来，我还是头一次干这种事儿。既要摸摸横梁后头是不是藏着东西，又要把放衣囊的搁板里边翻个遍，各个边边角角都不能放过，比想象的要麻烦多了。后来，跟我一样当见习军官的牧田终于找到了赃物——怀表和钱，一股脑儿地都在一个姓奈良岛的信号兵的帽盒里。据说连服务员丢失的那把柄上镶着蓝贝壳的小刀，也一并在那里找到了。

“解散”的命令下达之后，接着就是“信号兵集合”，其他伙伴就别提有多么高兴了。尤其是遭到过怀疑的轮机兵，更是如释重负地欢喜万分。可是信号兵集合后，才发现奈良岛不在。

我缺乏经验，对这方面的事一无所知。据说在军舰里，有时会出现找到了赃物，却抓不到犯人的情况。发生那种情况的时候，犯人都已经自杀了，十有八九都是在煤库里上了吊，几乎没有跳海自杀的。不过，我所在的这只军舰，听说以前还有用小刀剖腹的，但是还没有死掉就被人发现了，总算保住了一条命。

正因为如此，奈良岛失踪的消息，好像让军官们吓了一跳。尤其副舰长那个惊慌劲儿，我至今还记得清清楚楚。他的脸色一下子变得刷白，那种溢于言表的担心神情，看上去怪可笑的。上次打仗的时候，他可是还曾以骁勇驰名呢。我们看着他，互相悄悄地交换着轻蔑的眼色，心想，平时还净把什么精神修养挂在嘴边上呢，怎么现在遇到这种事，就惊慌失措成这个样子。

副舰长一声令下，我们立即在舰内展开了大搜查。这个时候，沉湎于愉快的兴奋当中的，恐怕不只是我一个人吧。这就好比是着火时，站得远远地看热闹的那种心情。警察在抓犯人的时候，总是不免担心对方会抵抗，而在军舰里却绝不会发生这样的事。我们军官和水兵之间，是存在着严格的等级之分的——只有当了军人，才能知道这个界线是多么清楚。对我们来说，这是个极大的仗恃。我几乎是兴高采烈地跑下了舱口。

牧田也是这时跟我一道下来的伙伴中的一个。他兴致勃勃地从背后拍拍我的肩膀，说："喂，我想起了那次逮猴子的事儿。"

"唔，今天的猴子没那么敏捷，放心好了。"

"可别麻痹大意，不能让他跑掉了。"

"总不过是一只猴子，跑就跑呗。"

我们一边说着笑话，一边走下去。

那只猴子是炮长在布里斯班跟人要来的，那是远洋航行到澳大利亚时发生的事。航海途中，驶进威廉黑文港的两天之前，它拿了舰长的手表之后销声匿迹了。于是整个军舰都为此闹得人仰马翻的。这也是由于在长途航行之中，大家实在闲得无聊。炮长本人自不待说，我们更是连工作服都没来得及换掉。下至轮机舱，上到炮塔，全体船员把四处都找了个遍。这场混乱，可真是前所未见的。由于其他人讨来和买来的动物也不少。所以当我们胡乱地跑来跑去的时候，一路上不是被狗绊个跟头，就是被塘鹅隔着笼子叫着恐吓，还有鹦鹉像发了疯似的扇着翅膀，就关在用绳子吊起来的笼子里，简直像是马戏棚子着了火。过了一会儿，那猴子也不知道是从哪里钻出来的，手里还拿着那只表，忽然就出现在上甲板那里了，蓦地就想往桅杆上爬。刚好有两三个水兵正在那里干活呢，它的逃跑之路就此结束了。其中一个人一把就抓住了它的脖子，迫使它乖乖就擒。手表只是玻璃表面碎了，损失不大。在研究如何处置惹了祸的猴子的时候，炮长提议罚猴子禁食两天。但有意思的是，后来破坏了罚规的就是炮长本人。期限还没到的时候，他就亲自喂猴子吃胡萝卜和白薯。他还说什么："瞧它那么垂头丧气的样子。即便只是一只猴，也是于心不忍的啊。"——说句题外话，我们去找奈良岛时的心情，确实颇像当初追猴子时的心情。

我是第一个走到下甲板的人。你大概也知道，下甲板那里一向是黑咕隆咚的，擦得干干净净的金属机件和上了油漆的铁板，这里那里的发着暗淡的光——这里太压抑了，简直受不了，我觉得有些喘不上气来。摸着黑，我朝着煤库走了两三步，结果一下就看到煤库的装煤口那里，露出一个人的上半截身子。我几乎当场喊出声来。这个人正从这小口子往煤库里钻着呢，已经先把脚伸进去了。他的脸被深蓝色的水兵服领子和帽子遮住了，从我这边看不出是谁。而且由于光线不足，只能看见上半身朦朦胧胧地堵在那里。但是我的直觉立即告诉我，那就是奈良岛。这么说来，他这是打算自杀，才要进煤库的喽。

我感到异常兴奋。这是一种无法用语言来形容的愉快的兴奋，浑身的血激动得仿佛都要沸腾起来。这也可以说是握枪等待的猎人，终于看到猎物时的那种心情吧。我几乎是不顾一切地扑向那个人，比猎犬还敏捷地，用双手按住了他的肩膀。

“奈良岛。”我的声音尖锐而发颤。我自己也说不清当时是想责备他呢，还是想骂他。那个人当然就是犯人奈良岛。

“……”

奈良岛没有甩开我的手。他从装煤口露出半截身子，安详地抬头望望我的脸。光用“安详”这个字眼儿恐怕还不足以形容。这是一口气使出了浑身的力气，可又不得不努力保持住的那种“安详”。他没有选择的余地，被逼得无可奈何地陷入了绝地，好比风暴过后被刮断了的帆桁，凭靠剩下的那点力气试图回到原来的位置去。这就是那种迫不得已的“安详”。由于没有遇上我原来预计的那种抵抗，无意之中使我产生出一股类似于不满的心情，因而越发感到焦躁气愤，默默地俯视着那张“安详”地仰望着我的脸。

我再也没看到过那样的脸。那样的一张脸，就是魔鬼看了一眼，恐怕都会哭出来。光是听我这么说，没有真正地看到过，恐怕你也是无法想象出来的。我只能大概把他那双泪汪汪的眼睛形容给你听。他嘴角的肌肉，像是忽然变成了不随意肌似的，抽动了几下。兴许这一点你也猜想得到。还有他那脸色很坏的、汗涔涔的面容，也比较容易描述。但是把这一切都加在一起融合成一张脸的话，那种可怕的神色，是任何小说家也不能准确表达出来的。即使我是当着你这个小说家的面，也敢这么断言。我感到，我心里的什么东西，在对视的那一刹那，就被他的表情犹如闪电一般地击毁了。这个信号兵的脸，竟给了我那么强烈的打击。

我机械地问他："你想干什么？"

不知怎的，问出来之后，我总觉得这个"你"仿佛指的是我自己。倘若有人问我："你想干什么？"我怎么回答好呢？此时此刻，还有谁能够心安理得地回答说"我想把这个人当成罪犯"？有谁看见了这张脸，还说得出这样的话？这么写下来，显得时间挺长似的，其实只在一眨眼的工夫，我心里就闪过了这些羞愧的自咎念头。就在这时候，我听见他说了声"太见不得人了"。声音不大，让我听着很难过。

你也许会把这情景形容成"听上去好像是我暗自这么说的"。我只感到，这话像根针一样刺进了我的耳朵，也刺着了我的神经。我当时真恨不得跟奈良岛一道说"太见不得人了"，再朝着比我们伟大得多的什么东西低下头去。不知道什么时候，我松开了按着奈良岛肩膀的手，然后呆呆地伫立在煤库前面，好像我自己就是个被抓住的犯人似的。

下面的事情，我不说大概你也能猜到。当天奈良岛被锁在船里，关了一天禁闭。第二天被押送到浦贺的海军监狱里去了。有一件我不大愿意说的事，就是那里经常叫囚犯"运炮弹"。是在相隔八尺的两个台子上，放上二十来斤重的铁球，让囚犯不间断地来回搬来搬去。对囚犯来说，再也没有比重复这种无意义的劳作更痛苦的刑罚了。我记得以前跟你借过陀思妥耶夫斯基①的《死屋手记》②，其中有这么一句话："要是迫使囚犯多次重复无谓

①费奥多尔·米哈伊洛维奇·陀思妥耶夫斯基，俄国作家，代表作有《罪与罚》《白痴》等。

②陀思妥耶夫斯基创作的长篇纪实小说，真实再现了沙俄苦役犯监狱野蛮、残暴的景象。

的苦工，诸如从甲桶往乙桶里倒水，再从乙桶往甲桶里倒回去，那个囚犯准会自杀。”海军监狱的囚犯，真的是被要求这么干的，没有人自杀倒令人觉得奇怪呢。我抓到的那个信号兵，就被押送到那样的地方去了。他个子矮矮的，满脸的雀斑，一看就是个怯懦的老实人。

当天傍晚，我正跟其他的见习军官一起，身体依凭着护栏，看着暮色即将降临的港口。那时候牧田来到了我身边，用揶揄的口吻说：“听说你活捉了猴子，立了大功啊。”他大概以为我心里挺得意这件事的呢。

“奈良岛是人，不是猴子！”

我粗声粗气地回了他一句，猛地转身离开了栏杆。伙伴们一定觉得很奇怪。因为我和牧田从来没有拌过嘴，我俩在海军军官学校的时候就是莫逆之交。

我独自沿着上甲板从舰尾走向舰首，欣慰地回忆起副舰长，由于担心奈良岛的安危，曾是怎样的惊慌失措。当我们把信号兵看作等着被围捕的猴子的时候，唯独副舰长把他作为人寄予了同情。我们当时竟然对副舰长报以那样轻蔑的态度，简直是愚蠢透顶。太不像话了。我一时感到羞愧得无地自容，不禁低下了头。我尽量不让皮鞋发出声音，沿着暮色苍茫的上甲板，从舰首又折回到舰尾。我觉得让关在禁闭室里的奈良岛听到外面那精神抖擞的鞋声，未免太过意不去了。

据说奈良岛是为了女人的缘故而偷窃的。不知道最终审判之后的刑期是多久，但是起码也得在黑暗的牢房里蹲上几个月吧。猴子身为不懂事务的畜生，是可以免受处罚的，人却不行。

一九一六年八月作

点评：

在本篇小说中，作者深刻揭示了人性中恶的一面，强烈批判了人性的冷漠，通过描写主人公抓捕罪犯前后的心理变化，探讨了人性与人心的微妙之处，尤其是在某些特定因素的影响之下，导致自相矛盾的情况。

烟草和魔鬼

烟草这种植物，并不是日本的本土作物。那么它是什么时候从海外移植过来的呢？关于年代，现存的各种记录并不一致。有说是在庆长年间，也有说是在天文年间。不过看记录，到了庆长十年左右，全国各地都已经在栽培了。在文禄年间，吸烟已经变得非常普通和流行了，甚至出现了这样一句世态讽刺诗：

莫要说是禁烟令，
一纸空文禁钱令。
天皇御旨无人听，
郎中诊病也不灵。

是谁最早把烟草带进来的呢？历史学家大多都会回答说，是葡萄牙人或西班牙人。但其实也未必尽然。在传说中，还另有一种答案。据说是魔鬼从不知道的什么地方把烟草带来日本的，而魔鬼又是跟着天主教神父（多半是方济各司铎①）万里迢迢来到日本的。

这么一说，天主教徒也许会责备我吧，说我诬蔑了他们的神父。不过我看啊，事实好像就是这样。因为，南蛮②那边的天主来到日本的同时，南蛮的魔鬼也一起过来了啊——输进西洋的善，同时也输进了西洋的恶。这是极其自然的事情。

但是烟草是不是真的就是由魔鬼带进来的呢？这一点我可不

---

①方济各•沙勿略（1506—1552），西班牙天主教耶稣会传教士，曾在印度和日本传教。司铎是神父的尊称。

②日本室町时代末期到江户时代，将吕宋、爪哇等南洋各岛称作南蛮。后又把经由南洋而来的西欧（主要是西班牙、葡萄牙）人叫作南蛮人，并将天主教叫作南蛮宗，天主教堂叫作南蛮寺。

敢保证。根据阿纳托尔·法朗士[1]的作品，魔鬼曾经企图诱惑一位修士，而它用的是木樨草花。这样的话，说是它把烟草带到日本来的，就未必是捏造的了。即使是捏造的，在某种意义上也许会意想不到地接近于事实呢。由于存在着上述看法，我想在下面记载一个关于烟草输入的传说。

天文十八年，魔鬼化身为方济各·沙勿略手下的一名传教士，经过漫长的航程，悄然来到日本。它之所以能变成一名传教士，是因为那个传教士本人在阿妈港还是什么港口上了岸，可还没等到他回来，他们所乘坐的船就升锚启程了，把他给忘在了岸上。一路之上，魔鬼本来是一直卷着尾巴倒挂在帆桁上的，暗中窥伺着船里的动静。现在发现有机会，于是它就摇身一变，化身成那个传教士，也假装成天伺候在方济各司铎身边。当然，如果这位先生去造访的是浮士德博士，那他还能变成穿着红色大氅的体面骑士呢。这点把戏对它来说，耍起来可算不得什么。

可是到了日本一看，跟它在西洋时读过的《马可·波罗游记》里面所记载的大相径庭。首先，游记把东方国家描述得似乎遍地都是黄金，但是来了之后才发现，到处也找不到这样的迹象。不过看这光景，只要用指甲搓搓十字架，把它变成金的，反而颇能诱惑此地的人们。马可·波罗还说，日本人靠珍珠之类的力量获得了起死回生之术，这恐怕也是扯谎。既然不是真的，那再看到水井，只需要往里面吐口唾沫，让疫病流行起来，大多数人将会痛苦得把死后升天堂的事忘得干干净净——魔鬼心里这么想着，却装出一副虔诚的样子，跟随方济各司铎到处参观，暗地里踌躇满志地窃笑。

---

①法国小说家、评论家。

可是有一件很糟糕的事，连魔鬼也感到无可奈何。方济各·沙勿略在日本初来乍到，别说传教了，连一个本地的信徒还都没有呢，魔鬼也实在是没有可以诱惑的对象。魔鬼对这种状况也感到颇为尴尬。以后的事先不说，眼下就整日无所事事的，不知道该怎么去消磨光阴才好。

魔鬼思来想去，打算种点花草来解闷。离开西洋时，它就在耳朵眼里装了各式各样植物的种子。至于土地，从附近借一块田就行了。方济各司铎听说之后，对此也是满口赞成。司铎本以为自己手底下这个传教士，想在日本种植一点西洋药草之类的呢。

借来犁和镐头之后，魔鬼便耐心地缩在路边的园子里，整日干起农活来了。

时值初春的潮润季节，隔着弥漫的霞雾深处，远处传来寺院那懒洋洋的钟声。"咣——咣——"的声音是那么清越悠扬，不像西洋教堂里"当当当"的钟声那般嘹亮震耳——那么，魔鬼待在这样的太平景象当中，是不是心里就放松地感到安宁了呢？才没有那回事呢。

一听到这梵钟的声音，魔鬼马上就皱起了眉头，比听见那已经习惯了的圣保罗教堂的钟声还要难受。它就心里烦躁得死命地翻起地来。因为沐浴在明媚阳光底下的人们，一听到这不紧不慢的钟声，心情就会奇妙地松弛下来，既不想行善，也不想作恶了。魔鬼特地忍受了颠簸，漂洋过海地来诱惑日本人，这样一来，岂不是白跑一趟吗？魔鬼最讨厌劳动了。还曾经由于手掌上没有茧子，挨过伊凡妹妹[1]的责骂。现在它为什么如此卖力地抡起镐头

①伊凡妹妹是俄国小说家列夫·托尔斯泰的童话《傻瓜伊凡》中的人物。凡是到她哥哥伊凡家来吃饭的客人，她都要检查一下他们的手掌，没有茧子的就不许入座。

来了呢？纯粹是为了驱走那一不小心就会缠住它，使它变得有道德的那种瞌睡才这么拼命的。

花了几天时间，魔鬼终于把地翻好了，然后将藏在耳朵眼里的种子倒出来，播种在田垄里。

又经过了几个月，魔鬼撒下的种子萌了芽，又长了茎，到了当年的夏末，宽阔的绿叶子就已经长满了园子，连地下的土都看不见了。但是谁也不知道它这是种的什么植物。连方济各司铎也曾亲自询问魔鬼，它也只是咧嘴笑笑，默不作声。

后来，这植物茎部的顶端上开了一簇簇漏斗形的淡紫色小花。大概因为曾经颇为难得地辛勤劳动过一场，魔鬼见到花儿开了，十分高兴。早祷和晚祷之后，它就跑到田里来尽心尽力地侍弄。

有一天（这事儿恰好出在方济各外出传教的那几天），一个牛贩子牵着一头黄牛从园子旁边经过。扭头一看，一个身穿黑袍、头戴宽边帽的南蛮传教士，在圈着篱笆、紫花盛开的园子里，正一个劲儿地给叶子驱虫呢。看到那花儿实在罕见，牛贩子不由得牵住牛，停下脚步，摘了斗笠，毕恭毕敬地招呼那个传教士：“喂，神父大人，那是什么花儿呀？”

传教士回过头来，他那红毛儿、矮鼻子、小眼睛，一看就是个好脾气的人。

“这个吗？”

“是啊。”

红毛儿倚着篱笆摇了摇头。他用半吊子日本话，发出滑稽的口音，说：“对不起，这个名字我可不能告诉人。”

“哦？是方济各大人不许你说出去吗？”

“不，不是的。”

“那你能不能告诉我呢？最近我也承蒙方济各神父大人的感化，信了教。你看！”

牛贩子得意扬扬地指了指自己的胸口。果然，他的脖子上挂着一个小小的黄铜十字架，此刻正在阳光的照耀下闪闪地发着光呢。也许是太过晃眼了，传教士皱了皱眉低下头去，然后用比刚才还要和蔼的语调，半真半假地说：“那也不成。这是我们国家的规矩，就是不准告诉别人。你要想知道的话，我看你不如自己猜猜看。日本人挺聪明，一定猜得着。要是你真的猜中了，地里长着的东西，我一股脑儿全送给你。”

听传教士这么说，牛贩子还以为它在跟自己开玩笑呢。他那黝黑的脸上泛着微笑，故意使劲地歪着脑袋说：“那是什么呢？这可不好猜呀。一时半会儿可猜不出来呀。”

“哎，也不用非要今天就猜出来嘛。给你三天时间，你好好想想，再来吧。找人问也没关系。只要你说中了，就统统给你。此外还有红葡萄酒给你。要么就给你一张地下乐园图吧。”

这也太热心了。牛贩子未免有点吃惊：“那我要是猜不着，怎么办？”

传教士把头上戴着的帽子往后推了推，又甩了甩手，笑了起来。他的笑声好像乌鸦的声音那么尖锐，牛贩子听着都有点心虚了。

“要是猜不着，我就得跟你要点什么。咱们打个赌，猜得着还是猜不着，反正就押这一注。要是猜中了，就全都给你。”红毛儿拿手一指园子里种着的那些绿叶子，说话的声调又变得温和了。

“好的。那我也豁出来啦。你要什么，就给你什么。”

“什么都给？要牛的话也给吗？”

“要是你不嫌弃，现在就给。”牛贩子一边笑着，一边抚摩着黄牛的额头。他还以为这是和蔼可亲的传教士在跟他开玩笑呢。“可要是我赢了，那些个开花的草就是我的了。”

“好的，好的，一言为定。”

“答应了，我凭着主耶稣基督之名发誓。”

传教士听罢，鼻子满意地吭哧了几下，一对小眼睛忽闪忽闪的。只见他左手叉腰，稍微挺起了胸脯，右手摸了摸紫花说：“要是猜不中，我就要你的肉体和灵魂。”

红毛儿说着，满满地举起右胳膊，摘下了帽子。一头蓬乱的毛发里面，长着两只山羊角一般的大犄角。牛贩子那本来已经被太阳晒黑了的脸瞬间变得刷白，手一松，斗笠都掉在地下了。也许是太阳西斜的缘故，地里的花儿和叶子，也霎时失去了光泽。连牛也低垂着犄角，好像被什么吓住了似的，以一种大地轰鸣般的声音低叫着。

“你答应我的话可得算数。你刚才不是以那个我所忌讳的名字发誓了吗！不要忘了，三天期限。那么，再见！”

魔鬼以轻蔑但又假装殷勤的腔调说着，故意恭恭敬敬地向牛贩子鞠了个躬。

牛贩子深感悔之晚矣，懊恼自己不该麻痹大意，上了魔鬼的当。再这样下去，注定要给那个“恶魔”抓住，按照神父的说法，自己的肉体和灵魂都将在“永无止息的烈火”中焚烧。这样一来，他为了受洗而放弃了过去的信仰，不是反而弄巧成拙了吗？

但是他既然凭着主耶稣基督之名发过誓了，就不能再收回诺言了。当然，如果有方济各司铎在场，应该还能想出个办法来，可不凑巧的是，司铎恰恰在这个时候外出了。究竟怎样才能将计就计，不让魔鬼的阴谋得逞呢？他彻夜不眠地足足想了三天三夜。除了知道那个植物的名字之外，没有别的解救办法了。但是连方济各司铎都不知道，又有谁能知道呢？

在期限将满的那天晚上，牛贩子鼓起勇气，又牵着黄牛，悄悄摸到传教士居住的房屋旁边。那座房屋挨着园子，房前就是大道。走近一看，窗户里并没有灯光，传教士大概也已经睡着了。虽然有月亮，却是个阴沉的夜晚。地里寂静无声，在微暗中依稀能够看到那紫花这一朵那一朵的寂寞姿影。原来牛贩子想到了一个没有多大把握，却破釜沉舟一般的主意，才强打起精神，蹑手蹑脚来到这里。可是这一大片黑漆漆的万籁俱寂的景物又使他望而生畏，想干脆就这样回去算了。尤其是一想到那位长着犄角的仁兄，正在那扇门后面做着地狱的好梦，兴许梦见的就是他自己正在地狱里烧着呢。于是好容易勉强鼓起来的勇气，也就窝窝囊囊地消失了。但转念一想，怎么能把肉体和灵魂就这么自暴自弃地交给“恶魔”呢，绝不能这么泄气。

牛贩子一面祈求童贞玛利亚的庇护，一面断然按照预先想好的计划，把牛牵到了园子边上，解开拴着黄牛的缰绳，对着牛屁股狠狠地打了一下。

黄牛猛地蹿了起来，带着屁股上的疼痛，一头撞垮了篱笆，把园子里的东西践踏了个稀烂。它还把牛犄角三番五次地撞在房屋墙板上。狂乱的蹄子声和“哞哞”的叫声，洪亮地响彻四周，搅乱了薄薄的夜雾。房屋里有人打开了窗户，露出脸来。虽然黑咕隆咚地看不清楚，但是也能猜到那肯定是变成传教士的魔鬼，只觉得透过黑暗还能清清楚楚地看见它头上的犄角。

“你这畜生，干吗踩我的烟草园子！”

魔鬼向园子里挥舞着手，用发困的声音嚷道。它大概刚刚睡着就被吵醒了，气得要命。

牛贩子正躲在园子后面窥伺着，听到魔鬼说这话，他觉得就像是耶稣的福音一样……

“你这畜生，干吗踩我的烟草园子！”

跟所有类似的故事一样，这个故事也结束得很圆满。也就是说，牛贩子顺利猜中了烟草这个名字，赌赢了魔鬼，并且把园子里长着的东西统统据为己有。

但是我一直认为这个传说，恐怕有更深的含义。因为魔鬼尽管没有实现抓走牛贩子肉体和灵魂的目的，却达成了让烟草遍布全日本的结果。这么说来，正如牛贩子的获救伴随着堕落的一面，魔鬼的失败也伴随着成功的一面吧。魔鬼是连摔个跤也不会白白站起来的。当人自以为战胜诱惑的时候，说不定已经进了圈套呢。

顺便再提一下魔鬼的下落。方济各司铎刚一回来，就凭着他手里牧杖的威力，把魔鬼从当地赶跑了。但是自那以后，它似乎仍旧扮作传教士到处流浪。还有记载提到，在建立南蛮寺的时候，它经常出入京都呢。也有说法认为，愚弄松永弹正①的果心居士就是这个魔鬼。对这一点，小泉八云②先生业已写过，我这里就

---

①即松永久秀，日本室町时代末期的武将。弹正是他的职称。

②原为英国人，叫拉夫卡迪•赫恩，生于希腊，以记者身份去日本，与日本女人小泉节子结婚，入日本籍，著有关于日本的英文著作多种。

不再赘述。自从丰臣、德川两氏禁传外教以后[①]，魔鬼起初还露露面，但最终还是完全离开了日本……关于魔鬼的记载，只能写到这里了。步入明治年代之后，只知道它再度来日，但对它的活动情况我却毫无所知，不胜遗憾……

一九一六年十月二十一日作

点评：

作者通过这篇童话故事一般的小说，暗喻了当时的日本面对各种西方舶来文化势不可当的诱惑，惶惑而不知如何取舍的局面。作者本人一直对基督教抱有暧昧的态度，虽然终身未曾入教，却在自杀时在身边带着一本《圣经》。

①丰臣秀吉统一全国后，于1587年下令禁止天主教。日本武将德川家康于1603年成立江户幕府，1613年重新下令禁止天主教。

橘子

冬天的一个天色阴沉的傍晚，我坐在由横须贺发车的上行二等客车的角落里，呆呆地等待着开车的笛声。车厢里除我以外没有别的乘客。朝窗外望去，今天与往常不同的是，在昏暗的站台上，看不见一个送行的人，只有一只关在笼子里的小狗，不时嗷嗷地哀叫几声。这片景色与我当时的心境倒是很吻合。脑子里有说不出的疲劳和倦怠，就像这风雪欲来的天空那么阴郁。车里早已点亮了电灯，我却把双手揣在大衣兜里，一动不动地根本打不起精神，更别说把晚报掏出来看看。

开车的笛声响了，我这才稍微感到了一些舒展，头靠在后面的窗框上，百无聊赖地期待着眼前的车站慢慢往后退去的景象。但是车子并没有开动，却听见检票口那边传来一阵急促的“日和下驮”[①]的吧嗒吧嗒声；霎时，随着列车员的谩骂，我所在的二等车厢的门“咯嗒”一声拉开了，一个十三四岁的姑娘慌里慌张地走了进来。同时，火车剧烈地颠簸了一下，便缓缓地开动了。站台的廊柱从眼前一根根地掠过，送水车仿佛被遗忘在那里似的，戴红帽子的搬运夫正向车厢里给过他小费的人致谢——这一切都在窗外的阵阵煤烟之中，依依不舍地向后倒去。我松了口气，点上根烟，无精打采地抬起眼皮，瞥了一眼坐在对面的姑娘。

那是个地道的乡下姑娘。她那并不油亮的头发绾着银杏髻[②]，红得刺眼的双颊上，皮肤一道道皲裂着。一条肮脏的淡绿色毛线围巾，一直耷拉到放着一个大包袱的膝头上，捧着包袱的满是冻

①晴天穿的木屐。

②原为日本江户时代少女发式的名称，江户末期以来，在成年妇女当中也开始流行起来。

疮的手里，小心翼翼地紧紧攥着一张红色的三等车票。我不喜欢姑娘那张俗气的脸相，那身邋遢的服装也使我不快。更让我生气的是，她竟蠢到连二等车和三等车都分不清楚。因此点上烟卷之后，也是有意要忘掉这个人，我把大衣兜里的晚报掏了出来，随便摊在膝盖上。这时，从窗外照到晚报上的光线，突然由电灯光代替了，印刷质量不高的几栏铅字格外明显地映入了眼帘。不用说，火车现在已经驶进了横须贺线上无数隧道中的第一个隧道。

在灯光的映照下，我不耐烦地扫了一眼晚报，上面刊登的都是人世间一些平凡至极的无聊事，媾和问题啦、新婚夫妇啦、渎职事件啦、讣闻啦，等等。没有一个可以读来解闷儿的——在进入隧道的那一瞬间，我甚至产生了一种错觉，仿佛火车在倒着往回开似的。如此索然无味地，近乎机械似的浏览着这一条条空洞的消息。晚报无法提起我的兴趣，导致我的意识始终无法从对面还坐着个人这件事上转移开来。我总觉得那个正端坐在我面前的姑娘，脸上的神气俨然是这卑俗现实的人格化。正在隧道里穿行着的火车，这个乡下姑娘，还有这份满是烂俗消息的晚报——这不是象征又是什么呢？不是这不可思议的、庸碌而无聊的人生的象征，又是什么呢？一切都让我感到心灰意懒。我把还没有读完的晚报撇在一边，又把头靠在窗框上，像死人一般合上眼睛，打起盹儿来。

过了几分钟，我觉得身边有奇怪的动静，不由得睁开眼打量了一下。发现那姑娘不知什么时候，竟然从对面的座位上站起来跑到我身边来了，并且很费劲儿地想打开车窗。列车上的玻璃窗很笨重，开起来不太好打开。她那皲裂的腮帮子，因为着急和用力，就变得更红了。一下下的吸鼻涕声，随着微微的喘息声，不停地传进我的耳朵。看到她如此费劲儿，当然足以引起我的几分同情。暮色苍茫之中，除了铁轨两旁山脊上的枯草，其他一概模糊朦胧得看不清。而这些枯草，此刻正直逼到窗前，越来越清晰可辨，可见火车就要开到隧道口了。我不明白这姑娘为什么非要在这个时候，把关着的车窗打开。不，我只能认为，她这不过是一时地心血来潮。因此，我怀着悻悻的情绪，冷眼望着那姑娘用生着冻疮的双手，拼命要打开玻璃窗的情景，心里盼着她永远也打不开。火车发出凄厉的声响，呼啸着冲进了隧道；与此同时，姑娘一直拼命要打开的那扇窗，终于“咯噔”一声落了下来。窗外那浓黑的空气猛然间从方形的窗洞滚滚地冲进了车厢，就好像煤烟融化在了空气里似的，忽然间变成了令人窒息的烟屑。我简直来不及用手绢蒙住脸，本来嗓子就一直不舒服，这下又猛然间喷了一脸的烟，顿时咳嗽得连气儿都喘不上来了。那姑娘却视我为无物一般，完全无动于衷。只是看到窗户终于打开了，就把头伸出窗外，目不转睛地盯着火车前进的方向，一任划破黑暗刮来的风肆意地吹拂着她那绾着银杏髻的鬓发。她的影像浮现在煤烟和灯光当中。这时窗外眼看着亮了起来，泥土、枯草和水的气味凉飕飕地扑了进来。我这才好容易止住了剧烈的咳嗽，要不是这样，我准会劈头盖脸地把这姑娘骂上一通，让她把窗户重新关好的。

这时候火车已经安然钻出了隧道，正在经过一个夹在满是枯草的山岭当中的贫陋小镇的郊外。在小镇郊外的道岔附近，寒碜的茅草屋顶和瓦房屋顶鳞次栉比。一面孤零零的颜色暗淡的白旗在薄暮中懒洋洋地摇曳着，那大概是扳道夫[①]在打信号吧。火车刚一驶出隧道的时候，我就看见在那寂寥的道岔的栅栏后边，有

①铁路工人中扳道岔的工人。

三个红脸蛋的男孩子并肩站在一起。他们个个都很矮，仿佛是让阴沉的天空压的。身上穿的衣服，颜色跟镇郊那片景物一样凄惨。他们抬头望着火车经过，一齐举起手，扯起小小的喉咙拼命尖声喊着，听不清喊的是什么意思。这一瞬间，从窗口探出半截身子的那个姑娘，伸开生着冻疮的手，使劲地左右摆动着。五六个被温煦的阳光映照成令人喜爱的金色的小橘子，忽然从窗口飞出，落向送别火车的孩子们的头上。我不由得屏住了呼吸，顿时恍然大悟。姑娘大概是远行去当女佣的，她把揣在怀里的几个橘子从窗口扔出去，是为了犒劳特地到道岔来给她送行的弟弟们。

苍茫的暮色笼罩着镇郊的道岔，像小鸟般叫着的三个孩子，以及朝他们头上丢下来的橘子那鲜艳的颜色——这一切的一切，转瞬间就从车窗外一掠而过。但是这情景却深深地铭刻在我心中，使我几乎透不过气来。我感觉到刚才还百无聊赖的自己，由衷地产生了一股莫名其妙的喜悦心情。我昂然地仰起头，像看另一个人似的重新审视着那个姑娘。此时姑娘已经坐回了我对面的座位上，淡绿色的毛线围巾仍旧裹着她那满是皲裂的红扑扑的双颊，捧着大包袱的手里紧紧攥着那张三等车票。

直到这时，我才聊以忘却那无法形容的疲劳和倦怠，以及那不可思议的、庸碌而无聊的人生。

一九一九年四月作

点评：

本篇小说创作于1919年。在这篇小说中，作者放弃了自己在历史小说创作方面已经获得成功的独树一帜的写作手法，用最朴实无华的语言赞颂了普通人之间的温情和最纯真的“美”。人们通常认为这篇小说的问世，标志着作者创作倾向的转变。

沼泽地

一个雨天的午后，我去参观某个画展，在一个房间里发现了一小幅油画。说“发现”未免有些夸大，然而，整个画展里，唯独这幅画就像被遗忘了似的，挂在光线最幽暗的角落里，就连画框也简陋不堪，所以我这么说也算情有可原。记得画的标题是《沼泽地》，画家也不是什么知名的人。画面上也只画着浊水、湿土以及地下丛生的草木。恐怕对一般的参观者来说，是名副其实的不屑一顾吧。

而且奇怪的是，尽管画里所要展现的是郁郁葱葱的草木，但是这位画家丝毫也没有使用绿色。无论是芦苇、白杨，还是无花果树，到处都涂着混浊的黄色，就像潮湿的墙泥一般晦暗的黄色。莫非在这位画家的眼里，草木真的都是这种颜色吗？也许是出于某种偏好，故意加以夸张吧——我站在这幅画前面，一边欣赏玩味，一边不由得在心里冒出这样的疑问。

我越看越感到这幅画不同寻常，总觉得里面蕴蓄着一股可怕的力量。尤其是前景中的泥土，画得那么精细，甚至让人在观看的时候，就感到脚底下仿佛已经踩上去了一样。这是一片滑溜溜的淤泥，真的踩上去的话就会“扑哧”一声，直接没到脚脖子。在这小幅油画上，我找到了一个凄惨的艺术家形象，一位试图敏锐地捕捉大自然的画家。正如从所有优秀的艺术品之中所感受到的那种共情[①]一样，那片黄色的沼泽地上的草木，也使我产生了恍惚的悲壮激情。说实在的，看完挂在同一会场上的大大小小、

①即同感、同理心。

各种风格的所有绘画，其他的都没能给人留下如此强烈的印象，我觉得没有一幅能和这幅相抗衡的画。

“你很欣赏它呢。”有人拍了一下我的肩膀。我忽然觉得心里有什么东西给甩掉了，就猛地回过头来。

“怎么样，这幅画？”对方一边悠然自得地说着，一边有点轻浮地朝着《沼泽地》这幅画，努了努他那刚刚刮过的下巴。他是一家报社的美术记者，身材魁梧，穿着时尚的淡褐色西装，向来以消息灵通人士自居。

这个记者以前给我留下过一两次不愉快的印象，所以我勉强回答了一句：“是个杰作。”

“杰作——吗？这可有意思啦。”记者捧腹大笑。

大概是被他这不合时宜的声音惊动了吧，周围看画的两三个人，不约而同地朝这边望了望。我越发不痛快了。

“真有意思。这幅画原本不是会员画的，可是作者本人曾经反复纠缠，非要拿到这儿来参加展出不可。后来有遗族[①]去央求审查员，好不容易才被获准挂在这个角落里。”

“遗族？那么画这幅画的人已经故去了吗？”

“死了。其实他活着的时候就跟死了没啥区别。”

他这样一说，我的好奇心就战胜了对他的反感。我追问道：“为什么呢？”

“这个画家老早就疯了。”

“那他画这幅画的时候，也是疯着的吗？”

“当然喽。要不是疯子，谁会拿这种颜色来画这样的画呢？可你还在赞赏，说它是杰作哩。这可就太好玩儿啦！”

①名门望族的后代，也泛指死者的家族。

记者说完又得意扬扬地放声大笑起来。他大概原本料想着等我听完了他的介绍，会因此对自己的无知感到羞愧吧；要不就是更进一步，想让我对他在鉴赏水平上的优越感留下印象吧。但是他这两个指望都落了空。因为他的话音未落，一种近乎肃然起敬的感情，像难以描述的波澜一样震撼了我的整个身心。我又怀着十分郑重的情感，重新凝视着这幅《沼泽地》的画。我在这张小小的画布上，再次看到了为可怕的焦躁与不安所折磨的艺术家那痛苦的形象。

“不过，听说他好像是因为不能随心所欲地作画才发疯的呢。要说有可取之处嘛，他发疯的理由这一点倒是可取的。”

这么调侃完之后，记者露出了爽快的样子，几乎是高兴般的微笑着。这就是无名的艺术家——我们当中的一个人，他牺牲掉自己的生命，从人世间所换到的唯一报偿！我浑身打着无法抑制的寒战，第三次观察着这幅忧郁的画。画面上，潮湿的黄土色的芦苇、白杨和无花果树，在阴沉沉的天与水之间，长得那么生气蓬勃，宛如看到了大自然本身一般……

“是杰作。”我盯着记者的脸，斩钉截铁地又重复了一遍。

一九一九年四月作

点评：

在本篇小说中，作者描述了一位活着时不被社会认可，去世后的遗作被庸俗的世人所嘲笑的孤独艺术家形象。作者在小说中深刻地表达了自己的艺术观和人生观，同时蕴含着对人生的深重怀疑。有人认为，作者最后选择了自杀的命运，在这篇作品中已露端倪。

龙

一

宇治大纳言隆国[①]："唉，午觉醒来，感觉今天下午格外的热。一点风也没有，连缠在松树枝上的藤花都纹丝不动的。平时听上去那么凉爽的泉水声，怎么一掺杂上乱糟糟的蝉鸣，反而使人觉得更加闷热了？喏，再让童儿们给扇扇风吧。

"怎么，路上的行人都集合了吗？那么，出发吧。童儿们，别忘了扛着那把大蒲扇，跟我来。

"喂，列位，我就是隆国。原谅我光着个膀子。天气实在是太热了。失礼，失礼。

"今天我是有求于各位，才特地劳烦各位到宇治亭来。最近我偶到此地，也想跟旁人似的写写小说。可仔细想来，我平日里只在宫廷出出进进，所见所闻实在没有什么值得记下来的故事。我又生性懒惰，最怕开动脑筋构思出一些复杂的情节。因此，从今天起，我想恳求各位过路人，每人给我讲一个古老的故事，好让我编纂改写成小说。这样一来，车载斗量，准能收集到天下各种意想不到的逸事奇闻。能不能麻烦大伙儿满足我这个愿望呢？

"哦，你们乐意帮助？那太好了。那么我就按顺序听大伙儿讲吧。

---

①宇治大纳言隆国，原名源隆国，日本平安时代中期的文学家，因其别墅在山城国宇治，世人称为宇治大纳言。（日本古代宫廷中最高的官职是大政大臣，其次是左大臣、右大臣；大纳言仅次于右大臣。）据说日本最古的说话集《今昔物语》就是源隆国把路人讲的故事笔录而成。

“喂，童儿们，用大蒲扇给在座的各位扇扇风，这样多少能凉快些。铸工、陶工，你们俩也都不要客气，快过来靠着这张桌子坐好。卖饭卷的大娘，你那桶嘛最好放在廊子角落里，别让太阳晒着。法师也把金鼓[1]摘下来好不好？那边的武士和山僧，你们都铺上竹席了吧。

“好的，要是准备好了，就先请年长的老陶工随便讲点什么吧。”

二

老陶工：“哎呀呀，您可太客气了。还要把我们下等人讲的这些个难登大雅之堂的杂事，逐个写成故事——以我这种人的身份，光是这一点，就真不敢当啊。可是恭敬不如从命。那么我就不揣冒昧，先献献丑，讲个无聊的传说吧。请您姑且耐着性子听我讲来。

“那是我们还年轻的时候，听说在奈良有个叫作藏人得业惠印的和尚。他的鼻子大得不得了，而且鼻尖简直像给蜜蜂蜇过似的，一年到头红得厉害。奈良城的人们就给他起了个贴切的外号叫鼻藏——原先叫他大鼻藏人得业，后来嫌太长了不好叫，慢慢地就叫成了鼻藏人。过了没多久，还嫌太长，索性大家就都“鼻藏”“鼻藏”地喊开了。当时我在奈良兴福寺里亲眼见到过他一两次，心想怪不得要叫他鼻藏了，那可真是举世无双的红天狗[2]鼻啊。一天晚上，这个外号叫鼻藏、鼻藏人、大鼻藏人得业的惠

①一种空心、扁圆形的佛教乐器。僧侣布道时挂在脖子上，或系在佛堂的架子上击打。

②天狗是日本古代想象中的一种红脸、高鼻、有翼的怪物，神通广大。

印法师没带弟子，一个人悄悄地来到了猿泽池畔，在采女柳[1]前面的堤岸上，高高地竖起一块告示牌，上面用大字写上‘三月三日龙由此池升天’。其实，惠印并不知道猿泽池里，是不是真的住着龙。至于三月三日有龙升天，更纯粹是他信口开河。不，不如说是不升天倒来得更确切一些。他为什么要开一个这样大范围的荒唐玩笑呢？就是因为奈良僧俗两界的人动不动就奚落他的鼻子，调侃他。时间久了，他气愤不过，打算好好捉弄捉弄他们，解解恨。于是就千方百计设计了这么个骗局。您听了一定觉得好笑，但这是从前的事，当时到处都有喜欢恶作剧的人。

“话说第二天头一个发现这块告示牌的，是每天早晨都来参拜兴福寺如来佛的一个老太婆。她手上挂着念珠，拄着竹拐棍，忙忙叨叨地来到了霭雾弥漫的池畔。一看，昨天还空无一物的采女柳下面，一大早就新立起了一块告示牌。老太婆心里纳闷，想道：要说是举办法会的告示牌，怎么会立在这么个古怪的地方呢？可是她不认识字，本打算就这样走过去先去拜佛了。恰好迎面来了一个披着袈裟的法师，她就拦住人家，请法师给念了念。本来嘛，换了谁听到‘三月三日龙由此池升天’都会吃惊的。老太婆也吓了一大跳，连平时弯下去的腰都伸直了，望着法师的脸发愣：‘这池子里有龙吗？’据说法师反倒挺镇静的，向她说起教来：‘还有这样一个故事呢：从前中国有位学者，眉毛上边长了个瘤子，痒得要命，却怎么也治不好。结果有一次，本来万里无云的大晴天，却忽然阴了下来，雷电交加地下起了瓢泼大雨。那个瘤

---

①采女是日本古代后宫女官的职称，传说有个采女因失宠于天皇而在这棵柳树旁投猿泽池自尽，故名。

子猛地裂开，蹿出一条黑龙，驾着云彩笔直地升天而去。你看，连瘤子里都有龙，何况这么大的池子。说不定水底下盘着好几十条蛟龙毒蛇呢！’老太婆一向认为出家人都是老实人，是不会撒谎的，因此听了这番话，简直吓破了胆，说道：‘听您这么一说，难怪那边的水，那颜色看上去的确有点儿奇怪哩。’虽然三月三日还没到，老太婆却气喘吁吁地念着佛，转身丢下和尚就赶紧逃跑了，连竹拐棍都来不及拄了。要不是怕旁人瞅见，这法师简直要捧腹大笑起来。那也难怪，谁让他就是那个外号叫鼻藏的得业惠印呢。本来这事就是他一手设计的，他今天来这水边本就没安着好心，想着昨天晚上竖起那块告示牌后，这会儿准保该有落网的鸟儿了。所以他一大早就在池畔溜达，就是专门为了观看动静和取乐的。老太婆逃走后，又来了个妇女。人家起这么早大概是忙着赶路的，也有仆人背着行李在后面跟随着。她的市女笠周围垂着面纱[①]，走到近前之后，仰起脸独自看着告示。于是惠印也站到了告示前面，假装一起看，同时拼命忍着不让自己笑出来。然后假装表示诧异地，用那大鼻子哼了一声，慢腾腾地朝着兴福寺折回来。

“在兴福寺南大门前面，没想到碰见了一个叫惠门的法师，他俩是住在同一栋僧房里的。惠门见了他，两道本就倔强的浓眉，又使劲往一起皱了皱，说道：‘今天师父起得好早哇。难怪起床时我没有见到你。真是太阳打西边出来啦。’这话说得正中惠印的心意，他那大鼻子上堆满了笑，得意扬扬地说：‘可不，说不定太阳还真的会从西边出来呢。我还听说三月三日龙要从猿泽池

①日本平安时代至室町时代的妇女外出时遮在市女笠周围的薄绢。

升天哩。’惠门听罢，一脸狐疑地朝着惠印的脸狠狠瞪了一眼，嗓子眼里‘咯咯’地冷笑着说：‘看来师父可是做了个好梦。唔，我听说，梦见龙升天可是个吉兆哩。’说罢，昂着前额扁平的头正要擦肩而过，却听见惠印自言自语般地念叨着‘哎呀呀，无缘的众生难以化度啊’。惠门就把脚上那双麻袢儿木屐的高齿往后一扭，气势汹汹地转回身来，用讲经说法时那种居高临下的语气追问道：‘难道你有龙要升天的确凿证据吗？’惠印故意从容不迫地指了指晨光初照的池子，用鄙夷的口吻说：‘你要是怀疑愚僧说的话，就请亲自去看看那棵采女柳前面的告示吧。’听他这么一说，这下子连倔脾气的惠门也犹疑住了。他困惑地眨了眨眼睛，垂头丧气地说了声：‘哦，竖起了那么一块告示牌吗？’就歪着他那大脑袋转身溜走了。鼻藏人目送着他那心事重重的背影，您大概也猜得到他心里感到多么好笑吧。当惠印装腔作势地走上南大门的石级时，只觉得红鼻子里头发痒，还是忍不住笑出来了。

“‘三月三日龙由此池升天’的告示牌在当天早晨就产生了影响。又过了一两天，关于猿泽池里有龙的风声就在奈良城里传遍了。也有人质疑说：‘那个告示不会是什么人在捣鬼吧？’可恰好当时有谣传说京城里神泉苑的龙升天了，所以就连提出质疑的人心里也变得将信将疑起来，觉得说不定在这里也会发生一桩奇事哩。这以后不到十天，奈良又出了一件不可思议的怪事。春日神社有个神官，他有个九岁的独生女儿。这闺女一天晚上枕着妈妈的膝盖打盹儿，梦见一条黑龙像云彩一样从天而降，说着凡人的话：‘我终于打算在三月三日升天了，但我绝不会找你们城里人的麻烦，尽管放心。’女儿醒来后，就这么着讲给妈妈听了。

于是，立即就在全城轰动开了，说是猿泽池的龙真的托了梦了。又有好事之徒添枝加叶，说什么龙附在东家孩子身上啦，作了一首和歌啦，又显灵给西家巫女授予神谕啦，等等。如此这般，不一而足，就好像猿泽池的龙眼看着马上要把脑袋伸出水面了似的。到后来甚至还有人说，他亲眼看到了龙。说看见龙的，是个每天早晨在市场上卖鱼的老爷爷。那天黎明前他来到猿泽池，只见太阳出来前的满满一池子水，唯独靠近采女柳和告示牌的那块水面，朦朦胧胧有点亮光。当时关于龙的风声流传得正热闹呢，老爷爷心想：'看来是龙神显灵啦。'他就哆哆嗦嗦地撂下那挑子河鱼，蹑手蹑脚地走了过去，惴惴不安地扶着采女柳，屏住呼吸，定睛往池子里看。只见半明半暗的水底下，有一只黑铁链般的、难以形容的怪物一动不动地盘成一团。那个怪物大概觉察到了异样，忽的一下伸直了盘蜷的身体。随着池面上乍然出现的一条水线，怪物消失得无影无踪。老爷爷看得吓出了一身汗，随即退回到他撂下挑子的那个地方。发现准备挑去卖的二十尾鱼，不管是鲤鱼还是鲫鱼什么的，不知什么时候全都消失不见了。后来有人嘲笑他说：'你这大概是被水獭精给骗去了食物吧。'但是没想到大多数人都认为：'龙主镇守的池子里怎么会有水獭？准是龙王怜恤鱼的生命，把它们招到自己居住的池子里去了。'

"再来谈谈鼻藏惠印法师的事。自从'三月三日龙由此池升天'的告示牌引起轰动以来，他每天都耸着大鼻子得意地暗笑。可是没想到，还差四五天就到三月三日的时候，惠印那位在摄津国的樱井当尼姑的姑妈，竟然大老远地跑到他这里来参观龙升天了。这下可叫惠印为难啦，他连吓带哄，想方设法劝姑妈在到日子之前回樱井去。她却说：‘俺已经到了这把岁数，只要能看上一眼龙王升天，就死也瞑目啦。’她对侄子说的话完全不予理睬，固执地坐在那里。事到如今，惠印也没法再承认那个告示牌其实是他搞的恶作剧了。他作茧自缚，只好同意照料姑妈到三月三日为止，并且还不得不答应当天陪她一起去看龙神升天。他又进一步想到，既然连做了尼姑的姑妈都听说了这件事，那么大和国自不用说，恐怕现在连摄津国、和泉国、河内国，兴许播磨国、山城国、近江国、丹波国都传遍了吧。也就是说，他原来设计这个骗局只是为了捉弄一下奈良的老少，没想到竟然把四面八方几万人都给骗了。惠印现在的笑已经是苦笑了，他忍不住害怕起来。就连给老尼姑领路，去参观奈良寺院的时候，也亏心得犹如逃避典史眼目的罪犯。可有时又听见路人说，最近那个告示牌前被人供上了线香和鲜花，他虽然还是提心吊胆的，却又沾沾自喜得好像立下了什么大功似的。

“日子一天天地过去，终于到了三月三龙升天那天。惠印既然已经答应姑妈了，就不敢再找借口推托，只得极不情愿地陪着老尼姑来到兴福寺南大门的石级上。站在那里，一眼就能望到猿泽池。那一天，晴空万里，一丝风都没有，连挂在门前的风铃都悄无声息地一动不动。站在石级上一看，无论西边还是东边，到处都是人山人海，一眼望不到边。不用说奈良城了，大概河内、和泉、摄津、播磨、山城、近江、丹波等国的参观者，全都在这个期盼已久的日子里蜂拥而来了吧。各式各样的乌帽像波浪一样起伏着，连绵到二条大街烟笼雾绕的尽头处。在人浪中还夹杂着蓝纱车、红纱车、栋檐车等制作考究的牛车[①]，车顶上钉着各种金银饰具，在明媚春光的照耀之下闪闪发光。此外还有打着阳伞的，高高地拉起帐幕遮阳的，甚至有小题大做在路边搭起一排看台的——池子周围那一派热闹景象，仿佛提前举行的加茂祭[②]。惠印法师做梦也没想到，自己为了恶作剧而竖了块告示牌，最终竟会惊动这么多人，演变成了这么大的一个事件。他面若死灰地回头望了望老尼姑，颓丧地说：‘哎呀呀，怎么来了这么多人，这可了不得！’这一天，他连用那个大鼻子哼一声的劲头也没有了，就那么抱着肩膀垂头丧气地蜷缩在南大门的柱子脚下。

“做老尼姑的姑妈现在可没法儿知道惠印的心事，她正拼命伸长了脖子四下里打量着，连头巾都快滑落下来了，嘴里东拉西扯地跟惠印扯着什么‘龙神住的池子，风景到底别致’啦，‘既然来了这么多人，龙神准会出现’啦之类的话语。老是坐在柱脚下也不是办法，惠印勉强抬起身子，迎合着姑妈说的话看了看。眼前，头戴软乌帽、武士乌帽的人们堆成了山。前额扁平的惠门法师也正挤在里面，比别人都高出了一头，目不转睛地盯着池子。看到这个样子，惠印一时忘掉了心头的沮丧，只为骗了这个家伙，就暗自觉得好笑。于是招呼了声‘师父’，用嘲讽的口吻问道：‘师父也看龙升天来了吗？’惠门傲慢地回过头来，脸上的神情意想不到的严肃，连浓眉都没挑一下地回答说：‘可不是嘛。我跟你一样，都等得不耐烦了。’看到他这么严肃郑重的样子，惠印又变得沮丧起来，再也发不出高兴的声音了。现在他一心想着：我

---

①日本平安时代以来通常乘牛车，贵族把车厢饰以金银，比赛华美。蓝纱车、红纱车是分别挂着蓝色或红色纱线帘的牛车，栋檐车是用名贵的栋本做檐的牛车。
②即贺茂祭，每年逢五月十五日在京都贺茂神社举行的庙会。

这个玩笑真的是开得有点儿过头啦。他又像原先那样隔着人海，神色不安地呆望着猿泽池。晒了半天的太阳，池水好像已经变温暾了，发出神秘的光。水面上清晰地映出了周围堤岸上栽的樱柳倒影，一动也不动。等了这么久，也没看出有龙要升天的迹象。而且今天的池子，看起来比平时显得越发狭小了，这可能是由于它周围会聚了方圆数里的观众吧。惠印觉得这么小的池子，人们怎么会相信里面有龙呢？

“可是大门下观众组成的海洋越来越辽阔了，每个人都屏息凝神，耐心地翘盼着龙升天，甚至觉察不出时间在一分钟一分钟地流逝。不多时，在有些地方，牛车的数目已经多到了辐辏相接的程度。参照前面的经过，惠印看到这幅情景，心里有多么沮丧也就可想而知了。可这时发生了一件奇怪的事情，不知怎的，惠印心里也开始觉得龙真的会升天了——起初不如说只是安慰自己，觉得未必不会升天。竖起告示牌的本来就是惠印本人，按说他不该有这样的荒唐想法的，但是俯瞰着这一大片恰似波涛般翻滚的乌帽，他就一个劲儿地觉得准会发生这样一桩大事。究竟是这些云集而来的观众的心情，在不知不觉之间使鼻藏受到了感染呢；还是由于他竖起了告示牌，引发了这场热闹，现在因为事情闹大了，心里有点儿害怕并感到内疚，不由得也盼望起龙升天来了呢？姑且不去管它。总之，惠印明知告示牌是自己写的，心头的沮丧却在逐渐消散，也跟老尼姑一样不知疲倦地凝视着池面。可不，要不是心里有了这种念头，他又怎么可能勉强地站在南大门下面，浪费着时间等上大半天，翘首企盼那根本不可能升天的龙呢？

“但是，猿泽池依然波澜不惊，像往日那样平静地反射着春日的阳光，连个大一点的涟漪都没起。丽日当空，万里无云，观众们密密匝匝地堆在阳伞底下，或者倚在看台的栏杆后面。他们好像已经忘却了太阳的移动，从早晨等到晌午，从晌午等到傍晚，依然充满激情地伫候着龙王的出现。

“在那里站了半天光景，惠印忽然看见半空中飘起一缕线香般的云彩，一眨眼的工夫就变大了，原先晴朗的天空骤然阴暗下来。就在这时节，一阵风从猿泽池上面萧萧飒飒而过，在镜子般的水面上掀起无数波浪。早已等候多时的观众虽有思想准备，可一旦真的发生了异象，也顿时慌了手脚。在大家还在惊慌的时候，转眼间就下起了白茫茫的倾盆大雨，闪电来回穿梭般不断地交叉飞舞，雷声也猛地轰隆隆响了起来。风将层云撕出了一个三角口子，乘势在池水中卷起一根通天水柱。在水柱和云彩之间，惠印隐隐约约地看见一条十丈多长的黑龙，闪着金爪笔直地腾空而去。据说那只是一眨眼的工夫，随后光看见在风雨之中，环池而栽的樱树花瓣朝着黑暗的天空，旋风般地腾空飞舞。至于观众怎样慌了神，东跑西窜地奔逃，在闪电下掀起了跟沸腾着的池水一般的滚滚人浪，那就不必啰唆了。

“后来大雨停了，逐渐散去的层云间又再次透出了朗朗晴空。现在惠印脸上那副恍若隔世的神气，好像连自己有个大鼻子这一点也忘了，两只眼睛滴溜溜地四下里打量着。难道刚才那条龙真是自己看花眼了吗——正因为告示牌是他竖的，所以一想到这里，只觉得发生龙升天这件事简直完全难以置信。可他又千真万确地看见了。自己越琢磨越感到莫名其妙。于是，就把像死人一样瘫坐在旁边柱脚下的老尼姑扶了起来，带着几分尴尬，怯生生地问道：‘您看见龙了吗？’姑妈深深地叹了一口气，一时间好像还没缓过劲儿说不出话来，光是胆战心惊地频频点着头。后来才颤声说道：‘当然看见啦！当然看见啦！不是一只亮堂堂地闪着金爪子、浑身漆黑的龙神吗？’这么说来，能看见龙并不是由于鼻藏人得业惠印眼睛花了。后来从街谈巷议中了解到，原来当天在场的男女老少，几乎个个都说曾看见黑龙穿过云彩升上天去。

“事后，不知出于什么原因，惠印曾经跟大家说出过真相，告诉大伙儿其实那块告示牌是他竖起来捉弄人的。据说惠门以及各位法师，对他的话没有一个不嗤之以鼻的。那么，他竖立告示牌这个恶作剧，究竟是否达到了他最初的目的呢？即使去问外号叫鼻藏、大鼻藏人得业的惠印法师本人，恐怕他也只能苦笑着回答不出吧。”

三

宇治大纳言[1]隆国：“这故事真妙。从前那个猿泽池里大概住过龙。什么？不知道从前住没住过？喏，从前准住过。以前普天之下，人人都打心里相信水底下有龙。因此，龙自然就会翱翔于天地之间，像神一样，时而对众人显现出它那奇异的形象。别净听我啰唆了，还是把你们的故事讲给我听吧。下一个该轮到云游僧了。

“什么，你要讲的是叫作池尾禅智内供的长鼻法师的故事

①日本太政官制度下设立的一个官职，是第四等级的次官。

吗？刚听完鼻藏的故事，这个故事也一定格外有趣哩。那么，马上就讲吧……”

一九一九年四月作

点评：

本篇小说是作者根据日本古典说话集《宇治拾遗物语》中的一则故事改编而成的。僧人惠印为了捉弄众人，欺骗大家有龙要在池塘里升天。结果当大家全都信以为真地开始郑重对待时，他反而失去了恶作剧带来的快乐，整天惴惴不安。等到真的有龙从池塘里腾空而起之后，他又变得释然起来。从这个故事中也让我们明白，在那个世界中只有事实，没有真实。叙述者越多，人们离真实越远。

舞会

一

那是明治十九年十一月三日[①]的夜晚，时年十七岁的名门小姐明子，和她的秃头父亲一起，走上了鹿鸣馆[②]的阶梯。这天晚上将在这里举办一场舞会。通明的瓦斯灯光照耀着宽阔的阶梯，两侧放满了近似人工制作的大朵菊花，排成了三层篱笆。最里层是浅红色，中间层是深黄色，最前边那层白色的花瓣儿，则像缨穗一样错落有致。舞厅就位于菊花篱笆尽头的阶梯上边。欢乐的管弦乐就像难以抑制的幸福叹息似的，不停地传过来。

明子很早就接受过法语教育，也学过跳舞，然而这还是她有生以来第一次参加正式舞会。所以在马车里，她只是心不在焉地应答着父亲唠唠叨叨的讲话。此时此刻在这姑娘的心里，正在滋长着一种忐忑的情绪，这让她既感到愉快，又有一些不安。在马车到达鹿鸣馆之前，她数次抬起焦躁不安的眼睛，凝视着窗外的东京街道上那匆匆流逝过去的暗淡灯光。

但是，刚进鹿鸣馆不久，她就碰到了一件事情，心里的那种不安就被抛诸脑后了。他们上到楼梯的一半，赶上了走在他们前面的中国高官。这名高官一边让开肥胖的身子，让两个人先过去，一边向明子投射出吃惊的眼神。崭新的蔷薇色舞会服装，垂向脖颈的质地极好的浅蓝色发带，加上在浓发上戴着的那朵喷香的玫瑰花——实际上今天晚上明子的样貌，的确会使那个还拖着长辫子的中国高官感到惊讶，因为她充分地展现出已经开化的日本少

①这天，外务大臣井上伯爵夫妇主办了一场舞会，招待皇族、大臣、各国使节等。
②鹿鸣馆是1883年为了供日本政府高官、贵族、豪商与驻日外国使节、外商等交往而在东京建立的大楼，形成了上层社会模仿西欧风俗的中心。

女之美。那时恰好有一个穿着燕尾服的年轻日本人，匆忙走下楼梯。当他和父女俩迎面错身而过时，好像条件反射似的猛地回过头来，吃惊地看着明子的背影。同时好像想起什么似的，把手伸向自己脖子上的白色领带，转身穿过菊花丛，急匆匆向大门那里走去。

两人走上楼，看见今晚舞会的主人——留着花白胡须的伯爵，胸前佩戴着几枚勋章，正和穿着路易十五式样服装[①]的上了年纪的伯爵夫人一起，在二楼舞厅门口，落落大方地迎接客人。明子发现伯爵那深通世故的脸上，在看见她之后刹那间掠过了无限惊叹的神色。明子的父亲人缘很好，这时脸上顿时浮现出得体的微笑，向伯爵和伯爵夫人简单地介绍了自己的女儿。这个姑娘体验到了一种害羞和得意交织在一起的滋味。但是在这个过程中，她却从显贵的伯爵夫人的脸上，觉察出多少有点鄙俗的气质。

舞厅各处的菊花喷芳吐艳，而在各处等待舞伴的女士们的飘带、鲜花和象牙扇子，在清爽的香水气味中，也像无声的波浪似的晃动着。和父亲分开之后，明子很快就融入衣着华丽的女士群中去了。她们都是芳龄相近的少女，穿着天蓝色的或者玫瑰色的舞会晚服。她们迎着她，就像鸟儿般喊喊喳喳，一致赞扬今晚她的姿色多么美丽。

她刚一走进这些伙伴当中，就有一位不相识的法国海军军官，不知从附近什么地方缓步走了过来。他的双臂垂在身体两侧，恭恭敬敬地按照日本礼节行了礼。明子觉得微微的红潮涌上了她的面颊，这个行礼意味着什么，不用说也是很清楚的。于是她向旁边穿浅蓝色舞会晚服的小姐转过脸去，拜托她先替自己保管一下

---

①法国国王路易十五时流行的一种服装，细长腰身，裙子蓬起。

手里的扇子。这时令她感到意外的是，这位法国海军军官竟然吐字清晰地说起了日语，只是语调有些生硬罢了。他微笑着邀请她：“请您一起跳支舞好吗？”

不久，明子就和这位法国海军军官随着《蓝色多瑙河》的旋律，在舞池里跳起了华尔兹舞。她的这位军官舞伴面蓄浓须，五官端正，只是双颊被太阳晒得黝黑。相对来说，她的个子太矮，戴着长手套的纤手，吃力地搭在对方军服的左肩上。幸好，海军军官很会跳舞，巧妙地带着她在人群中轻松地移动着舞步。同时在她耳边，不时地用法语小声地说着交际场上的那种恭维话。

她一面对他的温存话语报以羞赧的微笑，一面把目光不时地投向他们跳舞的舞厅四周。在印着皇室纹徽的紫绉绸帷幕和张牙舞爪的苍龙弯曲着身子的中国国旗[①]下，安插在花瓶中的菊花在拥来转去的人群中间，有的闪着轻松的银白色，有的浮现着浓重的金黄色。而这个拥来转去的人群，在华丽的德国管弦乐旋律的带动下，好像喷涌不止的香槟酒似的，眼花缭乱地摇摆着，没有片刻休止的意思。明子碰到正在跳舞的一位朋友，相互在匆忙中愉快地点点头。然而在转眼间，就又有另一位跳舞的朋友，好像一只很大的飞蛾发狂般地突然出现在眼前。

可是明子跳着跳着就发现，伴舞的法国海军军官正在注意着她的一举一动。那时候，这个对日本毫无了解的外国人就说，他对她快乐的舞蹈是多么感兴趣。这样一位娇小的漂亮小姐，是不是也住在纸和竹子做成的房子里，就像玩具人偶似的？是不是拿着细细的筷子，从描花青瓷的小饭碗里，一粒粒地夹着米粒吃——他的这些疑问，多次同他那和蔼可亲的微笑一起，从眼神里流露出来。明子觉得这些话很可笑，但也感到扬扬自得。

①指当时中国清王朝的国旗青龙旗。

因此在舞伴的视线不时投向脚下的时刻，她那小巧的红色舞鞋，就更加轻松地在光滑的地板上滑动起来。

但是，不久伴舞的军官就注意到，像小猫一样的小姐显露出了疲劳的样子。他看着她的面孔，关怀地说："要休息一下再跳吗？"

"Non, merci.[①]"明子虽然气喘吁吁，却坚定地回答道。

这位法国海军军官再次从容不迫地引着她，继续跳着华尔兹。他们在前后左右晃动着飘带和鲜花的女士中间蜿蜒穿行，朝着陈列着菊花的那面墙壁跳去。跳完最后一圈后，他精心周到地请她坐在这里的椅子上，自己重新挺起胸脯，和刚才一样毕恭毕敬地按日本礼节敬了礼。

后来他们又跳了波尔加舞和马祖卡舞。之后，明子和这位法国海军军官挽着胳膊，穿过白、黄、浅红三色菊花组成的三层花墙，来到了楼下宽广的房间。

在这里，无数燕尾服和白皙的裸肩川流不息。在摆满银制和玻璃制餐具的几张桌子上，要么肉食和松蕈堆积如山，要么夹心面包和冰激凌像塔似的高高耸起，要么石榴和无花果筑成了三角塔。尤其是菊花丛中那个只露出了一个角的精美屋子，在那墙壁上有着美丽的、金黄色的窗棂，精巧的人工葡萄蔓绿油油地缠绕在上面。在葡萄叶子中间，果实累累的葡萄串像蜂巢似的，泛着紫色的光泽垂悬着。明子在金黄色的窗棂前边，碰见了秃头的父亲。他正和年纪相仿的绅士站在一起，衔着雪茄烟。父亲看到明子时，满意地点了点头，随后转向同伴，又开始吸雪茄烟，聊天。

法国海军军官和明子走到一张餐桌前，一起拿起了吃冰激凌的小匙。这期间她发觉，对方时不时地就看一眼她的手、头发和

①法语："不，谢谢。"

垂到脖颈的发带。虽然这对她来说不算什么不愉快的事，但是有那么一刹那，女人的直觉却也让她闪现过怀疑的念头。这时，有两位身着黑天鹅绒衣服，看起来好像德国人的年轻女性，胸前戴着红茶花从旁边走了过去。她为了稍稍试探一下这种怀疑，便发出了一种感叹的语气，说："欧洲女性真漂亮呀！"

海军军官听了这话，非常认真地摇着头："日本女性也很漂亮，特别是您……"

"不对吧！"

"不，这不是恭维话。您这样完全可以参加巴黎舞会了。在舞会上大家肯定会惊叹不已。因为您很像瓦当①绘画里的小姐。"

明子不知道瓦当。因此海军军官这句话，所想要唤起的过去那美丽的幻影——昏暗森林中的喷泉和正在凋谢的玫瑰幻影，在一瞬间就消失得无影无踪了。然而，敏锐过人的她，一边用小匙搅动着冰激凌，一边想着刚才的那个话题。

"我也很想参加巴黎的舞会。"

"不，巴黎的舞会和这里的完全一样。"

海军军官环视了一下围绕着他们两人餐桌的人群和菊花。忽然，在他的眼神里跳动出一丝讽刺的微笑，他不觉停下了搅动冰激凌的小匙。

"不仅巴黎，到处的舞会都是一样。"他半自言自语地又补充了一句。

一小时之后，明子和法国海军军官，还像刚才那样挽着胳膊，跟许许多多的日本人和外国人一起，伫立在舞厅外边那可以仰望满天星斗的凉台上。

---

①瓦当，法国画家，善于画宫廷典雅艳丽的风俗画和历史画。

隔着一圈栏杆的凉台对面，遮满宽广庭园的针叶林，寂静地交叉着丫杈，在那枝头上露出了红色灯笼的点点灯光。地面附近的冰冷空气，飘上来庭园地面的苔藓气味和落叶的气味，微微带有凄凉的秋天气息。然而身后的舞厅上，那些装饰着飘带和鲜花的人群，仍然在印着十六瓣菊花的紫绉绸帷幕下，无休无止地跳着。声调很高的管弦乐旋风，照旧挥动着毫不留情的鞭子，催动着人群跳着舞。

在这个凉台上，人们那无休止的热闹谈话声和笑声，也在搅动着夜晚的空气。而当昏暗的针叶林上空飞起美丽焰火的时候，人们异口同声地喊出了哄闹般的声音。这个时候，站在那里的明子和身边的亲密小姐们，正进行着轻松愉快的闲谈。可是过了一会儿，她注意到那个挽着自己手臂的法国海军军官，正在默然地注视着笼罩在庭园之上的星空。她意识到这应该不是为了别的，而是在怀念故乡。明子仰着头，悄悄地从下向上看着他的脸，半撒娇地说："您在怀念故乡吧？"

海军军官转过头来，仍旧用那微微含笑的眼睛，沉静地看着明子，并且像孩子似的摇了摇脑袋，用无声的动作代替了"不"的回答。

"那么你在想什么呢？"

"你猜猜看。"

那时聚集在凉台上的人们，忽然又发出了一阵旋风般嘈杂的声音。明子和海军军官停止了他们的谈话，一起向压在庭园里的针叶林之上的夜空遥望着。那时，恰好红色的、蓝色的焰火正交叉着飞向夜空，随后消逝在黑暗之中。明子不知为什么，觉得这焰火太美了，美得令人悲伤。

过了一会儿，法国海军军官又一次温存地低下头，看着明子的脸，用解答的语气说："我在想焰火的事——像我们的生命那样的焰火。"

二

大正七年的秋天，当年那位明子在赴镰仓别墅的途中，偶然和曾有一面之识的某青年小说家同乘一趟火车。青年小说家把一束要赠给镰仓朋友的菊花，放在了行李架上。于是，当年的明子——今天的H老夫人见景生情，说每当看到菊花，便使她想起往事。她详细地给他讲了关于鹿鸣馆舞会的回忆。青年小说家因为听见当事人在亲自讲自己的这段回忆，自然是感到极大的兴趣。

在这个谈话结束的时候，青年顺嘴问了老夫人一句："夫人知道这位法国海军军官的名字吗？"

这时H老夫人出乎意外地回答说："当然知道，他的名字叫儒理安·维奥①。"

"那就是洛蒂！是那个创作了《菊子夫人》的皮埃尔·洛蒂！"

青年愉快地兴奋起来。但是H老夫人以纳闷的眼神看着青年的脸，喃喃地反复说着："不，不是洛蒂呀，是儒理安·维奥！"

一九一九年十二月作

点评：

本篇小说以明治维新时代的鹿鸣馆为舞台，描写了一个年轻美貌、精于社交，但是内心浮躁肤浅的上流社会贵族小姐，与一位法国海军军官之间的一段邂逅，借以讽刺当年日本西化改革的"徒有其表"，也表现出作者无力改变社会现状的绝望、悲观和厌世情绪。

---

①指追溯事物发生的根源。同"追本溯源"。

蛙

我住所旁边，有一个旧池塘，住着很多蛙。

池塘的周围，全是茂密丛生的芦苇和菖蒲。芦苇和菖蒲再往外一些，是在风中婆娑的矫健高大的白杨林。在更远的地方，就是静寂的夏空了。那里经常飘着碎玻璃片似的云，闪着各种颜色的光辉。但是所有的这一切，最后都要映照在池塘里，看起来比实物更美丽。

每天在这池塘里，都要传出没完没了的“呱呱呱”“嘎嘎嘎”的蛙叫声。猛地一听，那就是单纯的“呱呱呱”“嘎嘎嘎”的乱叫声。可实际上，那是蛙们在进行着紧张而激烈的辩论呢。蛙类好争善辩的习惯，从遥远的伊索[①]的时代就开始了。

这个时候，在芦苇叶上蹲着的一只摆出一副大学教授派头的蛙说道：“世上为什么有水呢？当然是为了让我们蛙游泳啊。世上为什么有虫子呢？当然是为了让我们蛙吃饱不饿啊。”

“对呱！对呱！”池塘里的蛙争着随风附和地叫着。原本映着天空和草木的池塘水面，现在几乎浮着的全是蛙，因此赞成的呼声当然也是很大的。恰好这个时候，有一条原本在白杨树树根附近睡着的蛇，被这帮蛙那激情万丈的“呱呱呱”“嘎嘎嘎”声音给吵醒了。于是它顺着声音传来的方向，抬起了镰刀似的脖子，一眼就看到了池塘里面，困倦地舔着嘴唇。

“世上为什么会有土地呢？是为了让草木生长。那世上为什

①约公元前 6 世纪的古希腊寓言作家，所编寓言陆续经后人加工，以诗或散文形式发表，成为现在流行的《伊索寓言》。

么有草木呢？是为了给我们蛙遮阴凉。所以，整个大地都是为了我们蛙啊！”

“对呱！对呱！”

蛇，当它第二次听到这喧嚣着的赞成声时，便突然把身体挺得像一根鞭子似的，优哉游哉地钻进了芦苇丛里，眼睛里闪着黑黑的光芒，安静地窥视着池塘里的情况。

蹲在芦苇叶上的蛙，还在那里张着大嘴巴，雄心万丈地释放着豪言壮语。

“世上为什么有天空呢？是为了在上面悬起太阳。世上为什么有太阳呢？是为了把我们蛙的脊背晒干。所以，整个的天空也都是为了我们蛙啊！水、草木、虫子、土地、天空、太阳，总之所有的一切都是为了我们蛙而存在的啊。森罗万象，万物悉皆为我这一事实，已经完全没有任何值得质疑的余地了。在敝蛙不吝向各位阐明这一真理的同时，还愿向为我们创造了整个宇宙的神致以衷心的感谢！蛙应该赞颂神的名字啊！”

蛙说着话，就抬头仰望着天空，转动了一下眼珠儿，又张开大嘴巴说：“蛙应该赞颂神的名字啊……”

话音未落，蛇脑袋好像被抛了出去似的向前一冲，电光石火之间，还在雄辩着的蛙教授就被蛇嘴叼住了。

“呱呱呱，糟啦！”

“嘎嘎嘎，糟啦！”

“糟啦！呱呱呱，嘎嘎嘎！”

池塘里的蛙们还在此起彼伏地惊叫着，蛇已经咬着蛙钻到芦苇里去了。这之后发生的激烈吵闹，恐怕是这个池塘自开天辟地以来从来也没有经历过的啊。

在一片嘈杂的声音中，我分辨出一只年轻的蛙的声音，它一边哭着一边说：“水、草木、虫子、土地、天空、太阳，都是为了我们蛙而存在的。那么，蛇是干什么的呢？难道蛇也是为了我们蛙而存在的吗？”

“是呀！蛇也是为了我们而存在的。要是没有蛇来吃我们，蛙必然会无限繁殖起来。要是繁殖得越来越多，池塘——乃至这个世界必然会变得狭窄起来。所以，必须有蛇来吃掉我们。被吃的蛙，也可以说是为了保障多数蛙的幸福而做出了牺牲。是啊，蛇也是为了我们蛙的！世界上所有的一切，悉皆为蛙！我们应该赞颂神的名字啊！”

我听到一个年老的蛙如此回答着。

一九一七年九月作

点评：

本篇小说是个寓言小故事，讽刺了坐井观天和自欺欺人的人，然而最后老年蛙的一席话，给这一陈旧的主题赋予了新的深意。从某种意义上来说，故事里的蛙其实是一种智慧的象征，它们站在制高点俯瞰世界，用博大的胸怀来审视世间万物。在它们看来，即使是天敌——蛇，也是为了它们而存在的，是蛙不断进步的驱动者，而不是狭隘地以“敌”“我”来进行区分，值得人们深思。

侏儒的话

《侏儒的话》序

《侏儒的话》未必能表达我的思想。它只不过是一个不时反映着我思想变化的镜面反射罢了。与其说它是一根草，不如说是一茎藤蔓——能够延伸出更多节蔓儿。

星

太阳底下没有新鲜事，这是古人一语道破的箴言[1]。但是所谓没有新鲜事的情况，并非只是在太阳之下。

根据天文学者所说，赫拉克勒斯星座发出的光到达地球需要长达三万六千年的时间。但是，赫拉克勒斯星座自己也不能光辉永存。说不定什么时候就会悄然暗淡下去，失去了美丽的光辉，最终冷得像一堆灰一样。但是，死总是孕育着生。失去光辉的赫拉克勒斯星座在宇宙中彷徨，一旦时机恰当，就会重新涅槃为一团星云，化作孕育新星的摇篮。于是，一颗颗新星又陆续在那里诞生出来了。

宇宙辽阔，星河浩瀚，太阳也不过是其中的一星磷火而已，何况我们居住的地球。但是，在遥远的宇宙之极，在那银河近旁所发生的事情，想必与这个泥团上所发生的事情并无不同。死与生都遵循着运动的法则，不断地循环轮回着。每当想起这些事，我就不禁对散落在宇宙各处数不清的星星寄予许多同情。在我们头上闪烁着的星光，也表达着和我们同样的感情。诗人早已洞晓了此间奥妙，并高唱出了这一真理：

①规谏劝诫的话。

细沙般的，

数不尽的星，

有颗向我眨眼睛。

然而，星星的流转也未必都是赏心悦目之事，就像我们经历着颠沛流离那样。

鼻子

如果克娄巴特拉[①]的鼻子是歪的，那世界历史也许会改变。这是大名鼎鼎的巴斯噶[②]的警句。然而情人大都是看不清真相的。喏，我们总是喜欢自我欺骗，尤其是一旦陷入爱情，就掉进了一场最为彻底的自我欺骗。

安东尼也不例外，如果克娄巴特拉的鼻子是歪的，那么他大概会尽可能不去看她的脸吧。而如果处在不得不直视那歪鼻子的情况下，也会尽量从别的优点上来找补平衡吧。说起其他的优点，阅遍天下之人，肯定没有一个女性如我们的恋人这般同时具备很多优点。当时的安东尼肯定也和我们一样，从克娄巴特拉的眼睛、嘴唇之类的地方，找到一些取长补短的地方吧。还可以再加上“她的心灵”！实际上翻遍历史，至今还为我们所热爱的女性，都是拥有大海一般优美心灵的那些人。不仅如此，她的服饰、财产，或者社会地位——这些都可以成为她的优点。如果再举一些偏执的例子，以前曾为某名士所爱之事，甚至风流韵事的谣传，也可

①克娄巴特拉，古埃及托勒密王朝的最后一任女法老，被逐后成为罗马政治家朱利乌斯·恺撒的情人，得以恢复王位。恺撒死后，与罗马帝国三巨头之一的安东尼恋爱，后追随安东尼自杀。

②巴斯噶（1623—1662），法国宗教思想家、物理学家、数学家。

以当成是一个优点。而那位克娄巴特拉，本来不就是有奢华神秘加持的埃及末代女王[①]吗？在袅袅香烟中，遍身闪烁着王冠珠宝的光辉，再摆弄摆弄莲花，那么鼻子稍微歪一点也不会被别人在意，更何况安东尼的眼睛呢！

我们这种自我欺骗的行为，并不只限于恋爱这一件事。除去某些差异，只从我们身上的一些共性来看的话，我们很多时候都是以自己的欲求和想象为出发点，对种种不甚满意的真相加以涂改的。就拿牙科医生的广告牌子来说，我们看到的与其说是广告牌子本身，倒不如说是希望有一个广告牌子的愿望在督促我们去找这么个广告牌来看——再进一步说，这还不都是由于我们牙痛吗？尽管我们的牙痛大概和世界历史没有直接关系。可是这种自我欺骗，在每一个人身上都会发生——想熟悉民心的政治家，想熟悉敌人的军人，或者想熟悉经济情况的实业家等。我不否认有的时候，会有“理智”来对这个行为加以修正。同时我也承认，有时候事情的最终结果，是由不可预测的“偶然”来决定的。然而一切的理智，都有可能在热情的冲动之下被抛诸脑后。“偶然”则可以说是神明的旨意。这样，说不定我们的自我欺骗是一种左右着世界历史走向的永久力量。

总之，两千多年的历史，并不取决于一个小小的克娄巴特拉的鼻子，而是取决于遍布于大地之上的、促成各种蠢事的我们的愚昧。这实在是可笑——其实是由人们庄严的愚昧来左右的。

---

①即克娄巴特拉。

修身

道德是方便的别名，和“左侧通行”的意思差不多。

道德给予的恩惠是节约了时间和劳力。道德带来的损害是麻痹了整个良心。

盲目反对道德的人，缺乏经济观念。盲目屈从道德的人，不是怯懦就是懒惰。

支配我们的道德，是受到资本主义毒害的封建时代的道德。我们除了遭受害之外，几乎没有得到任何恩惠。

强者蹂躏道德。弱者受到道德的抚慰。受道德所害的，往往是夹在强弱之间的人。

道德常常穿着古时候的衣服登场。

良心不会像我们的胡须那样，随着年龄的增长而增长。即便是为了拥有良心，我们也需要进行若干训练。

一个国家有超过十分之九的国民，都是没有良心的人。

因为我们年轻，或者因为我们缺乏训练，所以常常会在拥有良心之前受到无耻之徒的非难。这便是我们的悲剧所在。

我们的戏剧也正是因为年轻，或者是因为缺乏训练，所以在受到无耻之徒的非难后，好不容易才拥有了良心。

良心是严肃的趣味。

良心也许创造出了道德，但是道德连“良心”的“良”字都至今没有创造出来过。

和一切趣味一样，良心也有着几乎病态的爱好者。这些爱好者十有八九是聪明的贵族或富豪。

好恶

我们像喜欢陈年老酒那样，喜欢古希腊的快乐主义。我们的行为并非取决于善，也并不取决于恶。而是取决于我们的好恶，或者说是我们的快乐与不快乐。我只能这样认为。

那么为什么我们见到快要淹死的幼儿，即使是在寒冷刺骨的天气里，也要主动下水去拯救呢？因为拯救本身就是一种快乐。那么，躲避泡在冷水里的不快乐和拯救幼儿的快乐，是用什么尺度来衡量的呢？是更大的快乐。然而，肉体的快乐与不快乐，和精神的快乐与不快乐，衡量它们的尺度应当是不同的。不过，这两个层面的快乐与不快乐，也并不是完全不相容的。倒不如说它们就像咸水与淡水，是可以合二为一的。现在还过着老派保守生活的京阪[①]地区的绅士诸君，一边喝着甲鱼汤，一边吃着鳝鱼饭，不也在精神上得到了极大的快乐吗？而且通过冬泳就可以知道，水和寒冷也能促成肉体上的快乐。质疑这个结论的人，不妨想想那些受虐狂的喜好。那应该受到诅咒的受虐狂，是这种肉体的快乐与不快乐在外表上产生了倒错，而习以为常的倾向又起了推波助澜的作用。基督教的圣人们，有的喜欢扛着十字架苦行，有的热衷于投身烈火中殉教，我相信他们大概都有着受虐的喜好。

所以我认为，决定我们行为的，正如古希腊人所说，只是好恶方面的取舍。我们应该从人生之泉中汲取最大的滋养。“切勿像法利赛人[②]那样摆出一副悲哀的面孔。”耶稣不也说过这样的话吗？贤人毕竟能让荆棘之路上也盛开出蔷薇花来。

---

①京都、大阪的简称。

②古代犹太教一个派别的成员，主张遵守摩西法律，违者处刑。耶稣斥他们为言行不一的伪善者。

侏儒的祈祷

我是个只要能够身穿彩衣、凭本事卖艺，然后安然享受太平生活，就知足常乐的侏儒。祈愿让我如愿以偿。

祈愿不要让我穷得无米下锅。祈愿不要让我富得连熊掌都吃不下。

祈愿不要让采桑的农妇都厌恶我。祈愿不要让后宫的佳丽都爱慕我。

祈愿不要让我愚昧到莠麦不分的程度。祈愿不要让我聪明到能够洞察星象。

祈愿尤其不要让我成为勇敢善战的英雄。我现在总是在睡梦中登上险峻之山的峰顶，平安渡过波涛凶险的海洋——也就是在做着变不可能为可能的梦。这样的梦境每每使我倍感惶恐，就好像在和恶龙搏斗一样，我因为和这些梦对峙而感到十分苦恼。请不要让我成为英雄——不要让我产生做英雄的欲望，保护这个无力的我一生平安吧！

我的愿望就是整日与春酒为伴，与诗词歌咏为伍。我就是个只要过上这美好的日子就知足常乐的侏儒。

神秘主义

神秘主义并没有因为文明而没落，相反，不如说文明使神秘主义有了长足进步。

古人相信人类的祖先是亚当，其实就是说相信《创世记》。今天连中学生也相信是猴子，其实可以说是相信了达尔文的著作。也就是说在相信书本这一点上，今人和古人没有什么不同。而且，古人至少还会去看《创世记》，但是今人，除了少数几个专家外，根本没几个看过达尔文的著作，便泰然相信了他的说法，就像古人对《创世记》深信不疑似的。相信猴子是祖先，并不比相信被耶和华吹过气的尘土——亚当是祖先更值得炫耀。然而，人们至今依然对此深信不疑。

不只是进化论，现在连地球是圆的这一点，真正知道的人也为数极少。大多数人只是人云亦云地相信了这一点而已。如果追问为什么是圆的，那么上愚至总理大臣，下愚至低薪职员，没有一个人回答得出来。

再举一个例子。现在没有人像古人那样相信真的有幽灵，但还是经常听到有人说看到了幽灵。那么，为什么没人相信这种话呢？因为看到幽灵的人是被迷信束缚了。那么，为什么说这个人是被迷信束缚了呢？因为他竟然说自己看到了幽灵。今人的这种理论，不过是循环论法而已。

何况，更深入复杂的正是建立在信念上。我们听不见理性的声音，却对超越理性的某种东西洗耳恭听。是什么东西呢——对这某种东西，我连合适的名字都找不到。如果非要起个名字，那么只能采用象征手法，比如使用蔷薇、鱼、蜡烛之类的。比如，称呼它为我们的帽子。就像我们习惯不戴插着羽毛的帽子，而是戴软帽和礼帽，我们也习惯性地相信祖先是猴子，相信幽灵不存在，相信地球是圆的。不相信的人，不妨想想日本欢迎爱因斯坦博士及其相对论的情况。这是神秘主义的盛典，是难以想象的庄严仪式。至于如此狂热的原因，恐怕连改造社的社长先生[①]也无法知晓。

---

①即山本实彦（1885—1952），日本出版家、散文家，创立改造社，发行《改造》杂志。

也就是说，伟大的神秘主义者既不是斯威登堡[①]，也不是柏麦[②]，而是文明的子民。同时，我们的信念和用来装饰三越的彩色橱窗并无不同。支配我们信念的东西常常是难以捕捉、变幻莫测的时髦，或者是近似神意的个人好恶。实际上，西施和龙阳君的祖先也是猴子，这个观点多少能带给我们一些满足。

自由意志和宿命论

如果完全相信一切都是宿命使然，那这世上就不存在什么罪恶，也就没有必要去惩罚做出罪恶之事的人了，因为已经无所谓“罪人”了。反之，如果相信意志是可以被自由支配和控制的，那么只需要明确行为的责任和后果，就能摆脱掉良心对人的麻痹作用，从而我们对自己的态度必然会变得严肃教条和机械起来。那么，遵从哪个好呢？

我愿意这样回答：一半相信自由意志，一半相信宿命论；或者说一半怀疑自由意志，一半怀疑宿命论。为什么呢？因为我们正是根据自己背负的宿命，才娶了我们的妻子；同时，我们难道不是根据自己的自由意志，而不听从妻子的吩咐给她们购买外褂和衣带的吗？

也不只是自由意志和宿命论，天神与魔鬼、美丽与丑陋、无畏与胆怯、理性与信仰——以及其他一切处于天秤两端的，都应该采取这种态度。这种态度就叫中庸。“中庸”用英文写作“good sense”。就我而言，如果没有 good sense，那就没有任何幸福

---

①斯威登堡（1688—1772），瑞典科学家、神秘主义思想家。
②柏麦（1757—1824），德国神秘主义思想家。

可言。即便能得到，也只是在炎热的夏天烤着炭火、在寒冷的冬天挥着团扇那种虚张声势的幸福。

小儿

军人很像小儿。喜欢摆出英雄的姿态，崇尚所谓的光荣，关于这一点，我们已经无须多做讨论。重视机械般的训练和动物般的勇气，这种现象原本只在小学里才能看到。毫无顾忌地屠杀，更是和小儿喜欢为害虫蚁的行为没有差别。尤其和小儿相似的一点，是一听到喇叭和军歌就欣然上阵，而不问是为了什么而战。

因此，让军人引以为豪的东西，必然很像是小儿的玩具。绯色皮条的铠甲和镐形的头盔并不适合成年人的雅趣。对我来说，勋章也一样很难理解。军人为什么能够在没有喝醉的情况下，佩戴着勋章昂首阔步地前进呢？

武器

正义和武器相似。只要能拿出足够的钱，武器这种东西，敌人和我方都可以买到。正义也是这样，只要能以大义的名分讲出道理来，敌人和我方也都可以买到。“正义的逆贼”这个词，从古至今就像炮弹一样被扔过来、丢过去。然而由于修辞上的蛊惑性，所以到底谁是“正义的逆贼”，很少有能够搞清楚的时候。

日本工人只因为是日本人，就被命令离开巴拿马①。这是违背正义的。根据美利坚报纸的报道，当然应该把美国叫作“正义

①指1913年美国加利福尼亚州议会通过决议，排斥中国人的移民法也适用于日本。

的敌人”。但是，中国工人也单单因为是中国人，就被命令离开千住[①]。这也是违背正义的。根据日本报纸的报道——不，就算日本报纸不报道，但两千年来，日本经常是“正义的一方”。正义似乎从来没有站到日本利害关系的对立面。

武器本身并不可怕，可怕的是武人的身手。正义本身并不可怕，可怕的是煽动家的雄辩。武则天不顾天怒人怨，冷酷地蹂躏了正义。然而李敬业起兵作乱时，她读到骆宾王的檄文后，也不免失色。“一抔之土未干，六尺之孤何托。”这两句千古名言，只有天才的政治煽动家才讲得出来。

每每翻看史书，我都会情不自禁地想起武器博物馆。在古老幽暗的名为“过去”的长廊里，陈列着各种正义。那个像青龙刀的，大概是儒教的正义。那个像骑士长矛的，大概是基督教的正义。这里这根粗大的棍子，大概是社会主义者的正义。那里带着剑鞘的长剑，大概是国家主义者的正义。我看着这些武器，无数次想象着一场场战斗，感到心惊肉跳。然而不知道是幸运还是不幸，在我的记忆中，我从来没有想过要拿起它们中的任何一件。

尊王

这个故事发生在17世纪的法国。有一天，Duc de Bourgogne[②]问Abbé Choisy[③]这样一个问题：查理六世已经神经错乱了，想要委婉地让他知道这个事情，怎么说才比较妥当呢？阿贝立刻回答：“如果是我，就直接说查理六世神经错乱了！”

---

①东京的工商业地区。

②即布尔哥尼大公。

③即阿贝·肖瓦兹（1644—1724），法国作家。

阿贝·肖瓦兹把这个回答列入自己一生中的冒险行为之一，并始终引以为傲。

17 世纪的法国流传着这样的逸话，实在是富有尊王精神。但是，20 世纪的日本所拥有的尊王精神，看起来并不比当时的法国少——这实在是一件欣幸之至的事。

创作

艺术家或许总是在有意识地进行创作。但是就作品本身而言，作品的美丑有一半并不受艺术家意识的支配，而是存在于超然的神秘世界。一半吗？也许说一大半更合适。

奇妙之处在于，我们总是不打自招。我们总是在不经意间将自己的思想融入作品当中。古人一刀一拜[①]，表示的难道不就是对这种无意识境界的畏惧之情吗？

创作往往是在冒险。归根结底，艺术家尽了人事之后，就只能听天命了。

少时学语苦难圆，只道工夫半未全。
到老始知非力取，三分人事七分天。

赵瓯北的[②]《论诗》这首七绝，就大抵道出了其中的真谛。艺术总是带着一种高深莫测的可怕神威。如果我们进行艺术创作是为了金钱，或者沽名钓誉，以及单纯地为了满足病态的创作欲，那么可能就不会有勇气去跟这种可怕的艺术做斗争。

---

①日本古代人雕刻佛像，刻一刀拜一拜，或刻一刀拜三拜，后来用于形容小心谨慎。
②即赵翼（1729—1814），中国清代史学家、文学家，瓯北是他的号。

鉴赏

艺术鉴赏是艺术家本人和鉴赏家的合作。可以说在鉴赏家眼里，一个作品只不过是他的一个研究题目，他围绕着这个题目在进行自己的创作尝试。因此，在任何时代都能保持声誉的作品，必然有很多方面的特点来给鉴赏研究提供素材。然而选择从什么角度来研究这些特点，则正如阿那托尔·法朗士所说，到处都存在着暧昧，不是几句话就能轻易解释的。不如说就像那庐山的群峰，具有从各个方面都能鉴赏的多面性。

古典

古典作家之所以幸福，是因为他们已经死了。

又

我们——或各位之所以是幸福的，是因为古典作家都已经死了。

幻灭的艺术家

在幻灭的世界里，住着一群艺术家。他们不相信爱，也不相信良心。只是像古代苦行者那样，把自己放逐进一无所有的沙漠。从这个意义上来说，他们也许是可怜的。但是，美丽的海市蜃楼只会在沙漠上空出现。对人生诸事都感到幻灭的他们，对艺术却心驰神往。不，只要一说到艺术，常人一无所知的金色梦幻就会在他们眼前显现。实际上，这是他们得到意外幸福的瞬间。

坦白

谁也不可能做到完全地自我坦白。同时谁也不可能做到对任何表现都不进行自我坦白。

卢梭是一个喜欢坦白的人。但是，我们无法在《忏悔录》中发现赤裸裸的他自己。梅里美是一个讨厌自我坦白的人，但是《高龙巴》不是也隐约地谈到了他自己吗？总之，坦白文学和其他文学之间的界限并不如外表看起来的那样清楚。

人生

——致石黑定一[①]君

如果命令没有学过游泳的人游泳，那么不管是谁都会认为这是在胡闹。同样地，如果命令没有学过赛跑的人去赛跑，人们也会认为这是一件十分荒唐的事。但是，我们从出生开始，就已经接受了这种愚蠢的命令。

当我们还在娘胎里的时候，难道就已经在学习处世之道了吗？但是一离开娘胎，还没准备好就身不由己地踏进了人生的大竞技场。当然，一个人如果没有学过游泳，那么想在水里自由自在地游起来是完全不可能的。同样，没有学过赛跑的人，跑起来也大多会落于人后。因此，想要不受伤地走出这个竞技场是不可能的。

诚然，世人也许会说："以前人的足迹为鉴。"然而，就算看过成百名游泳选手游泳，或看过上千名赛跑运动员跑步，也不可能在短时间内就学会游泳或赛跑。更何况，所有游泳选手在学

---

①芥川龙之介到中国旅行时，在上海结识的一个日本人。

习游泳的时候都呛过水，所有赛跑运动员也都在赛场上弄得浑身泥土。你看，世界上大多数运动员满面春风的背后，不也隐藏着愁眉苦脸吗？

人生和疯狂之人主办的奥林匹克运动会很像。我们必须和人生搏斗的同时，学习怎样与之搏斗。面对这种荒诞的比赛，如果有人愤愤不平，那最好是尽早退场。自杀确实不失为一种便捷之法，但是如果想要留在人生的竞技场上，就只能奋力拼搏了。

又

人生就像一盒火柴，视之为珍宝是愚蠢的，乱用则是危险的。

又

人生就像一本缺了很多页的书，我们很难说它是一本书，但又只有这一本书。

某自卫团员的话

好，去自卫团上班吧。今天晚上风不大，星星好像挂在树梢似的，闪着清爽的光辉。来，在这藤椅上躺下来吧，然后点一根马尼拉雪茄，一整夜就这样轻松自在地值班吧。如果口渴，就喝一点水壶里的威士忌。口袋里还剩了点巧克力糖也很不错。

你听！高处的树梢上，鸟儿在窝里喧哗。鸟儿大概不知道这次大地震[①]带来的灾害吧。可是我们人类已经尝尽了衣食住都乱套之后的一切苦头。不，不只是衣食住，简直连一杯柠檬水都喝

①指 1923 年发生在日本关东地区的大地震。

不上了，忍受了多少不自在啊。人这种两脚兽是多么窝囊的动物啊。当我们丧失了文明秩序之后，就只能靠自己，像风中的残烛那样守护着没有任何保障的生命。看啊！鸟儿已安静地睡着了。这些不知道羽绒被和枕头为何物的鸟儿！

鸟儿已经安静地睡着了，它们的梦或许比我们的梦更甜。鸟儿并不用背负什么，它们只需要生活在当下。可是，人类还要生活在过去和未来。从这个意义上来说，人类必须反复尝尽悔恨和忧虑的痛苦。尤其是这次发生的大地震，给人类的未来投下了多么大的凄凉的阴影啊！东京被烧毁了。我们被当下的饥饿折磨着，同时也被明天的饥饿折磨着。幸好鸟儿不知道这种痛苦。不，岂止是鸟儿，知道这三世痛苦的只有人类。

小泉八云说过，与其做人，不如做一只蝴蝶。就不说蝴蝶了——你就看看蚂蚁吧！如果没有痛苦就是幸福的话，那么蚂蚁可比我们幸福多了。但是我们人类知晓蚂蚁所不知晓的快乐。蚂蚁可能不会由于难产或失恋的痛苦而自杀，但是它们不是也不可能和我们一样怀有欢乐的希望吗？我至今还记得，自己曾在月亮微露的洛阳旧都可怜一行对李太白的诗一无所知的无数蚂蚁！

但是叔本华——算了，我们不谈哲学。在那东西面前，我们确实和进入这个领域的蚂蚁一样。哪怕只有这一点是确定的，我们也应该更加珍视人所怀有的全部感情。既然大自然只是冷眼旁观我们的痛苦，那么我们更应该互相同情。而杀掉一个人——尤其是把对手绞死，可比在辩论中胜过别人简单得多。

我们应该相互同情。这不也是叔本华的厌世观给我们的教训吗？

半夜十二点好像已经过了，星星还在头上闪着清爽的光辉呢。来，你喝一杯威士忌，我躺在躺椅上嚼一块巧克力。

地上乐园

诗歌里常常出现地上乐园。但令我深感遗憾的是，我从来没有想过在这种诗人幻想出来的地上乐园里住一住。基督教徒的地上乐园说到底不过是一幅寂寞单调的全景画。黄老学派[①]的地上乐园也只是荒凉的中国风味小吃店而已。至于近代的乌托邦——或许人们至今还记得使威廉·詹姆斯[②]也曾为之发抖。

我所渴望的地上乐园并不是上述一类的天然温室，也不是兼作学校的衣食配给所。我所认为的地上乐园应该是这样的：住在这里，双亲必定会伴随着孩子的成长而死掉；兄弟姊妹即使有可能生为坏人，但是绝不会生为傻瓜，所以绝不会成为彼此的负担；女人一旦结婚，就会变成驯顺的化身，变得百依百顺；不管是男孩还是女孩，都可以根据双亲的意志和感情，在一天之中多次成为聋子、哑巴、胆小鬼和瞎子；甲朋友不比乙朋友穷，乙朋友也不比甲朋友有钱，这样就能在相互的吹捧中得到最大的愉悦。其余种种——以此类推便可！

这并不是只属于我一个人的地上乐园，也是属于全世界善男善女的地上乐园。只是古来的诗人、学者虽然善于想入非非，却从来没有梦想过这样的光景。没有梦见这样的光景倒也并不是什么奇怪的事情，因为这样的梦境过于充满真实的幸福。

①中国战国、汉初道家学派。尊黄帝和老子为道家创始人，故名。
②美国哲学家、心理学家，主张实用主义。

附记：我外甥的梦想是买到伦勃朗的肖像画。但是他并不梦想能够得到十元零用钱，这是因为十元零用钱过于充满真实的幸福。

暴力

人生往往是复杂的。要使复杂的人生简单化，除了使用暴力之外没有别的办法。因此，只具备石器时代脑髓的文明人，比起辩论，往往更热衷于靠蛮力杀人。

但是，权力终归是拥有特权的暴力。为了统治人，暴力恐怕是必要的，也可能并不必要。

“常规做法”

我的不幸来自没有崇拜“常规做法”的勇气。不只如此，我还常常对“常规做法”报以轻蔑的态度，那是事实。但是，我有时对“常规做法”充满喜爱，也是事实。喜爱吗？与其说是喜爱，倒不如说是怜悯。但是不管怎么说，我对“常规做法”始终提不起兴趣。如果真是这样，那么人生最终将变成不堪忍受的精神病院。斯威夫特最后终于发疯，就是不可避免的归宿。

斯威夫特在发疯之前，曾看着枝头枯萎的树喃喃自语：“我跟那棵树很像，先从头部死起。”每当我想起这则逸话，总是不由自主地为之战栗。我没有生出斯威夫特那聪明的头脑，不是如他一般的一代鬼才，这是值得我暗自庆幸的。

柯树叶

只有白痴，才享有获得完美幸福的特权。再开朗的乐观主义者，也不会总是笑容满面。不，如果真的允许乐观主义者存在，那只能说明对幸福是何等的绝望。

“竹筒盛饭在家时，柯叶盛饭旅途中。”这首诗歌咏的并不只是行旅情怀。我们经常用“能够得到什么”代替“希望得到什么”，和前者达成一种妥协。虽然学者会给柯树叶安上各种各样的美名。但是如果拿在手里仔细端详，那么柯树叶总归是柯树叶，取代不了竹筒。

赞叹柯树叶，比主张用柯树叶盛饭，确实更值得尊敬，但恐怕比不上一笑置之来得洒脱、高雅。至少，总是不厌其烦地重复着类似的赞叹，既是滑稽的，也是不道德的。事实上，伟大的厌世主义者也并非整天愁眉苦笑。就算是身患不治之症的莱奥巴尔狄[1]，有时也会对着半死的蔷薇花露出寂寞的微笑。

追记：不道德是过分的别名。

佛陀

悉达多[2]悄悄离开王城苦修六年。之所以要苦修六年，自然是因为过去在王城里极度奢华的生活而产生的罪过。其证据之一，就是拿撒勒木匠的儿子[3]只断食了四十天。

①加考莫·莱奥巴尔狄，意大利厌世主义诗人、哲学家。

②佛教创始人释迦牟尼。

③指耶稣基督。

又

悉达多让车匿[①]拉着马辔偷偷地逃出王城。他的思辨性格经常使他陷入深深的忧郁中。那么，偷偷逃出王城后，让他松了一口气的，究竟是未来的释迦牟尼呢，还是他的妻子耶输陀罗呢？这恐怕是很难判断的。

又

苦修六年后，悉达多终于在菩提树下达到了正觉[②]。他成道的传说，说明了该怎样支配物质之精神。他先水浴，后食乳糜，最后与牧牛少女难陀婆罗谈了话。

政治的天才

人们以为，自古以来能够把民众的意志变成自己的意志的人，才称得上是所谓的政治天才。但是，也可能恰恰相反。不如说所谓的政治天才是把自己的意志变成了民众的意志。至少通过口头表达，他能使人们相信那就是民众的意志。因此，政治天才大抵也兼有表演天才。拿破仑说："庄严和滑稽仅只一步之差。"与其说这是帝王所说的话，倒不如说是出自演员之口更相称。

又

民众是相信大义的。但是在政治天才眼里，大义往往不值他们牺牲一文。之所以给自己戴上标榜大义的假面具，只是为了统

①梵语，释尊出家逃出王城时，替他牵马驭车者的名字。
②佛语，证悟一切诸法，达到如来的真正的觉智之意。

治民众才不得已而为之。然而一旦戴上了，就永远也不能摘下来扔掉了。如果强行扔掉，任何政治天才不日便一定会死于非命。也就是说，帝王为了保住王冠而不得不接受王冠的支配。因此，政治天才的悲剧未必不带有喜剧色彩。比如兼有古代仁和寺和尚举鼎挥舞那种《徒然草》[①]中的喜剧。

爱情比死更坚强

莫泊桑在小说里写过一句话："爱情比死更坚强。"然而，天底下比死更坚强的并不只有爱情。譬如伤寒病人明知会死，还是非要最后吃一口饼干才会死去，就是食欲比死更坚强的证据。除了食欲以外，还有爱国主义、宗教感情、人道精神、名利欲、犯罪本能等许多诸如此类比死更坚强的东西。换句话说，一切激情到了一定程度都会变得比死更坚强（当然对死的激情例外）。并且在这些激情里，爱情是否尤为比死更坚强，似乎也是很难定论的。甚至是那些很容易被认为是爱情比死更坚强的情况，在其中起到支配作用的实际上是法国人所谓的包法利式[②]的精神幻觉——那种源自包法利夫人的感伤主义，支配着我们将自己幻想成传奇恋情中的恋人角色。

---

①日本镰仓时代末期的和歌诗人、随笔家吉田兼好所作随笔。其中第五三段写仁和寺一个想当和尚的男孩子把三足鼎顶在头上舞蹈，舞罢鼎足卡在头上拔不出来，后来好容易才拔出。

②指陷入想象与现实之间的矛盾所造成的精神苦闷，源于福楼拜同名小说中的女主人公包法利夫人。

地狱

人生比地狱还地狱。地狱所带来的痛苦，尚遵循着一定的法则。譬如饿鬼道的痛苦，是想吃面前的饭，却因为饭上燃着烈火而无从下口，仅此而已。但是，人生带来的痛苦，其不幸之处并不这么简单。如果想吃面前的饭，既有可能饭上燃着烈火，也可能意外地很容易吃到嘴。而津津有味地吃完后，既有可能患上肠炎，上吐下泻，也有可能出乎意料地轻松消化掉。想要顺应这种没有法则的世界，任何人都不容易办到。如果我死后坠入地狱，一定能在瞬间抢到饿鬼道里的饭。就算是所谓的针山血海，只要住个三两年，也就能够习惯，并能泰然处之了。

丑闻

丑闻总是公众所喜闻乐见的。白莲事件[①]、有岛事件[②]、武者小路实笃事件[③]——这些事件给公众带来了多少满足啊。那么，公众为什么这么喜欢丑闻——尤其是特别热衷于社会知名人士的丑闻呢？古尔蒙[④]这样回答说：“因为自己所隐瞒的丑闻能够因此而变得天经地义。”

古尔蒙的回答是对的，但也并不完全是这样。那些连制造丑闻的机会都没有的俗人们，在所有社会知名人士的丑闻中找到了为自己的庸俗、怯懦辩解的最好武器。同时，他们借此为自己树

---

①日本女诗人柳原白莲离开了在九州做煤炭资本家的丈夫，和从事工人运动的宫崎龙介结婚。

②日本小说家有岛武郎和有夫之妇的女记者波多野秋子在轻井泽双双殉情。

③日本作家武者小路实笃于1922年和夫人离婚另娶。

④莱米·古尔蒙，法国象征派作家、理论家。

立起了实际上并不存在的优越之基石。“我不如白莲女士漂亮，但我比她贞洁。”“我不如有岛有才，但我比他了解世情。”“我不如武者小路实笃……”——说完这样的话之后，公众就像猪那样幸福地睡熟了。

又

另一方面，天才显然具有引发引人注目的丑闻的才能。

舆论

舆论往往是一种私刑。而私刑又往往是一种娱乐。就好像用新闻记事来取代手枪。

又

舆论存在的价值，只在于带来了对舆论自身加以蹂躏的兴趣。

敌意

敌意就像寒气。适度时最能给人带来爽快感，并且对任何人来说，寒气在保持健康方面都是必不可少的。

乌托邦

完美的乌托邦之所以难以产生，原因大致如下：如果改变不了人性，完美的乌托邦就不可能产生；但是，如果改变了人性，完美的乌托邦就会变得不完美了。

危险思想

危险思想，就是打算把常识付诸实践的想法。

恶

具有艺术气质的青年，通常总是晚于他人发现“人性之恶”。

二宫尊德[①]

我记得小学课本里提到二宫尊德的时候，曾对他的少年时代大书特书。他出身贫穷家庭，白天帮着大人在地里干活，夜里打草鞋，总之是把尊德塑造成了一个既跟大人一样干活，又不断地顽强自学的好孩子形象。像其他励志故事，即所有通俗小说一样，这个故事很容易使人感动。我当时还不到十五岁，在感动于尊德的志向的同时，甚至觉得自己没有生在尊德那样贫穷的家庭是一件不幸的事情……

然而，这个立志故事虽然给尊德带来了名誉，却也使其双亲背负了恶名。与其说他们没有在教育上给尊德提供任何帮助，倒不如说他们给他制造了诸多障碍。就身为双亲的责任而言，这分明是一种耻辱。但是，我们的双亲和老师竟然天真到忘记了这个事实。尊德的双亲不酗酒、不赌博，问题只在尊德身上，在这个经历千辛万苦依然不废自学的尊德身上。我们被要求在少年时期，就必须养成尊德那样勇敢的意志。

我对他们的利己主义感到惊叹。的确，对他们而言，像尊德那样身兼男仆的少年就是最称心如意的儿子。不仅如此，要是将

①日本江户时代末期的重农主义者。

来出人头地博得了荣誉，显赫了父母的名声，那就是好上加好的儿子。但是不到十五岁的我，感动于尊德的志向的同时，还认为没有生在那样的穷苦家庭是一种不幸，就像戴着铁链的奴隶希望得到更粗的铁链一样。

奴隶

所谓废除奴隶制度，说的不过是废除奴隶意识。如果没有奴隶，我们的社会大概连一天的安全都难以保障。另外，连柏拉图描绘的共和国里都有奴隶存在，这绝不是偶然。

又

称呼暴君为暴君，当然是十分危险的。但是在今天，称呼暴君以外的奴隶为奴隶，同样很危险。

悲剧

悲剧的意思是，不得不鼓起勇气做出让自己引以为耻的事情。因此，能够引起千百万人共鸣的悲剧，实际上起着发泄的作用。

强弱

强者不惧怕敌人，但是惧怕朋友。一击打倒敌人对他来说无关痛痒，可是如果在不知不觉中伤害了朋友，他就会感到情同骨肉般的恐怖。

弱者不惧怕朋友，但是惧怕敌人，所以他到处都能发现虚构的敌人。

S.M[①] 的智慧

这是我的朋友 S.M 对我说的话：

辩证法的功绩——它让我们最后得出“一切都很滑稽”这样的结论。

少女——始终清莹的浅滩。

学前教育——嗯，这个主意不错。使人在幼儿园的时候就知道智慧的悲哀，又不用承担责任。

追忆——遥远地平线的风景画，并且老早就完成了。

女人——根据玛丽·斯托普斯[②]夫人的说法，女人好像天生就无法贞洁到这样的程度：至少两个星期才对丈夫产生一次情欲。

少女时代——少女时代的忧郁是对整个宇宙的傲慢。

艰难令汝为玉——如果艰难能够使人成为玉石，那么在日常生活里深谋远虑的人，是没有可能成为玉的。

我等应如何求生——应多少留下一些未知的世界。

社交

虚伪是一切社交活动必不可少的。如果丝毫不加虚伪地对我们的亲密朋友倾吐衷情，那么哪怕亲密如古代的管鲍之交[③]，也必定会产生裂隙。暂且不说管鲍之交，我们每个人都因为过于了解亲密的朋友，所以会对其产生或多或少的憎恶或轻蔑之情。但是在利害关系面前，憎恶之情也会收敛起锋芒，轻蔑之情则会使

①即室生犀星，日本诗人、小说家。

②英国限制生育的活动家。

③指中国春秋战国时期，齐国管仲和鲍叔的知己之交。

人越来越习惯于倾吐虚伪。因此，为了和我们的朋友继续亲密地交往下去，我们相互都必须具有最完善的利害关系和轻蔑之情。当然，对任何人来说，这都是十分苛刻的条件。不然的话，我们大概早就成了通情达理的谦谦君子，世界也早就出现了黄金时代的和平。

琐事

为了使人生幸福，就要热爱日常琐事。云的光影、摇曳的竹子、啼叫的群雀、行人的脸——我们需要从这些日常琐事中品味到无尽的甜美。

但是，热爱日常琐事也必然会为日常琐事而苦。跳进庭园前古池里的蛙可能打破了百年忧愁，但是，跳出古池的蛙也可能带来百年忧愁。事实上，芭蕉的一生既是享乐的一生，同时在任何人眼中，也是受苦的一生。为了能够微妙地享乐，我们就必须微妙地痛苦。

为了使人生幸福，就要苦于日常琐事。云的光影、摇曳的竹子、啼叫的群雀、行人的脸——我们必须在一切日常琐事中品味到坠入地狱的痛苦。

神

神的一切属性中最令人同情的，是神不能自杀。

又

我们发现了无数咒骂神的理由。然而不幸的是，日本人对全能神的相信，还没到值得咒骂的程度。

民众

民众是稳健的保守主义者。制度、思想、艺术、宗教，诸如此类，必须带有前朝的古色古香才能够取悦民众。民众艺术家得不到民众的喜爱，这并不全是他们的罪过。

又

发现民众的愚蠢并不是值得夸耀的事情。但是，发现我们自己也是民众无论如何都应感到自豪。

又

古人奉行愚民的治国之道，结果使民众更加愚蠢了，或不知为何变得无比聪明。

契诃夫的话

契诃夫在笔记里谈论男女差别时说："随着年龄的增长，女人越来越遵循女人之道；而男人的年龄越大，则越偏离女人之道。"

但是契诃夫这句话是说年龄越大，男女越会自然终止和异性的关系。这是连三岁孩子都知道的事情。与其说是男女的差别，倒不如说是表示了男女没有差别。

服装

女人的服装最起码是女人自身的一部分。启吉之所以没有被诱惑，当然其中也有道德的缘故。但是，诱惑启吉的女人穿的是问启吉之妻借来的衣服，如果她穿的不是启吉之妻的衣服，启吉想要远离诱惑恐怕就没有那么容易了。

处女崇拜

为了娶到处女为妻，我们在选择妻子时不知遭遇了多少次滑稽可笑的失败。现在，到了差不多该向处女崇拜说再见的时候了。

又

处女崇拜发生于知道处女这个事实之后。换句话说，比起直率的感情，更看重零碎的知识。所以，不得不说处女崇拜者在恋爱方面是玄学。所有处女崇拜者都是道貌岸然之徒，这也许并非偶然。

又

当然，崇拜处女的风韵和崇拜处女不可混为一谈。把这两件事当成同一件事的人，可能是过于低估了女人的表演天赋。

礼节

一个女学生这样问我的朋友："接吻的时候应该闭着眼睛还是应该睁开眼睛呢？"

所有女校的教学中竟然都没有恋爱礼节方面的教学，关于这一点，我和这个女学生同样感到深深遗憾。

贝原益轩[①]

小学时，我读过贝原益轩的逸事。逸事是这样说的：有一次，益轩和一个不认识的书生同乘一艘船。书生自认为才学满腹，便

①日本江户时代初期的思想家，对本草学、医学也有研究。

滔滔不绝地谈论起古今学术。而益轩一句话都没有说，只是静静地听着。不久，船靠岸了，临别时，船客们依照惯例互相通报姓名。这时，书生才知道这个人就是一代大儒益轩，他感到十分羞愧，为自己的傲慢道歉，祈求益轩原谅自己刚才的失礼之罪。

当时，我在这个逸事中发现了谦让的美德。至少我确实为了发现这一美德而尽力了。然而不幸的是，如今从这则逸事中找不到丝毫教训。我今天之所以依然对这则逸事抱有兴趣，是因为我对它有了如下看法：

一、像益轩那种身份的人，遇到这种事却始终沉默不语，这样的侮蔑是何等辛辣！

二、因书生的知耻而幸灾乐祸地喝彩的同船乘客，是多么卑劣！

三、益轩所不懂的新时代精神，在书生的高谈阔论中显得那样充满活力，令人鼓舞！

一种辩护

某新时代评论家将“门可罗雀”这个成语用于“猬集”之意。“门可罗雀”这个成语是中国人创造的。日本人使用时，不一定非要沿用中国人的用法。如果行得通，那么形容“她的微笑好像门可罗雀”，也并非不可以。

如果行得通——万事都取决于这个不可思议的“行得通”上。比如“自我小说”，不也是这样的吗？Ich-Roman[①] 的意思是第一人称小说。其中的“我”不一定是作家本人。但是，日本“私

①德语，指第一人称小说。

小说”中的“我”往往被视为作家本人。非但如此，“我”有时也被视为作家本人的经历，以致后来把采用第三人称的小说也称为“私小说”。这自然是无视德国人——或者说是欧洲人的用法的新例。然而全能的“行得通”赋予了新例以生命。“门可罗雀”这个成语或许早晚也会产生类似的意外的新例。

这么说来，某评论家并非特别缺乏学识，只不过是在主流之外寻找新例时有些操之过急了。这个评论家所受到的嘲笑——总之，一切先觉者往往必须甘居薄命。

限制

天才也会受缚于各自难以超越的限制。发现这个限制，难免会让人多少感到有些寂寞。但是转念一想，又会在不知不觉间生出一种亲切感，就像明白了竹子是竹子、常春藤是常春藤似的。

火星

讨论火星上是否有居民，无非是在讨论火星上是否有和我们一样具备五感的居民。但是，生命并不以五感为必备条件。如果火星居民是超越我们的五感而存在的，那么今晚，他们可能乘着将法国梧桐染黄的秋风到银座来。

Blangui[1] 的梦

宇宙广袤无边。但是，构成宇宙的元素只有六十多种。尽管这些元素用尽可能多的方式结合在一起，但终究是有限的。也就

[1]即布朗基，法国革命家，空想共产主义者。

是说，为了构成广袤无边的宇宙，这些元素在尝试了一切结合方式后，依然必须没有尽头地通过各种方式结合下去。由此可见，我们栖息的地球——作为这些结合之一的地球，并不只是太阳系中的一颗行星，而应该是无限存在的。在这个地球上，拿破仑取得了马伦哥战役的完全胜利。但是，在茫茫太虚里悬浮着的其他地球上，那里的拿破仑则可能在同样的马伦哥战役中溃不成军。

这就是六十七岁的布朗基所梦想的宇宙观。这种观点的正确与否暂且不谈，只说布朗基在狱中写下这个梦想时，已经对一切革命绝望了。不知道为什么，唯独这件事至今仍在我们内心深处渗透出几许寂寞。梦想已经离开了大地，我们如果想寻求安慰，就必须把辉煌的梦迁移到几万亿英里之外的天上——那个飘浮在黑暗的宇宙中的第二个地球。

庸才

庸才的作品就算是大作，也必然像没有窗子的房屋。人们根本无法从中展望人生。

机智

机智是缺少三段论法的思想，而所谓的“思想”是缺乏思想的三段论法。

又

对机智的嫌恶，源于人类的疲劳。